W0467863

Flammen über Aachen

Günter Krieger

Flammen über Aachen

Roman um den großen Stadtbrand von 1656

GEV

© GEV (Grenz-Echo Verlag), 2010
www.gev.be
buchverlag@grenzecho.be

ISBN 978-3-86712-029-6

Alle Rechte vorbehalten

Lektorat: René Zey, Frechen
Satz: Königsdorfer Medienhaus, Frechen

Die Übersetzung des Klageliedes „Krone der Städte“
im Epilog stammt von Hans Combecher.

Titelbild: akg-images, Berlin (Junge Frau als Diana von J.F. Ducq)

Ohne ausdrückliche Genehmigung des Verlags ist es nicht gestattet, diese Publikation oder Teile daraus auf fotomechanischem (Druck, Fotokopie, Mikrofilm usw.) oder elektronischem Weg zu vervielfältigen, zu veröffentlichen oder zu speichern.

Printed in Belgium

In Memoriam
Joseph Krieger

Ist kein Holz mehr da,
erlischt das Feuer.

Sprüche Salomos 26,20

Prolog

Bei Naumburg, im Sächsischen. Ein Sonntag im Mai Anno Domini 1646.

Von Westen trieb ein sanfter Wind turmhohe Wolkengebilde über das Land. Den beiden Kindern, die Hand in Hand im Gras lagen und verträumt in den Himmel starrten, erschienen sie wie gigantische Wesen. Martha glaubte, in einer der Wolkenformen eine dicke Bäuerin zu erkennen. Die Wolkenfrau trug ein viel zu großes Kopftuch und hatte einen langen Rechen geschultert. Auch ihre Nase erschien überdimensioniert, und ihr Mund war spitz, als würde sie ein munteres Liedchen pfeifen. Martha lächelte, denn sie fühlte sich an ihre Großmutter erinnert. Leider war sie im vergangenen Jahr gestorben.

„Was grinst du vor dich hin?“, wollte Arno von ihr wissen. „Los, erzähl schon, was du da oben so lustig findest.“

„Das da ist meine Großmutter“, erklärte Martha und deutete auf die Wolkenfrau.

„Unsinn!“, widersprach der Junge. „Das ist ein Kürassier, das sieht man doch.“

„Sie trägt einen Rechen. Und auf dem Kopf ein Tuch.“

„Der Rechen ist eine Pike, und das Tuch ein Helm. Einer, wie die spanischen Söldner ihn tragen.“

„Für mich ist das meine Großmutter.“

„Und für mich ist das ein Spanier. Eindeutig!“

Schweigend starrten sie eine Weile auf das Wesen, über dessen Identität sie sich nicht einigen konnten. Ohnehin machte der Wind bald etwas völlig anderes aus der Wolke, etwas, das mit einem Menschen keine Ähnlichkeit mehr hatte.

„Nun ist eine Kanone daraus geworden", stellte Arno fest. „Siehst du, aus der Rohrmündung wird eine Kugel abgefeuert."

„Ich sehe keine Kanonenkugel", sagte Martha. Nachdenklich zwirbelte sie eine Strähne ihres rotblonden Haares zwischen den Fingern. „Für mich ist das ein kleiner hechelnder Hund."

Arno schüttelte verständnislos den Kopf, sagte aber nichts. Martha drückte fest seine Hand. Auch wenn Arno seltsamerweise immerzu an Krieg, Waffen und Soldaten dachte, so mochte sie ihn doch. So sehr, dass sie ihn neulich gefragt hatte, ob er sie eines Tages heiraten werde. Er hatte es ihr versprochen. Gewiss, Martha war erst zehn und Arno kaum zwölf Jahre alt, aber was sprach dagegen, eine solche Vereinbarung schon im Vorfeld zu treffen. Vielleicht war der Krieg in ein paar Jahren beendet, und es würde Frieden herrschen. Eine Hochzeit in Friedenszeiten – wann hatte es das wohl zuletzt gegeben?

Eine Schwierigkeit sah Martha allerdings auf sich zukommen. Es war äußerst fraglich, ob ihre Eltern einer Ehe mit dem Sohn des Köhlers zustimmen würden. Bauern hatten unter sich zu bleiben. Schon oft hatte Marthas Vater sich abfällig über Arnos Vater geäußert, und Mutter hatte ihm nickend zugestimmt. Arnos Vater besaß keinen guten Ruf in der Gegend, manche munkelten, er habe seine Frau gemeuchelt. Jedenfalls war sie von einem Tag auf den anderen gestorben, und niemand hatte sie zuvor krank gesehen.

Martha glaubte nicht an dieses Gerücht. Ein Köhler verbrachte nun mal die meiste Zeit seines Lebens im Wald, wo es unheimlich und finster war; kein Wunder, dass die Leute da Gespenster sahen. Welcher Mann war schon in der Lage, sein Eheweib umzubringen? Soldaten töteten, das war ihr Beruf, auch wenn Martha es nur schwer begreifen konnte. Welcher Mensch, der nicht töten musste, würde es dennoch tun? Eine solche Sünde begehen? Nein, Arnos Mutter war sicherlich einem plötzlichen Fieber erlegen, vielleicht auch einem Schlag, aber bestimmt nicht war ihr das Lebenslicht durch den eigenen Gatten ausgehaucht worden. Arno hatte doch keinen Mörder zum Vater.

Martha lauschte dem Gesang der Vögel. „Bald gibt es Frieden“, sagte sie nach einer Weile, als würde sie diese frohe Botschaft den Vogelstimmen entnehmen.

Arno lachte auf. „Frieden? Du träumst.“

„In Münster verhandeln sie bereits, sagt mein Vater.“

„Das tun sie schon seit Jahren – ohne jeden Erfolg. Glaub mir, der Krieg wird noch ewig dauern.“

Fast bekam Martha den Eindruck, dass Arno sich keinen Frieden wünschte. Warum wirkte er bloß immer so kühl, so kampfesfreudig? Vielleicht würde er ja anders über alles denken, wenn die Soldateska erst einmal die Köhlerhütte seines Vaters angezündet hätte – was der liebe Gott freilich verhüten mochte. Der Krieg hatte den Köhler und seine Familie bislang verschont. Auch der Hof von Marthas Eltern war bis zu diesem Tag vor größeren Zerstörungen bewahrt geblieben. Vor einigen Jahren indes hatten sich hessische Truppen bei ihnen eingenistet. Nach ihrem Abmarsch war ihnen nicht einmal eine Brotkrume geblieben: Alles Vieh hatten sie geschlachtet oder mitgenommen, selbst Vaters Wollsocken wechselten den Besitzer. Noch gut konnte Martha sich an einen alten Haudegen erinnern, der es trotz allem gut mir ihr und ihrer Familie gemeint hatte. Als einige seiner betrunkenen Kameraden sich an Mutter heranmachen wollten – sie ging zu dieser Zeit gerade schwanger mit Karlchen – hatte er die Kerle energisch zurechtgewiesen und dafür gesorgt, dass sie niemandem etwas zuleide taten. Allein Vater verbrachte zwei ganze Tage in Fesseln; offenbar hatten die Söldner schlechte Erfahrungen mit Bauern gemacht, die um Familie und Eigentum bangten und in ihrem Zorn zu Berserkern geworden waren.

Es waren verschwommene und weiß Gott keine schönen Erinnerungen, die Martha an jene Tage hatte, als sie und ihre Zwillingsschwester Agnes gerade mal sechs Jahre alt gewesen waren. Doch wenigstens waren sie alle mit dem Leben davongekommen. Viele der Leute aus einem Dorf in der Nähe hatten weniger Glück gehabt. Ihre Höfe waren in Flammen aufgegangen, Frauen waren vergewaltigt worden, Kinder und alte Menschen in den Häusern bei lebendigem Leib verbrannt, während man widerspenstige Männer kurzerhand erschossen oder ihnen, schlimmer noch, den Schwedentrunk aus Wasser und Jauche eingeflößt hatte. Die Geschichten, die man sich über die Verheerung des Dorfes erzählte, waren so schrecklich, dass Martha sich stets die Ohren zuhielt, sobald sie zur Sprache kamen. Allein der bloße Gedanke an Feuer machte ihr schon Angst. Martha hasste Feuer. Selbst zum Herdfeuer hielt sie Abstand, sehr zur Belustigung ihrer Zwillingsschwester.

Martha, Agnes und Karlchen waren mit dem Krieg aufgewachsen, sogar die Eltern konnten sich nur noch vage an die Zeit davor erinnern. Und doch, es gab Gegenden, wo der Krieg noch ärger, noch gnadenloser, noch länger gewütet hatte, wo es angeblich menschenleere Dörfer gab und in den Ruinen der Häuser Wolfsrudel lebten.

„Aber wäre es nicht schön, wenn der Krieg endlich vorbei wäre?“ Martha war fest entschlossen, ihren jungen Gefährten von der Köstlichkeit des Friedens zu überzeugen.

Arno schlug nach einer Fliege, die vor seiner Nase tanzte. „Wäre, hätte, würde – was bringt es, sich etwas herbeizuwünschen und sich über ungelegte Eier Gedanken zu machen", murmelte er wie zu sich selbst.

„Stell dir vor, nie wieder müssten wir Angst vor den Soldaten haben."

„Ich hab keine Angst."

„Und unsere Kinder könnten sich immer satt essen."

„Wenn du meinst."

Martha seufzte leise. Allem Anschein nach war Arno nicht in der Lage, sich das alles vorzustellen. Um ihm dennoch ein paar süße Worte zu entlocken, sagte sie: „Eigentlich dürfte ich heute gar nicht hier sein."

„Und wieso nicht?"

„Na ja, eigentlich ... ach, was soll's!" Sie winkte ab. Den Grund, weshalb sie dennoch hier war, schien Arno nicht wirklich erfahren zu wollen.

„Ist das nicht dein kleiner Bruder?", fragte Arno verdrießlich. Er deutete auf das Kind, das sich ihnen mit tapsigen Schritten näherte.

Martha richtete sich auf. „Gott, oh ja, das ist er", erwiderte sie mit einem Augenrollen.

Als der Vierjährige bei ihnen angelangt war, empfingen ihn die Vorwürfe seiner Schwester. „Karlchen! Was um alles in der Welt hast du hier zu suchen?"

„Und du?", erwiderte der Knabe trotzig.

„Bloß nicht frech werden, Bruder. Wissen die Eltern, wo du steckst?"

Er schüttelte den Kopf.

„Sie werden sich Sorgen machen, du dummer Kerl. Auf, geh sofort wieder nach Hause!"

„Ich will nicht", kam es ängstlich zurück.

Martha musterte ihn mit zusammengekniffenen Augen. „Wovor fürchtest du dich?"

„Vor den Männern."

„Welche Männer?“

„Die zum Hof gekommen sind.“ Er senkte den Blick. Offenbar hatte er sich klammheimlich davongestohlen. Martha wurde es mulmig zumute.

„Waren das ... Soldaten?“

Karlchen hob die Schultern.

„Trugen sie Waffen?“, fragte Arno.

Der Junge nickte zögernd. Martha war bleich geworden.

„Seht, da steigt Rauch auf!“, stellte Arno plötzlich fest.

Martha folgte seinem Fingerzeig. Panik stieg in ihr hoch. Dunkler Qualm schwebte dort hinten über dem Buchenhain, der die Sicht auf den elterlichen Hof verdeckte. „Gütiger Jesus“, stammelte sie, während sie sich erhob. Ihre Beine waren weich wie Wachs.

„Sieht ganz so aus, als hätte man euren Hof angefackelt.“ Arno kratzte sich unschlüssig den Kopf. Karlchen begann zu schluchzen.

„Meine Eltern, meine Schwester“, stammelte Martha heiser.

„Besser, du gehst jetzt nicht nach Hause“, riet Arno ihr mit dünner Stimme.

Sie sah ihn an. „Aber ... vielleicht brauchen sie Hilfe.“

„Was willst du tun? Sie vertreiben?“ Er schüttelte den Kopf und lachte dumpf.

„Arno, bitte komm mit mir“, flehte sie ihn an.

„Ich?“

„Bist du nicht mein Beschützer?“

„Tja, wenn ich nur eine Muskete hätte. Hab ich aber leider nicht. Am besten, du verkriechst dich mit deinem Bruder, bis sie wieder fort sind.“

Martha war fassungslos. Der Junge, den sie eines Tages heiraten wollte, ließ sie einfach im Stich. „Arno! Meine Eltern und meine Schwester sind in Gefahr.“

„Vielleicht lassen die Söldner sie ja in Ruhe“, entgegnete Arno, doch es klang weder überzeugt noch tröstlich. Martha hätte schreien können vor Enttäuschung.

„Verkriecht euch für eine Weile“, riet Arno den Geschwistern ein weiteres Mal, „und haltet euch still, bis sie wieder fort sind. Auch ich will gehen und meinen Vater warnen.“ Er machte kehrt und verschwand Richtung Waldrand. Am liebsten hätte Martha ihm eine Verwünschung hinterhergerufen.

Karlchen schluchzte immer noch. Martha nahm ihn bei der Hand. „Komm mit“, sagte sie entschlossen.

„Wohin gehen wir?“

„Heim.“

„Aber die Männer!“

„Sei kein Feigling wie Arno, Karlchen.“ Noch vor einer Stunde hätte sie Stein und Bein geschworen, dass eine solche Beschuldigung niemals über ihre Lippen käme. Sie hatte sich getäuscht.

Sie erreichten den Buchenhain. Nur zwei Steinwürfe entfernt brannte vor ihnen der elterliche Hof lichterloh. Das Getöse der Flammen, die hoch in den Himmel schlugen, war ohrenbetäubend. Marthas Angst, die sie jedem Feuer entgegenbrachte, überfiel sie mit einem Mal wie ein Albdruck und verwandelte ihre Entschlossenheit in Lethargie.

Vor dem brennenden Gebäude: Menschen! Soldaten! Martha hielt den Atem an. Da – eine Frauengestalt. Mutter! Die Fremden umringten sie.

Wo war Vater, wo Agnes?

Martha spürte, wie ihr Bruder sich fest an sie klammerte. So fest krallten sich seine Finger in ihren Arm, dass es unter anderen Umständen sicher wehgetan hätte. Aber was bedeutete schon körperlicher Schmerz in Anbetracht des grauenvollen Szenarios vor ihren Augen? Wie in Trance sah sie ihren Bruder an.

Karlchens fassungsloser Blick war offenbar auf ein Geschehen gerichtet, das ihr bislang entgangen war. Auf ein Geschehen, das noch schrecklicher sein mochte als das bisher Gesehene. Als ob das überhaupt möglich wäre.

Sie folgte seinem Blick.

Was sie nun sah, grub sich unbarmherzig in ihr Gedächtnis ein, und kein Tag in ihrem späteren Leben verging, ohne dass die Bilder zurückkehrten. Anders als Karlchen, der sich bald nicht mehr an diesen Tag erinnern sollte – ein Geschenk des gnädigen Gottes an einen unschuldigen Knaben –, trug Martha fortan eine furchtbare Bürde durchs Leben.

Hilflos musste sie zusehen, wie die Menschen, die sie liebte, starben.

Später fragte sie sich oft, wie lange sie mit Karlchen in jenem Buchenhain gehockt hatte, während Vater, Mutter und Agnes den Tod fanden. Waren es nur Augenblicke gewesen? Oder Stunden? War der Moment zu einer Ewigkeit oder die Ewigkeit zu einem Moment geworden? Die Bilder sollten niemals verblassen, der Schock traf allein ihr Zeitgefühl, das außer Kraft gesetzt war.

Aus der Menge der Marodeure löste sich mit einem Mal eine Gestalt und kam geradewegs auf die beiden Geschwister zu. Martha klopfte das Herz bis zum Hals. Offenbar hatte man sie entdeckt; nun würde ihnen wohl das gleiche Schicksal widerfahren wie Agnes und den Eltern. Martha wusste, dass sie unverzüglich wegrennen mussten, um ihr Leben zu retten, doch unsägliche Angst lähmte ihre Beine.

„Lauf weg, Karlchen!“, beschwor sie ihren Bruder. Wenn sie selbst nicht imstande war, die Flucht zu ergreifen, so sollte doch wenigstens der Junge mit dem Leben davonkommen. Doch Karlchen zitterte am ganzen Leib und wirkte völlig verstört; es war fraglich, ob er die Worte seiner Schwester überhaupt wahrnahm.

„Warum rennst du nicht weg, Karlchen? Tu, was ich dir sage!“ Marthas Verzweiflung war grenzenlos. Der Soldat hatte sie fast erreicht.

Er war groß gewachsen, ein Hüne, und trug ein zerfetztes, vor Dreck starrendes Soldatenwams, darüber hinaus war seine Kleidung von oben bis unten mit Blut besudelt. Ein breitkrempiger Hut warf Schatten auf sein Gesicht, doch Martha erkannte die lange Narbe auf seiner rechten Wange. Sein Gang war torkelnd; vermutlich war der Kerl betrunken. An seinem Gürtel baumelte eine Pistole, aber er machte noch keine Anstalten, nach der Waffe zu greifen.

Martha schlug die Hände vors Gesicht und murmelte ein Stoßgebet. Als sie wieder aufblickte, stand der Soldat unmittelbar vor ihr.

Er schien sichtlich überrascht zu sein, zwei Kinder im Gebüsch zu entdecken. Sein Weg hatte ihn wohl doch eher zufällig hierhin geführt. Martha erkannte, dass er sehr blass war, vielleicht war er ja krank, vielleicht war er auch nur hierhergekommen, um den Branntwein auszukotzen, den er sicherlich intus hatte. Nichtsdestoweniger gehörte er zu der mordenden Soldateska, die dort drüben ihr Unwesen trieb, die Dinge tat, die so fürchterlich waren, dass Martha sich in der Hölle wähnte. Zweifellos würde der Soldat auch sie nicht verschonen.

Martha bemerkte, dass er etwas in seiner Hand trug. Sie erkannte einen Rosenkranz, dessen hölzerne Perlen er mit seinen groben Fingern betastete. Er war nicht nur ein Mörder, er war auch ein Katholik. Martha erinnerte sich an die Worte ihrer Großmutter: „Katholiken sind Geschöpfe des Teufels!“, hatte sie einmal gesagt. Damals war Martha diese Behauptung ein wenig unbarmherzig erschienen, doch offenbar hatte Großmutter recht gehabt.

Marthas Angst wandelte sich urplötzlich in maßlose Wut. Der Teufel wollte ihr und ihrer Familie Böses – welches Recht hatte er dazu? Hatte nicht auch Martin Luther den Teufel vertrieben, indem er ein Tintenfass nach ihm warf? Nun, ein Tintenfass hatte sie nicht zur Hand, doch ihr Blick fiel auf einen zugespitzten Zweig, den der letzte Sturm vom Baum gerissen hatte; er glich einem kleinen Speer. Sie griff nach dieser Waffe, die der liebe Gott ihr in ihrer Not zukommen ließ.

Der Soldat öffnete den Mund, als wollte er etwas sagen; im nächsten Moment schrie er auf, weil Marthas kleiner Speer sich tief in sein linkes Auge bohrte.

Nein, Mitleid empfand sie nicht mit diesem Mann, auch wenn er in die Knie ging, sein Gesicht vergrub und jämmerlich zu wimmern begann. Er war für sie eine Bestie, er hatte Vater, Mutter und Agnes auf dem Gewissen. Blut und eine widerliche gallertartige Flüssigkeit rann zwischen seinen Fingern hindurch, während Marthas Speer noch immer in seinem Kopf steckte.

Martha begriff, dass sich ihr nunmehr die letzte Chance zur Flucht bot, denn die katholische Bestie würde noch eine Weile mit sich selbst zu tun haben. Nachdem ihr Entsetzen und ihre Angst sich in Zorn und Abscheu verwandelt hatten, war ihr Lebenswille zurückgekehrt. Sie griff nach Karlchens Hand, zog ihn mit sich fort. „Rasch!“, sagte sie entschlossen.

Der Junge wirkte immer noch willenlos und betäubt. Dunkle Rauchschwaden zogen über die fliehenden Kinder hinweg. Lag nicht auch der Geruch verbrannten Fleisches in der Luft? Martha sah sich nicht um, flehte im Stillen den Herrn im Himmel an, dass keiner der Teufel ihnen folgen möge.

Wohin? Egal, nur weg, weit weg von dem Ort des Grauens, der vor Kurzem noch ihre Heimat gewesen war.

Karlchen stolperte und fiel, schlug sich die Knie auf. Martha riss ihn hoch, schob ihn voran; später fragte sie sich, ob sie ihn nicht sogar getragen hatte.

Als sie den Waldrand unversehrt erreichten, stellte sich die Frage nach dem „Wohin" von Neuem. Martha keuchte vor Anstrengung.

„Ich will zur Mutter", schniefte Karlchen. Er hatte seine Sprache wiedergefunden.

„Mutter ist tot!", erwiderte Martha mit einer Härte, die sie selbst befremdete. „Sie alle sind tot!"

Karlchen weinte bitterlich.

Wohin?

Einen Augenblick lang spielte Martha mit dem Gedanken, Zuflucht in der Hütte des Köhlers zu suchen. Dann aber erinnerte sie sich an Arnos schmähliches Verhalten. Arno war ein Feigling, er hatte sie einfach im Stich gelassen, obwohl sie doch einander die Ehe versprochen hatten. Nein, sie wollte ihn nie im Leben wiedersehen.

„Komm!", sagte sie zu ihrem Bruder und nahm ihn wieder an die Hand.

„Wohin gehen wir?", wollte Karlchen von ihr wissen.

Sie gab ihm keine Antwort, denn sie wusste nicht welche. Der liebe Gott hatte sie vor den katholischen Bestien gerettet, also würde er sie dorthin führen, wo sie weiterleben konnten – obwohl sie in diesem Moment nicht die leiseste Ahnung hatte, wie ein Leben ohne ihre Eltern und ohne ihre geliebte Zwillingsschwester wohl aussehen mochte.

Frühjahr 1656 A. D.

1

Dienstag, 18. April 1656. Kurz nach dem Osterfest.

„Muss eben mal austreten", murmelte der alte Matthes Breidbach und erhob sich schwerfällig. Dann verschwand er schlurfend im Gebüsch und ließ die beiden Geschwister am Lagerfeuer allein zurück.

Nachdenklich blickte Martha ihm hinterher. Es gefiel ihr nicht, dass ihr Ziehvater immer hinfälliger wurde. In den letzten Wochen war er sichtlich abgemagert. Aus dem einst so rüstigen Mann war ein dürrer, zerbrechlicher Greis geworden. Doch wenn sie ihn fragte, ob ihm etwas fehle, winkte er stets ab. Ihm gehe es bestens, beteuerte er dann beinahe unwirsch, und er begreife nicht, weshalb sie ihn immerzu frage. So gütig und liebevoll der alte Matthes gewöhnlich auch war, sobald man auf seinen Gesundheitszustand zu sprechen kam, wurde er mürrisch und ungehalten.

„Was hältst du von ihm?", fragte Martha ihren Bruder leise.

Karl, der den Kaninchenknochen in seiner Hand nach letzten Fleischresten absuchte, hob die Schultern. „Was soll ich von ihm halten? Kein Mensch wird jünger, so ist nun mal das Leben." Er entsorgte den Knochen, indem er ihn über seine Schulter warf. Dann griff er zum Wasserschlauch, um seinen Durst zu stillen.

„Es ist mehr als das", entgegnete Martha kopfschüttelnd. „Matthes ist krank, wenn du mich fragst. Siehst du denn nicht, dass er immer gebrechlicher wird? Noch im vergangenen Herbst hat er mühelos den Wetzstein getragen. Das wäre jetzt undenkbar. Es ist einfach nicht normal, dass ein Mensch in so kurzer Zeit so arg abbaut."

Karl dachte eine Weile über die Worte seiner Schwester nach. „Was schlägst du demnach vor?“, fragte er, als er einsah, dass Marthas Sorge durchaus ihre Berechtigung hatte.

„Wir müssen ihn unbedingt zu einem Arzt schicken, der ihn gründlich untersucht!“ Dem entschlossenen Tonfall ihrer Stimme war zu entnehmen, dass sie diesen Plan schon länger hegte. „Aachen ist nicht allzu weit. Dort gibt es bestimmt viele gute Ärzte.“

Karl nickte. „Nur wird es schwierig sein, ihn von der Notwendigkeit zu überzeugen. Du weißt ja, wie er ist.“

„Ich rechne auf deine Unterstützung, Bruderherz. Der gute Matthes lässt sich nicht gerne etwas von einer Frau vorschreiben.“

„Von dir schon.“

„Nicht wenn es um seine Gesundheit geht. Da lässt er sich nichts sagen, gar nichts. Nun denn, ich zähle auf dich.“

Sie blickten schweigend ins Feuer. Kuki, das Maultier, nagte gelangweilt die Rinde vom Baum, an den er gebunden war. Eine Weile war nur das Schmatzen des Tieres und das Prasseln des Feuers zu vernehmen. Für die Jahreszeit war es ungewöhnlich mild, deshalb hatten sie vorhin beschlossen, an Ort und Stelle, in diesem Waldstück der Eifel, zu kampieren. Die Geschwister hatten sich schon lange daran gewöhnt, im Zelt oder unter freiem Himmel zu nächtigen; dauerhaft unter einem Dach zu leben, das war für sie nur eine ferne, wenn auch recht angenehme nostalgische Erinnerung. Das nächste Dorf lag mehr als eine Wegstunde entfernt; gleich nach Sonnenaufgang wollte Matthes es ansteuern, um dort seine Dienste als Scherenschleifer anzubieten. Nun galt es, ihn davon zu überzeugen, dass die alte Kaiserstadt Aachen mit seinen Ärzten ein viel dringlicheres Ziel war.

Die Flammen des Lagerfeuers begannen allmählich zu verkümmern.

„Sei so gut und leg noch ein paar Äste auf", sagte Martha zu ihrem Bruder.

Seufzend erhob sich der Vierzehnjährige, um zu tun, worum sie ihn gebeten hatte. „Vielleicht gibt es in Aachen ja auch einen Arzt, der dich von deiner Feuerangst kuriert", dachte er laut nach.

„Mach schon", erwiderte sie ungehalten. Sie mochte es nicht, wenn man ihre Schwäche bloßstellte. Schließlich hatte sie gute Gründe, das Feuer nicht zu mögen. Auch wenn sie es nach Möglichkeit vermied, darüber zu sprechen. In dieser Hinsicht, so ging es ihr unwillkürlich durch den Kopf, war sie im Grunde nicht anders als der gute Matthes, der einfach nicht preisgeben wollte, welches Leiden ihn eigentlich quälte.

Karl hatte zwei Hände voll Unterholz gesammelt. Zurückgekehrt, legte er die Äste sorgsam auf das Feuer. Zischend stieg schwarzer Qualm auf.

„Himmel, gab es denn dort kein trockenes Holz?", fuhr Martha ihn an und wedelte hüstelnd mit den Händen vor ihrem Mund.

„Geh nächstens halt selbst", antwortete Karl eingeschnappt.

Martha senkte den Kopf und sah ein, dass sie ihrem Bruder Unrecht getan hatte. „Ach, verzeih mir, Karlchen."

„Schon gut, Schwesterherz. Ich weiß doch, es ist allein die Sorge um Matthes, die dich so missmutig macht."

Karl bemerkte nicht, dass dieser inzwischen hinter seinem Rücken wieder auftauchte.

„Aha, man sorgt sich also um mich", sagte der alte Mann blinzelnd. „Darf man vielleicht erfahren, warum das so ist, he?"

Verlegen stammelte Karl etwas Unverständliches, setzte sich wieder und stocherte im Feuer herum. Das war nicht gerade die Unterstützung, die Martha sich von ihrem Bruder erhofft hatte. Sie räusperte sich, aber Karl tat, als hörte er nichts.

„Nun?“, hakte Matthes kurzatmig nach, während auch er wieder am Lagerfeuer Platz nahm.

Martha musterte ihn mit gerunzelter Stirn. Jede Bewegung schien ihm große Mühe zu machen; im Schein des Feuers wirkte sein Gesicht so bleich, dass Martha heftig erschrak. Auch das Sprechen strengte ihn an, denn seine Stimme war müde und brüchig; nichtsdestotrotz spielte er, wie es seine Art war, den starken Mann.

„Was glotzt du mich an, Töchterchen? Hast du noch nie jemanden gesehen, der sich am Ende eines langen Tages nach ein wenig Ruhe sehnt?“

„Warst ziemlich lange weg, Matthes“, sagte Martha, ohne den Blick von ihm abzuwenden. „Wolltest du nicht nur mal kurz austreten?“

Matthes lachte; es klang gezwungen und strengte ihn nur noch mehr an. „Man wird ja wohl noch in aller Ruhe sein Geschäft erledigen dürfen, oder?“

„Du bist krank!“, sagte Martha, die es nunmehr für angebracht hielt, nicht mehr um den heißen Brei herumzureden.

„Krank? Ich? Wie um alles in der Welt kommst du denn darauf?“ Auch wenn Matthes jetzt den Empörten mimte, blieb Martha bei ihrer schonungslosen Linie.

„Ein Blinder kann sehen, dass du dich nicht wohl fühlst. Und wo ist nur dein Bauch geblieben, auf den du immer mit deinen Fingern getrommelt hast? Innerhalb weniger Wochen scheint er mir spurlos verschwunden zu sein.“

„Im Alter isst man nun mal weniger.“

„Und immer wirkst du müde und erschöpft."
„Ich bin das blühende Leben."
„Warum gibst du nicht zu, dass dir irgendetwas fehlt? – Karl! Sag auch du endlich was dazu!"
Der Bursche hob widerwillig den Kopf und sah den alten Scherenschleifer an. „Sie hat recht, Matthes", sagte er schließlich mit einem Nicken. „Du wirkst krank und solltest einen Doktor aufsuchen."
„Einen Doktor? Seid ihr noch zu retten, Kinder?" Matthes begann laut zu husten. Martha rutschte zu ihm herüber und klopfte sanft seinen Rücken, bis er sich von dem Anfall erholt hatte. Einmal mehr stellte sie auf diese Weise fest, dass er nur noch aus Haut und Knochen bestand.
„Diese verdammten Quacksalber ziehen einem doch nur das Geld aus der Tasche! Nein, Kinder. Kommt nicht infrage, dass wir einen dieser Kurpfuscher aufsuchen."
Martha holte tief Luft. „In Aachen gibt es sicher Ärzte, die ihr Handwerk bestens verstehen."
„Es geht mir gut. Ich brauche keinen Arzt. Außerdem ist Aachen katholisch, eine Stadt der Papisten. Wisst ihr das etwa nicht?"
„Und wenn schon. Matthes, du musst –!"
„Genug! Ich will nichts mehr davon hören. Offenbar seid ihr vollkommen übergeschnappt. Karl, geh und hol mir meine Fidel."
„Ich soll ... was?"
„Meine Fidel sollst du holen. Ich möchte ein wenig musizieren, bevor wir uns zur Ruhe legen. Damit ihr endlich auf andere Gedanken kommt. Krank – pah, was für ein Blödsinn!"
Karl warf seiner Schwester einen verzweifelten Blick zu. Die hob resignierend die Schultern. Matthes war offenbar noch viel sturer, als sie erwartet hatte.

Für heute hatte es wenig Zweck, weiter auf ihn einzureden, er würde sich eher die Zunge abbeißen als zugeben, dass er sich krank fühlte.

Das geliebte Instrument befand sich neben ihren anderen Habseligkeiten in dem kleinen vierrädrigen Karren, den Kuki, das Maultier, stets von Ort zu Ort zog. Karl stand auf und holte das Verlangte.

Nach wenigen Minuten legte Matthes seine Fidel zärtlich beiseite; seine Erschöpfung konnte er nicht länger verbergen, und der verbissene Frohsinn, den er hatte verbreiten wollen, fand ein jähes Ende. Erschüttert beobachtete Martha, wie er sein Nachtlager bereitete. Als sie ihm dabei zur Hand gehen wollte, ließ er das nicht zu.

„Spar dir die Fürsorge für die Kinder auf, die du hoffentlich eines Tages haben wirst." Diesmal wirkte sein Lächeln echt. Martha hätte weinen können. Wenn dieser sture Kerl, den sie liebte wie einst ihren eigenen Vater, sich doch nur helfen lassen würde.

Später, als Matthes endlich zur Ruhe gekommen war, sah sie, wie er im Schlaf vor Kälte zitterte. Sie überlegte, das Zelt für ihn aufzuschlagen, aber er würde es stur ablehnen, sich hineinzulegen. Also nahm sie ihre Wolldecke, erhob sich leise und breitete sie sanft über den frierenden alten Mann aus. Dann schlich sie sich zu ihrem Bruder herüber.

„Lass mich unter deine Decke", flüsterte sie ihm zu. Karl machte ihr Platz und brummte müde etwas vor sich hin. Erst lange nach Mitternacht fiel Martha in einen unruhigen, traumlosen Schlaf.

Fast zehn Jahre waren vergangen seit jenem verhängnisvollen Tag, als Martha und Karl zu Waisen wurden. Damals waren sie zwei Tage lang ziellos herumgeirrt, getrieben allein von dem Entsetzen, das in ihnen

Köpfen wucherte. Auch die Nachbarhöfe waren, wie sie erfuhren, von Marodeuren heimgesucht und gebrandschatzt worden; niemand sah sich in der Lage, sich um zwei elternlose Kinder zu kümmern.

Außer Matthes und Mechthild.

Der Scherenschleifer und seine Frau hatten die völlig verängstigten und hungernden Geschwister in einem abgelegenen Gehölz aufgelesen und mit Nahrung versorgt. Nach gründlichen Überlegungen, was sie mit den Kindern anfangen sollten, schlug Mechthild ihrem Mann vor, die beiden einfach bei sich zu behalten. Matthes war einverstanden; Kinder waren ihm und seiner Frau stets versagt geblieben, und das Mädchen und der Junge weckten außer Mitleid auch bald Zuneigung bei ihnen.

Es waren schwierige Zeiten; nach wie vor wütete im Reich der Krieg. Fahrendes Volk wie der Scherenschleifer und seine Frau lebte gefährlich, aber immerhin blieb ihnen, anders als den Bauern, die Möglichkeit, dem Krieg zu entfliehen, sich in Landstriche zu begeben, wo die Brandfackel noch nicht entflammt oder bereits erloschen war. Dennoch kam es einem Wunder gleich, dass Matthes und Mechthild stets einen Weg gefunden hatten, ihre Existenz zu sichern. Dass sie es darüber hinaus auf sich nahmen, zwei fremde Kinder wie Mündel bei sich aufzunehmen, hatte Martha von Anfang an gerührt. Gewiss, Matthes und Mechthild konnten ihr nicht die geliebten Eltern ersetzen – zumindest nicht in den ersten schweren Wochen –, aber ohne ihre Herzensgüte wäre Marthas Seele wohl bald verkümmert. Noch rascher gewöhnte sich der kleine Karl an seine Pflegeltern. Förderlich hierfür war die seltsame Tatsache, dass die grauenhaften Bilder jenes Tages, an dem seine Eltern und seine Schwester Agnes starben, in seinem Kopf wie ausgelöscht schienen.

Bald schon hatten der Junge und das Mädchen sich an ihr unstetes Leben gewöhnt. Mit dem Leben auf dem Hof hatte es nichts mehr gemein, und mit einem Mal begriff Martha, wie weit die Welt doch war. Schon bald vergaß sie, wie es ist, eine Kuh zu melken, Heu zu wenden oder Honig zu schleudern. Stattdessen lernten sie und ihr Bruder Scheren, Messer und Dolche zu schleifen; auch trafen sie jeden Tag auf neue Menschen, und schon bald entwickelte Martha ein gutes Gespür, vor wem man auf der Hut zu sein hatte. Wandervolk war bei den sesshaften Menschen nie sonderlich beliebt gewesen, und der Umstand, dass Krieg im Land herrschte, machte es ihnen nicht einfacher. Manches üble Schmähwort war Martha schon zugerufen worden; es dauerte lange, bis sie sich daran gewöhnte. Nichts schmerzte sie mehr, als wenn man ihre Pflegeeltern als Gesindel beschimpfte. Matthes und Mechthild waren rechtschaffende Leute, die ein gutes Herz besaßen, nicht nur, weil sie sich zweier Waisen angenommen hatten. Außerdem waren sie lutheranisch und standen allem Katholischen kritisch gegenüber. Großmutter hätte wohl ihre helle Freude an ihnen gehabt.

Das Jahr des Herrn 1648 brachte zwei Ereignisse, die grundlegende Veränderungen in ihrer aller Leben bedeuteten.

Im Herbst erlosch im Reich die Brandfackel des Krieges. Satt vom Blut und müde vom Brennen hatten sich in Münster und Osnabrück nach jahrelangen zähen Verhandlungen die Delegierten der Kriegsparteien auf einen Frieden geeinigt.

Dreißig Jahre hatte der unselige Krieg gewährt.

Martha erinnerte sich genau an das jubilierende Glockengeläut, das allerorten angestimmt wurde, nachdem die Nachricht, der monatelang Gerüchte vorausgeeilt waren, sich endlich verbreitete. Manche Menschen hatten sich weinend in den Armen gelegen, andere hatten nur ungläubig den Kopf geschüttelt, als würden sie dem Frieden, den sie nie kennengelernt hatten, nicht über den Weg trauen.

„Nun müsst ihr nie wieder Angst haben“, hatte Matthes euphorisch behauptet, und Mechthild hatte alle vor lauter Freude geküsst und ein fröhliches Lied angestimmt.

Endlich konnte die Erde zu einem Paradies werden, dachte sich Martha, obgleich sie nur recht vage Vorstellungen vom Paradies hatte.

Das zweite – und keinesfalls erfreuliche – Ereignis war Mechthilds Tod.

Es geschah in Magdeburg, nur wenige Wochen nach dem Friedensschluss von Westfalen. Weil sie nicht Obacht gab und stolperte, geriet Mechthild unter die rumpelnden Räder eines Fuhrwerks.

Auf der Stelle war sie tot.

Mit zehn Jahren hatte Martha ihre leibliche Mutter verloren, und nun, da sie zwölf zählte, starb auch die zweite Mutter. Seit Mechthilds Tod waren wiederum mehr als sieben Jahre vergangen. Aus Karl war ein stattlicher Bursche geworden, aus Martha eine junge, hübsche Frau, nach der sich jeder Mann umdrehte. Die groß gewordenen Kinder waren Matthes’ ganzer Stolz; ihnen verdankte er, dass er über den Tod seiner treuen Mechthild hinweggekommen war. Was hätte er bloß ohne die beiden gemacht?

Aber Marthas Sorge um Matthes war in letzter Zeit von Tag zu Tag gewachsen. Wenn er doch bloß nicht so eigensinnig wäre!

In jener milden Aprilnacht, als der Schlaf erst mit langer Verzögerung über sie kam, beschloss sie, sich künftig über Matthes’ Sturheit zu seinem eigenen Wohl rigoros hinwegzusetzen.

Karl besaß ein unbeschwerteres Gemüt als seine Schwester. Wenn Martha sich manchmal nachts schlaflos hin- und herwälzte, befand er sich längst in tiefstem Schlummer. Im Gegensatz zu ihr besaß er keinerlei Erinnerungen an die Ereignisse jenes grauenvollen Tages vor zehn Jahren – als habe eine gütige Macht ihn von dieser Last entbunden. Deshalb war es ihm möglich, in erfreulichen Traumwelten zu wandeln.

Vor einigen Wochen war ihm ein Mädchen begegnet, am Ufer der Maas, im Niederländischen. Er hatte geangelt, und auch das Mädchen war zum Fluss gekommen, um ein paar Kleidungsstücke zu waschen.

Sie war eine Zigeunerin, hatte braune Haut und dunkles langes Haar. Zunächst war Karl wütend, denn sie vertrieb ihm die Fische. Nur wenige Schritte von ihm entfernt kniete sie am Wasser und sah ihn mit lebhaften Augen an. Sie trug rote Ohrreifen aus Holz, ein jeder groß wie ein Dukat. So betörend erschien Karl ihre wilde Schönheit, dass ihm jedoch jeglicher Protest im Hals stecken blieb. Stattdessen ergriff *sie* das Wort.

„Wie heißt du?“, fragte sie.

Er hüstelte und nannte ihr seinen Namen.

„Ich bin Maroy“, sagte sie.

Er nickte und versuchte, sich auf seine Angelrute zu konzentrieren. Was ihm nicht gelang, denn immer wieder musste er zu ihr herübersehen. Sie lächelte ihm zu, während sie ihre Wäsche wusch. Als sie fertig war, packte sie die feuchten Kleider und trat Karl ein Stück entgegen.

„Ich muss jetzt zu meinen Leuten zurück“, erklärte sie.

„Das ist schade“, erwiderte Karl. Auch wenn sie kaum miteinander gesprochen hatten, hatte ihre Gegenwart ihn in seltsame Unruhe versetzt.

„Ja, schade", nickte Maroy. „Aber vielleicht sehen wir uns einmal wieder."

„Das wäre schön", sagte Karl. „Dann könnten wir gemeinsam einen Spaziergang machen."

„Ja, warum nicht?"

Sie machte kehrt und entfernte sich. Er starrte ihr nach. Sein Herz machte einen Sprung, als sie sich noch einmal umdrehte und ihm zuwinkte. Karl winkte zurück.

„Nicht vergessen, ein Spaziergang am Fluss!", rief sie.

Maroy ging ihm fortan nicht mehr aus dem Kopf. Bald wurde ihm klar, dass er verliebt war. Zum ersten Mal in seinem Leben. Aber das erzählte er weder Matthes noch Martha. Womöglich würden sie sich über ihn lustig machen: verliebt in eine Zigeunerin ...

Nachts träumte er von ihr. Träumte, dass es keinen Abschied von ihr gegeben hatte. Hand in Hand spazierten sie dann am Flussufer entlang. Manchmal küssten sie sich. Und die Sehnsucht nach ihr wurde mit jedem Traum größer.

Am nächsten Morgen weckte Matthes frohgelaunt seine beiden Ziehkinder.

„Aufwachen, ihr Faulpelze! Es wartet Arbeit auf uns. Die erledigt sich auf keinen Fall im Schlaf."

Martha glaubte, ihren Ohren ebenso wenig trauen zu können wie ihren Augen. Matthes wirkte wie das blühende Leben; derart frohgemut und fidel hatte sie ihn lange nicht mehr gesehen. Auch Karl gab im Erwachen einen überraschten Laut von sich.

Zärtlich berührte Matthes Marthas Schulter. „Schlafmütze, wer von uns beiden ist denn hier wohl müde und erschöpft, he?"

Martha reckte sich gähnend. „Ich bin kaum in der Lage zu widersprechen." Sie erwiderte sein liebendes

Lächeln. War es möglich, dass sie sich getäuscht hatte? Dass sie alles viel zu düster gesehen hatte? Vielleicht war es ja tatsächlich nur ein vorübergehendes Unwohlsein, das den guten Matthes heimgesucht hatte. Sie würde ihn schon wieder aufpäppeln.

Eine matte Sonnenscheibe, die über den Wipfeln der Bäume in den Himmel stieg und ein wundervolles Licht über den Raureif der Hügellandschaft warf, bestärkte Martha in der Zuversicht, dass möglicherweise alles wieder gut werden würde. Der Frühling kam, Heerscharen von Vögeln zwitscherten, Blütenduft lag in der Luft. Gottes Welt war so schön, wer mochte da an Tod und Krankheit denken? Selbst Kuki war gut gelaunt.

Martha stand auf und versetzte ihrem schlummernden Bruder einen sanften Fußtritt.

„Taub, Bruderherz? Du hast gehört, was Matthes gesagt hat! Es warten Scheren auf uns."

„Hab's vernommen", murmelte Karl. „Wirkte eigentlich kein bisschen krank, unser gestrenger Vater."

Martha wunderte sich also nicht allein. Wie auch immer, der Tag begann herrlich. Dennoch forderte auch die Natur ihren Tribut: Martha hatte das Gefühl, ihre Blase müsse gleich zerplatzen.

Sie zog sich hinter ein Gebüsch zurück. Nachdem sie das Geschäft erledigt und ihren Rock wieder zurechtgerückt hatte, stutzte sie. Etwas Rotes war ihr in die Augen gestochen, nur wenige Schritte entfernt, hinter einem aufblühenden Holunderbusch.

Ahnungsvoll trat sie näher. In diese Richtung war Matthes am Abend zuvor verschwunden, um seinerseits ein Geschäft zu erledigen, wie er behauptet hatte. Nun aber sah Martha dort auf dem Waldboden, vom Raureif nur unzureichend übertüncht, eine große Lache geronnenen Blutes.

Martha begriff. Und erschrak. Wie ein Hammerschlag traf sie die Erkenntnis, dass sie zu früh frohlockt hatte. Wie hatte sie nur so töricht sein können, an ein vorübergehendes Unwohlsein zu glauben? Waren die Anzeichen für ein ernsthaftes Leiden nicht eindeutig gewesen? Matthes hatte sie getäuscht.

Furcht und zugleich auch Zorn stiegen in ihr hoch. Mochte ja sein, dass Matthes sich an diesem Tag besser fühlte, aber das änderte nichts an seiner Krankheit. Er hatte sie und Karl mit seinem Frohsinn eingelullt, aber schon bald würde es ihm wieder schlecht gehen. Das war so sicher wie das Amen in der Kirche.

Sie erinnerte sich an den Entschluss, den sie in der Nacht gefasst hatte. Keine Finte der Welt würde sie nun davon abhalten, zu tun, was getan werden musste. Matthes war wie ein kleines Kind, das endlich zur Räson gebracht werden musste. Sie hoffte nur inständig, dass es nicht schon zu spät war.

Entschlossen ging sie auf Matthes zu, der soeben zusammen mit Karl das Maultier vor den Karren spannte.

„Sag mal, Matthes: Wie oft hast du eigentlich schon Blut gekotzt?"

Er mied ihren Blick.

„Wie oft?", wiederholte sie eindringlich.

„Es ist kaum der Rede wert", murrte er.

„Er hat Blut gekotzt?", fragte Karl.

„Und nicht zu knapp. Nun reicht es. Wir werden einen Doktor aufsuchen, ob du willst oder nicht, Matthes!"

„Nichts da!"

„Still. Du wirst tun, was ich dir sage!"

„Junges Fräulein, wie redest du mit deinem Vater?"

„Auf eine Weise, die dich hoffentlich bald begreifen lässt, dass wir dich nicht verlieren möchten. Und deshalb wirst du dich endlich von einem Arzt untersuchen lassen, sonst rede ich nie wieder auch nur ein Wort mit dir."

„Und ich auch nicht", kam Karl seiner Schwester zur Hilfe, nachdem diese ihm einen fordernden Blick zugeworfen hatte.

Matthes nagte an seiner Unterlippe und wirkte wieder bleich und hinfällig. Martha sah ihm an, dass sein Widerstand allmählich zusammenbrach.

„Was kann ein Arzt schon tun?", sagte er heiser. „Nun denn, wenn ihr euren alten Vater derart unter Druck setzt, dann frage ich eben einen dieser verdammten Quacksalber nach seiner verdammten Meinung. Seid ihr nun endlich zufrieden?"

Martha nickte. Sein Sinneswandel erleichterte sie, dennoch behielt sie ihren resoluten Tonfall bei. „Deshalb brechen wir unverzüglich nach Aachen auf."

Matthes öffnete den Mund für einen neuerlichen Einwand, aber Martha hieß ihn mit einer barschen Geste ihrer Hand zu schweigen. „Nach Aachen, sagte ich! Sofort!"

Sie hatte sich durchgesetzt.

2

Mittwoch, 19. April 1656

Endlich sah er die Umrisse der Stadt in der Ferne vor sich auftauchen. Die vielen Kirchen, die Türme der Umfassungsmauer, die ungezählten Dächer. Dahinter bewaldete Hügel, und über allem ein kaum bewölkter Himmel. Die Luft war mild und ungewöhnlich warm. Der Winter schien sich in diesem Jahr endgültig verabschiedet zu haben, aber wer vermochte schon zu sagen, ob er mit den Menschen nicht ein eigenwilliges Spiel trieb und nicht noch einmal mit aller Macht zurückkam. So wie im vergangenen Jahr, als es den Bauern gründlich die Laune und vor allem einen großen Teil der Ernte verdorben hatte.

Der Mann, der beim Anblick der Stadt stehen blieb, um zu verschnaufen, war seit zwei Tagen unterwegs; endlich, so ging es ihm durch den Kopf, war er in Sicherheit. Er war so klein gewachsen, dass man ihn zu den Zwergen zählen musste: Die Proportionen seiner Gliedmaßen und seines Kopfes wirkten weder kindlich noch erwachsen, sodass die meisten Menschen, die seiner ansichtig wurden, ihn putzig und possierlich fanden. Aber daran hatte er sich längst gewöhnt – ja, es war sogar seine Aufgabe, putzig und possierlich zu sein, denn es würde künftig zu seinem Broterwerb beitragen. Der Herrgott hatte ihm einen normalen Körperbau verwehrt, weshalb es ihm nicht möglich war, einer gewöhnlichen Arbeit nachzugehen. Er hatte beschlossen, die Leute mit seinen Possen zum Lachen zu bringen, denn darin besaß er Talent. Aber in Köln war das leider nicht möglich; Hals über Kopf hatte er die Stadt vor zwei Tagen verlassen müssen.

Aachen war kleiner als Köln, und doch zählte die Stadt zu den größten Städten im Westen des Reiches. Und zu den glorreichsten ohnehin. Denn früher hatte man dort die Könige gekrönt und gesalbt, das wusste der kleine Mann. Und immerhin konnten die Aachener, anders als die Kölner, von sich behaupten, einen vollendeten Dom zu besitzen. Eben jenen, in dem einst die Könige gekrönt worden waren. Aber das war vor dem großen Krieg gewesen, also vor einer schieren Ewigkeit.

Nachdem der Mann eine Weile verschnauft hatte, setzte er seinen Weg mit tapsigen Schritten fort, keine Stunde Fußmarsch trennte ihn mehr von seinem Ziel. Allmählich hatte er sich auch an seine neue Kleidung gewöhnt, nachdem er die Hosen, die er trug, anfangs noch inbrünstig verwünscht hatte. Endlich konnte sein neues Leben beginnen. Ein Leben als Spaßmacher.

Etwa zur gleichen Stunde näherte sich der Stadt von Süden her ein weiterer Mann. Er trug einen langen Mantel und einen Schlapphut mit breiter Krempe. Rein äußerlich hatte er nicht das Geringste mit dem Zwerg gemein. Groß gewachsen war er und recht kräftig, ein wahrer Hüne, auch mochte er wesentlich älter sein als der Kleine. Darüber hinaus wirkte er in sich versunken, bedrückt, manch einer hätte ihn vielleicht auch als grimmig bezeichnet und wäre ihm rasch aus dem Weg gegangen. In Wahrheit war er von allem etwas, nachdenklich, bedrückt und zornig. Aber das war er eigentlich unablässig. Sein Gemütszustand hatte sich seit langer Zeit nicht mehr geändert. Hinzu kam, dass er sich an diesem Morgen sehr müde fühlte, denn in der Nacht hatten ihn einmal öfter böse Träume aus dem Schlaf gerissen, hatte die Vergangenheit ihn unbarmherzig wachgerüttelt.

Ein Kanonendonner hatte ihn jäh erwachen lassen, sein Herzschlag glich einem Trommelwirbel. Bis ihm klar wurde, dass es nur ein Alb gewesen war. Einer jener Albträume, die ihn regelmäßig heimsuchten, doch niemals wurden sie zur Gewohnheit, im Gegenteil: Sie waren mit den Jahren zunehmend beängstigender und wirklichkeitsgetreuer geworden.

Mal war es Kanonendonner, ein anderes Mal waren es die Kampfrufe feindlicher Reiter und wildes Hufgetrappel, dann wiederum das fürchterliche Geschrei der Verwundeten auf dem Schlachtfeld. Manchmal glaubte er sogar den Pulverdampf riechen zu können, der wie ein dichter Schwaden über dem Schlachtfeld hing.

An Schlaf war nicht mehr zu denken, wenn die Bilder aus der Vergangenheit ihn erst einmal heimgesucht hatten. Stunden noch spukten sie in seinem Kopf herum, und es gab nichts, was er dagegen tun konnte. Oft genug fragte er sich, weshalb, zum Teufel, er überhaupt noch lebte. Tausend Mal hätte er in den Schlachten sterben können, tausend Mal hatte der Herrgott ihn vor dem Tod bewahrt, aus welchem Grund auch immer, obwohl er es irgendwann aufgegeben hatte, für sein Überleben zu beten. Genau genommen an dem Tag, als Hilde starb.

Im Lager war eine Seuche ausgebrochen. Viele aus dem Tross erlagen ihr, seine Hilde gehörte zu den ersten Opfern. Mit ihr war nicht nur seine Gefährtin gestorben, sondern auch ihr gemeinsames Kind, das sie noch im Leib trug. Mehr als zehn Jahre hatte Hilde ihn treu durch den Krieg begleitet, keines ihrer drei Kinder war über den ersten Lebensmonat hinausgekommen. Und doch hatten Hilde und er nie die Hoffnung aufgegeben, dass es eines Tages ganz anders kommen würde. Dass sie ein neues Leben führen konnten.

Mit Hildes Tod war auch diese Hoffnung gestorben. Fortan betete er nicht mehr für sein Überleben, aber Gott wollte ihn einfach nicht sterben lassen, sondern ließ ihn den Krieg überstehen. Die Pfaffen hatten schon recht, wenn sie nicht müde wurden zu behaupten, die Wege des Herrn seien unergründlich.

Die Mauern der Stadt lagen nun vor ihm. Er blieb stehen und betrachtete sie von Weitem, während er durch seine Finger die Perlen eines Rosenkranzes gleiten ließ.

In Aachen, so hatte er beschlossen, wollte er sich einer Pilgergruppe anschließen. Eine Pilgerreise nach Santiago de Compostela unternehmen – das war alles, was er noch zu tun gedachte, bevor der Herr ihn hoffentlich den Weg allen Fleisches gehen ließ. In früheren Zeiten – das hatte ihm ein alter Priester erzählt – waren die Menschen häufig gepilgert, um die Vergebung ihrer Sünden zu erlangen. Heutzutage waren die großen Pilgerströme versiegt, Kriege und jahrzehntelange Religionskämpfe hatten den Fernwallfahrten allmählich ein Ende bereitet.

Der Hüne war dennoch fest entschlossen, nach Santiago zu gehen. Was für das Seelenheil der Ahnen von großer Bedeutung gewesen war, konnte heute nicht falsch sein. In Aachen, so hieß es, sammelten sich jedes Frühjahr noch Unentwegte, die bereit waren, die unsäglichen Strapazen auf sich zu nehmen.

Unterwegs würde er versuchen zu vergessen. In Santiago, der Stadt des Heiligen Jakobus, würde er seine Sünden bereuen. Danach gab es nichts mehr, was er noch tun konnte.

Die Narbe, die quer durch seine rechte Gesichtshälfte verlief, begann fürchterlich zu brennen, ebenso das linke Auge, jenes nämlich, das ihm noch verblieben war.

Der Hüne ignorierte den Schmerz, er war daran gewohnt, dass er regelmäßig davon heimgesucht wurde, gleich einer verfügten Bestrafung. Langsam zog er den Säbel, den er an der Seite trug, betrachtete ihn kurz und verächtlich, warf ihn dann im hohen Bogen in ein Gebüsch. Er würde ihn nicht mehr brauchen.

Durch das Sandkaultor betrat Veit Schaffkutsch wenig später die Stadt.

Eine lachende Menschenmenge vor dem Klostergebäude der Ursulinen erregte seine Aufmerksamkeit. Die Leute umringten offenbar einen Spaßmacher, der seine Possen feilbot. Manche der Zuhörer lachten Tränen, wie Veit neidvoll feststellte. Er überlegte, wann er zum letzten Mal gelacht hatte, doch es fiel ihm beim besten Willen nicht ein. Nach einem Augenblick des Zögerns näherte er sich der lauschenden Menge. Da er groß war, brauchte er sich nicht durch die Leute hindurchzuwühlen, um etwas sehen zu können. Dennoch machten sie dem Riesen ehrfürchtig Platz, als fürchteten sie, er könne sie im Genick packen. Schließlich stand er unversehens in der vorderen Reihe.

Ein Winzling von Mann stand in der Mitte des Kreises und plapperte ohne Unterlass. Lebhaft gestikulierte er dabei mit seinen kurzen Armen, während er die Tonlage seiner Stimme ständig änderte, um auf diese Weise die verschiedenen Rollen kundzutun, die er spielte. Soeben mimte er ein altes Paar, das seit Jahren eine platonische Freundschaft pflegte. Eines Tages schlug der Mann vor, nun endlich vor den Traualtar zu treten. Die Antwort der Frau, die der Zwerg mit erhobenen Schultern und ausgebreiteten Ärmchen von sich gab, löste wiederum Gelächter aus.

„Ach, mein Liebster! Wer nimmt uns denn noch in unserem Alter?“

Auch Veit verzog den Mund zu einem Lächeln. Um im nächsten Moment beinahe erschrocken nach seinen Wangen zu tasten. Wie wohltuend es sich anfühlte, wenn er lächelte, wie ungewohnt und seltsam es war, wenn die Muskeln in seinem Gesicht sich verzogen, obwohl ihn doch gegenwärtig kein Schmerz quälte. Selbst der Augenblick seines letzten Lächelns musste Jahre zurückliegen.

Der Zwerg war inzwischen dazu übergangen, politische Witze vom Besten zu geben. Immer wieder war der Kaiser in Wien die Zielscheibe seines Spottes – was bei den Aachenern bestens ankam, denn in der Vergangenheit hatten die Beschlüsse des Hauses Habsburg nicht selten ihren Unmut erregt. Auch Veits Groll gegen die Herrschenden war gewaltig nach allem, was er erlebt hatte.

„*Hört, ihr Leute, eine schlechte und eine gute Nachricht gibt es zu vermelden!*, brüllt ein Herold auf dem Wiener Stephansplatz. *Der Kaiser ist soeben verstorben!* Sehen die Leute sich an und fragen ihn: *Und welches ist die schlechte Nachricht?*“

Die Zuhörer klopften sich auf die Schenkel. Veit lächelte abermals – oh Wunder, drang da nicht sogar ein vergnügter Laut aus seiner gewaltigen Brust?

Schon häufig hatte er Gauklern und Spaßmachern gelauscht, stets hoffend, sie könnten sein Gemüt ein wenig aufhellen – vergebens. Bis zu diesem Tag.

Er wusste nicht, woran es lag. Die Narreteien, die der kleine Mann dort von sich gab, waren kaum amüsanter als die der anderen Spaßmacher. Dennoch gelang es diesem Zwerg, ihn zu zerstreuen. Vielleicht lag es an der Anmut, die er aller Albernheiten zum Trotz ausstrahlte. Zwar war er klein gewachsen, aber keineswegs hässlich, er besaß etwas Zartes, Zierliches, Graziöses. Er kokettierte nicht mit seiner Andersartigkeit.

Und trotzdem, oder gerade deshalb, musste Veit über ihn schmunzeln. Freude war eine neue – besser gesagt eine wiedergeborene – Erfahrung in seinem trist gewordenen Leben. Ihm wurde zudem bewusst, dass er endlich einen Grund hatte, dem Himmel für irgendetwas zu danken. Schon lange nämlich sorgte er sich, dass neben all seinen Sünden, die allein schon schwer genug wogen, seine Undankbarkeit und Gleichgültigkeit ihm letztlich die Einkehr ins Himmelreich verwehren könnten, selbst wenn er bis dahin eine Pilgerreise nach Santiago de Compostela vorzuweisen hatte.

Unwillkürlich tastete er nach den Perlen seines Rosenkranzes und zog mit seiner Handbewegung die Aufmerksamkeit des Spaßmachers auf sich.

„Sieh mal einer an“, raunte der Zwerg, „mein großer Freund ist hier!“ Er trat an Veit heran und sah zu ihm empor, wobei er den Kopf weit in den Nacken werfen musste. „Du da, kennst du mich etwa nicht mehr?“, fragte er ihn mit fistelnder Stimme und stemmte die Arme in die Seiten. „Ich bin’s – David. Wie ist denn heute die Luft da oben, Goliath?“

Die Leute lachten; es war ein ergötzliches Bild, das sich ihnen bot. Der kleine Mann reichte dem Hünen gerade mal bis zu den Hüften, gab sich aber derart selbstbewusst, dass es beinahe bizarr wirkte.

Veit, eben noch wundersam erheitert, war nunmehr verunsichert. Er war es nicht gewohnt, dass man ihn respektlos behandelte. Normalerweise machten die Menschen einen Bogen um ihn. Und offenbar erwartete der Zwerg auch noch eine Antwort auf seine Frage, denn auffordernd sah er ihn an. Veit erkannte hübsche blaue Augen mit erstaunlich langen Wimpern.

„Nun? Hat es dir die Sprache verschlagen, Goliath? Willst du mir wirklich nicht verraten, wie die Luft da oben ist? Für gewöhnlich kriege ich immer zu hören, dass sie nach Zwergen riecht. Es spricht für dich, mein Freund, dass du diesen schalen Witz nicht zum Besten geben möchtest. Und außerdem bin *ich* hier für die Witze zuständig. Nicht wahr?“ Der Zwerg blickte in die Runde. „Witze, die euch hoffentlich später die eine oder andere Münze wert sein werden, liebe Leute.“

Er wandte sich wieder Veit zu, dem es ganz und gar nicht passte, im Mittelpunkt der allgemeinen Aufmerksamkeit zu stehen. Er wünschte sich, dass der Zwerg sich einen anderen Partner für mögliche Zwiegespräche auserkor. Andererseits fühlte er sich dem Kerlchen auf eigenartige Weise verbunden. Was wiederum recht befremdlich war. Denn mit den Menschen hatte Veit schon seit langer Zeit abgeschlossen.

„Ein guter Katholik ist unser Goliath, recht so“, nickte der Zwerg, wobei es fraglich blieb, ob da nicht ein wenig Ironie in seiner Stimme mitschwang.

Veit fiel ein, dass er immer noch den Rosenkranz in seiner Hand hielt.

„Letztens traf ich einen Freund auf der Straße, der hielt gleichfalls einen Rosenkranz in seiner Hand“, erzählte der Zwerg, und die Leute grinsten in der Erwartung eines weiteren Ulks. „Ich frage ihn: *Wohin des Weges, Peter? – Zum Freudenhaus*, erwidert mein Freund, ohne rot zu werden. *Was, und wozu dann der Rosenkranz?*, dringe ich entsetzt auf ihn ein. Er sieht mich an wie man ein Kind ansieht, das dumme Fragen stellt. Aber geduldig erklärt er mir: *Warum wohl, wenn's mir dort gefällt, bleibe ich bis Sonntag.*“

Natürlich hatte er die Lacher wieder auf seiner Seite. Anzüglichkeiten pflegten die Belustigung der Zuhörer noch zu steigern, das wusste der Zwerg – außer, es handelte sich um puritanische Calvinisten. Er wusste, wo er seine Possen treiben konnte und wo er es besser bleiben ließ.

„Ein guter Katholik, mein Freund Peter“, fügte der Zwerg seiner Pointe erklärend hinzu und wies dann auf den Hünen. „Genau wie unser Goliath hier.“

Veit erinnerte sich, dass er einmal einem Kriegskameraden, der sich über ihn lustig gemacht hatte, ohne langes Zaudern die Nase gebrochen hatte. Umso mehr erstaunte es ihn nunmehr, sich selbst lachen zu hören.

Unterdessen hatte der Zwerg sich anderen Opfern zugewandt, um mit ihnen seine Späße zu treiben. Nach einer Weile war die Vorstellung beendet, die Leute applaudierten, und der Zwerg ging durch die Reihen, um seinen Lohn einzufordern.

„Heute war's noch lustig, bald aber wird's eher schaurig“, hörte Veit seinen Nebenmann sprechen.

„Was meint Ihr?“, fragte Veit, dessen Neugier geweckt war.

Der andere sah ihn stirnrunzelnd an. „Ihr seid fremd hier, nicht wahr? Sonst wüsstet Ihr, dass übermorgen die Hinrichtung der jungen Kroiseti stattfindet.“

Veit zuckte mit den Schultern.

„Wer weiß, wie viel unscheinbare Hexen es in unserer Mitte gibt“, fuhr der Mann fort, aber Veit hatte nicht die Absicht, mit ihm darüber zu debattieren und beachtete ihn nicht weiter. Der Zwerg kam näher.

Nach einer Weile stellte Veit fest, dass die Menge sich aufgelöst hatte und er dem kleinen Mann allein gegenüberstand.

„Oha, mein Goliath! Nun? Du bist mir doch nicht böse, oder?“

„Wie heißt du?“, wollte Veit von ihm wissen.

Der Zwerg sah ihn blinzelnd an. „Oh! Anscheinend bist du mir doch böse.“

„Ich möchte bloß deinen Namen wissen.“

„Na schön. Ich heiße Fidelius.“

Veit nickte stumm.

„Und?“, sagte der Zwerg. „Haben dich meine Scherze so sehr erfreut, dass du dir vorstellen könntest, von dem einen oder anderen Kreuzer Abschied zu nehmen?“

Veit musterte den Kleinen. Von Neuem fragte er sich, warum dieses Kerlchen namens Fidelius – was wohl kaum sein richtiger Name war – ihn so sehr in seinen Bann zog.

Fidelius zog eine Grimasse, doch selbst das machte ihn nicht hässlich. „Schon gut, Goliath. Behalt dein Geld, es war ja nur eine dumme Frage.“ Er machte kehrt.

„Warte!“, rief Veit.

Fidelius sah fragend zu ihm hoch.

„Heute hab ich zum ersten Mal seit langer Zeit wieder gelacht“, erklärte Veit.

„So? Hast du etwa in einen Spiegel geschaut?“

Offenbar war Fidelius der Meinung, dass der geizige Hüne etwas derben Spott verdiente; aus den Augenwinkeln heraus plante er deshalb seinen Fluchtweg. Aber Veit nahm ihm die Bemerkung nicht übel.

„Willst du mit mir nach Santiago pilgern, Fidelius?“

„Äh ... wie war das?“

„Ich bezahle dich gut, wenn du mich begleitest.“

Fidelius hob voller Verachtung das Kinn. „Such dir jemand anderen für deine abartigen Gelüste!“ Wieder wollte er kehrt machen, aber Veit hielt ihn fest, sanft zwar, aber entschlossen. Er musste sich tief bücken, um ihn bei der Schulter zu packen.

„Du verstehst mich falsch.“

„Ach ja? Lass mich los!“

„Ich will nur –“

„Loslassen, sonst schrei ich die ganze Stadt zusammen.“

Veit ließ ihn los.

„Nach Santiago soll ich mit dir gehen? Warum sollte ich das tun?“

„Du könntest mich unterwegs aufheitern.“

Fidelius tippte sich an die Stirn. „Als Spaßmacher wärst du wahrhaft Konkurrenz für mich.“

„Was ist so spaßig an meiner Bitte?“

Fidelius kniff die Augen zusammen. „Du scheinst es wirklich ernst zu meinen.“

Veit nickte knapp.

„Sollte man auf einer Pilgerreise nicht besser beten und büßen, anstatt sich über alberne Possen zu amüsieren?“, fragte Fidelius skeptisch.

„Der Herrgott hat bestimmt nichts dagegen, wenn man ab und an einmal lacht“, entgegnete Veit. Er war fest entschlossen, seinen Bußgang zu versüßen. Viel zu lange schon saß er in seiner Bitternis gefangen. Diesen Zwerg hatte ihm der Herrgott gesandt, als erstes Zeichen Seiner Milde. Um dem Kleinen die Entscheidung zu erleichtern, kramte er einen Taler aus seinem Wams hervor.

„Hier, für deine Vorstellung! Und für jeden Tag, den wir unterwegs sein werden, gebe ich dir einen weiteren.“

Fidelius betrachtete staunend das Geldstück von allen Seiten. „Sag mal, wie lange ist man eigentlich bis Santiago unterwegs? Drei, vier Monate? Und dann noch der Rückweg. Keine ungefährliche Reise, hab ich mir sagen lassen. Und mit Verlaub“, er kratzte sich zweifelnd die kurz geschorenen Haare, „du siehst nicht gerade wie ein reicher Herr aus.“

Veit hatte Verständnis für die Zweifel des anderen. Seine Kleidung war alt und zerlumpt, sein Äußeres rau und ungepflegt. Die große Narbe in seinem Gesicht und die schwarze Augenklappe, die er trug, taten ein

Übriges, um ihn wenig vertrauenerweckend erscheinen zu lassen. Männer wie er, die nach dem großen Krieg ihre Bestimmung verloren hatten, besaßen überall einen schlechten Ruf.

„Glaub mir, am Geld soll's nicht scheitern."

„Und wie stellst du dir das vor?" Immerhin, Fidelius schien darüber nachzudenken.

„Wir schließen uns der nächsten Reisegruppe an, die nach Santiago zieht."

„Ha! Möglich, dass man dann bis zum Sankt Nimmerleinstag warten muss. Wer, bei allen Heiligen, pilgert in diesen Zeiten noch bis ans Ende der Welt?"

„Es gibt solche Menschen."

„Gewiss doch. Ebenso gibt es solche, die sich alte Bretter ans Knie nageln."

„Wir könnten auch allein losziehen."

Der Gedanke, mit diesem merkwürdigen Hünen allein in die Ferne zu ziehen, war Fidelius alles andere als geheuer. „Kommt nicht infrage. Wir reisen in der Gruppe – sofern es diese Wahnsinnigen überhaupt gibt."

„Soll das heißen, du kommst mit mir?"

Fidelius nagte an seiner Unterlippe. Im Grunde wirkte dieser Hüne nicht verschlagen, und vielleicht war er ja wirklich so reich, wie er behauptete. Bestimmt hatte er während seiner Zeit als Soldat viel Beute gemacht. Blieb nur zu hoffen, dass er kein Perversling war, aber danach sah er eigentlich nicht aus, dafür wirkte er viel zu schwermütig. Einen Perversling erkannte Fidelius normalerweise schon von Weitem.

„Zehn Taler Vorschuss", verlangte Fidelius.

Veit nickte.

„Nein, warte ... Zwanzig Taler."

„Wie du willst."

„Vergiss, was ich gesagt habe. Ich möchte fünfundzwanzig Taler."

„Ich gebe dir dreißig, abgemacht?“

„Abgemacht. Ich werde dich nach Santiago begleiten.“ Dreißig Taler – für eine solche Summe würde er auf den Märkten bis zum Sankt Nimmerleinstag seine Possen reißen müssen.

„Gut.“ Veit war zufrieden, fügte aber mit leicht drohendem Unterton hinzu: „Du wirst dich hoffentlich nicht davonstehlen, wenn du deinen Vorschuss erhalten hast.“

„He, siehst du etwa lange Beine an mir? Einen ehrlicheren Zwerg als mich wirst du weit und breit wohl kaum finden.“

„Wo wohnst du?“

„Sehe ich aus, als bewohnte ich einen Palast in dieser Stadt? Bin heute erst angekommen.“

„So wie ich. Gehen wir also in eine Herberge.“

„Was – du und ich?“

„Was zierst du dich, Kerlchen?“

„Na schön, in eine Herberge. Wenn du die Kosten übernimmst – was soll's mich kümmern.“

Veit schritt voran, stadteinwärts. „He, du“, winkte er einen Straßenjungen zu sich heran. „Wo finden wir eine gute Herberge?“

Der Junge wirkte eingeschüchtert ob des Hünen mit dem entstellten Gesicht. „Geht zu den Elisabethen am Radermarkt, mein Herr. Sie beherbergen auch Reisende.“

Fidelius hatte Mühe, mit Veit Schritt zu halten. „Du wirst mich nach Santiago tragen müssen“, keuchte er.

„Pilger müssen zu Fuß gehen“, erwiderte Veit. „Am besten barfuß.“

„Nur zu deiner Erinnerung: Der Pilger bist du. Ich begleite dich lediglich.“

„Da hast du recht“, gab Veit zu, griff sich den Zwerg und hievte ihn wie ein Kind auf seine Schultern.

„Riecht kein bisschen nach Zwerg hier oben“, sagte Fidelius, nachdem er sich von der Überraschung erholt hatte. „Wer das noch einmal behauptet, dem trete ich ... na ja, du weißt schon, wohin.“

„Wie lautet eigentlich dein wirklicher Name?“, fragte Veit.

„Fidelius. Oder glaubst du, ich hätte einen Sprachfehler? Fi - de - li - us!“

„Und woher kommst du, Meister Fi - de - li - us?“

„Sag mal, willst du eigentlich, dass ich dich erheitere oder möchtest du mir lieber Löcher in den Bauch fragen? Merk dir also: Du bist der Pilger und ich deine Begleitung. Nicht vergessen! Apropos vergessen: Sagt ein Mann zum Arzt: *Meister Medicus, ich vergesse einfach alles. – Hm*, macht der Arzt, *seit wann habt Ihr das denn?* – Stutzt der Mann und fragt: *Seit wann hab ich was?*“

Veit lachte – dieses lange entbehrte Gefühl der Belustigung war einfach ergötzlich. Nein, er würde es nicht bereuen, seinen Blutschatz an dieses amüsante, hübsche Kerlchen herzugeben. Was konnte er selbst schon mit all dem Geld tun, wo er sich doch längst auf die jenseitige Welt vorbereitete?

3

Etwa zur gleichen Stunde gelangte der Scherenschleifer mit seinen beiden Mündeln in die Stadt.

Matthes Breidbach hatte es aufgegeben, Martha und Karl etwas vorzumachen, nachdem er endgültig von ihnen durchschaut worden war. Erstaunlicherweise unterließ er es von diesem Zeitpunkt an, den starken Mann zu mimen, als sei ihm zugleich eine schwere Last genommen worden. Nachdem seine Fassade, die er lange mit aller Kraft aufrechterhalten hatte, nunmehr zerbröckelt war, schien es, als würde er von Stunde zu Stunde kraftloser und bleicher. Bis Martha schließlich darauf bestand, dass er sich in den Karren setzte. Kuki, das Maultier, protestierte laut gegen diese zusätzliche Last, sodass Karl und Martha sich gezwungen sahen, einige ihrer Habseligkeiten selbst zu tragen. Dann erst gab das störrische Tier nach.

Kurz bevor sie Aachen erreichten, erbrach Matthes abermals Blut. Ein pockennarbiger Bauernknecht, der am Wegrand stand, kratzte sich nachdenklich das Stoppelkinn.

„Den solltet ihr mal lieber zu einem Arzt bringen“, riet er den Geschwistern überflüssigerweise.

„Was glaubst du wohl, wohin wir unterwegs sind?“, herrschte Martha ihn an. Für Höflichkeiten war sie in ihrer Erregung nicht aufgelegt.

„Wenn’s nicht gar zu spät für ihn ist“, fuhr der Knecht mit wenig Feingefühl fort. Immer noch kratzte er sein Kinn.

Martha verschluckte ihren Ärger über ihn. „Kennst du einen guten Arzt in der Stadt?“

„Bringt ihn zu den Schwestern der heiligen Elisabeth, ins Hospital am Radermarkt. Die Nonnen werden schon wissen, was mit ihm zu tun ist und nach einem Arzt schicken."

Martha dankte ihm und trieb Kuki zum Weitergehen an.

„Auf keinen Fall zu irgendwelchen Nonnen", protestierte der erschöpfte Matthes auf dem Karren mit schwacher Stimme. Getrocknetes Blut färbte sein Kinn, seine Wangen und sein Wams. Er sah aus wie das Elend in Person.

Martha blieb resolut. „Wir haben keine Wahl. Aachen ist katholisch, daran können wir nun mal nichts ändern. Deine religiösen Feindseligkeiten musst du jetzt gefälligst zurückstellen, Matthes."

„Sie werden mich mit ihrem verdammten Rosenkranz strangulieren ..."

„Sie werden dir helfen. Es ist derselbe Gott, zu dem sie beten, also reiß dich bitte zusammen."

Ihr Machtwort zeigte Wirkung, denn Matthes schwieg, was vielleicht auch nur daran lag, dass ihm für weitere Widerworte die Kraft fehlte. Martha bereute schon, ihn so hart angegangen zu sein. So viel verdankte sie ihm, welches Recht hatte sie, ihn wie ein störrisches Kind zu behandeln? Aber der Gedanke, ihn zu verlieren, so wie sie schon die Eltern, Agnes und auch Mechthild verloren hatte, war ihr einfach unerträglich. Warum war er bloß so halsstarrig gewesen und hatte seine Krankheit so lange vor ihnen verborgen? Martha betete, dass es nicht schon zu spät war. Ein Blick in Karls gedankenvolles Gesicht sagte ihr, dass ihm wohl Ähnliches durch den Kopf ging.

Durch das Jakobstor betraten sie Aachen am frühen Nachmittag. Am Himmel waren inzwischen dunkle Wolken aufgezogen, die Regen ankündigten, auch war es merklich kühler geworden. Vorbei war's mit den Vorboten des Frühlings.

Es war das erste Mal, dass sie nach Aachen kamen. Von größeren Zerstörungen war die Stadt während des großen Krieges verschont geblieben, wenn auch noch lange nach Friedensschluss spanische Truppen hier gehaust hatten. Verglichen mit anderen Städten, in die sie in den vergangenen Jahren ihren Fuß gesetzt hatten, erschien ihnen Aachen beinahe wie ein Relikt aus der Zeit vor dem Krieg. Die Häuser, überwiegend aus Fachwerk, waren alt und unzerstört, die Spitzen der zahlreichen Kirchen ragten triumphierend empor, sie hatten der Geißel des Krieges und sämtlichen Kanonenkugeln getrotzt.

Die Menschen in den gepflasterten Gassen hatten es eilig, in ihre Häuser zu kommen, bevor es zu regnen anfing. Niemand beachtete die Fremden. Martha fragte einen Fuhrmann nach dem Kloster der Elisabethen. Er wies ihr den Weg. Sie erreichten das Kloster in dem Moment, da der Regen einsetzte. Karl half Matthes aus dem Karren, Kuki tat seinen Unwillen kund, da er nass wurde, während Martha an die Pforte klopfte.

Die Pfortenschwester, die durch die Luke spähte, war alt und fast zahnlos, doch ihre trüben Augen musterten die Ankömmlinge aufmerksam. Martha teilte ihr mit, dass ihr kranker Vater dringend Hilfe bräuchte. Dazu hätte es freilich keiner Erklärung bedurft, denn Matthes sah erbärmlich aus. Die alte Nonne stellte auch keine Fragen und ließ sie eintreten.

„Das Maultier, der Karren …“, hub Karl an, mit dem Daumen hinter sich deutend.

„Einer der Knechte wird sich darum kümmern“, versicherte ihm die alte Nonne. „Folgt mir in den Krankensaal.“ Offenbar hielt sie es für angebracht, keine Zeit zu verlieren.

Der Krankensaal war lang und schmucklos, abgesehen von einem riesigen Kruzifix an der Stirnseite und einer Holzfigur der heiligen Elisabeth, die darunter stand. Immerhin ließen viele hohe Glasfester helles Licht in den Saal fluten. Unzählige Betten, auf denen Kranke lagen, säumten die Wände, aber auch der Innenraum war ausgefüllt mit dicht aneinandergereihten Lagern, sodass nur zwei schmale Gänge blieben, um von einem Patienten zum anderen zu gelangen. Es roch nach Körperausscheidungen und Krankheit, der Raum war erfüllt vom Wimmern und Stöhnen einiger Schwerkranker, wieder andere starrten den Eintretenden aus bleichen, ausgemergelten Gesichtern ausdruckslos entgegen. Zwei jüngere Nonnen waren dabei, sich um die Bedürftigen zu kümmern. Eine eilte herbei, nachdem die Pfortenschwester ihr zugewinkt hatte. Sie wechselten ein paar leise Worte, dann verließ die Pfortenschwester den Saal.

„Ich bin Schwester Dorothea", stellte die junge Nonne sich vor. Ihr weißer Schleier umrahmte ein hübsches, ebenmäßiges Gesicht, ihre Stimme klang weich und angenehm und zeugte von ihrer Fähigkeit zur Geduld. Sie fasste Matthes sanft am Arm. „Kommt, Ihr müsst Euch ausruhen." Sie führte ihn zu einem der wenigen noch freien Krankenlager. Matthes konnte sich kaum noch auf den Beinen halten und war dankbar, dass er sich endlich hinlegen konnte, schwer atmend vor Erschöpfung.

„Ständig erbricht er Blut", erklärte Martha der Nonne mit sorgenvoller Stimme. „Er wird immer schwächer."

Schwester Dorothea nickte. „Ein Medicus wird später nach ihm sehen", versicherte sie den Geschwistern. „In der Zwischenzeit wollen wir versuchen, ihm Warmes einzuflößen." Sie entfernte sich, um Suppe zu holen.

„Siehst du, Matthes, sie haben dich nicht einmal gefragt, ob du katholisch bist", flüsterte Martha, setzte sich zu ihm und ergriff seine Hand. Sie lächelte, um ihn zu ermuntern.

„Wahrscheinlich setzen sie es voraus", erwiderte Matthes matt.

Im Nebenbett stieß ein Mann mit einem durchgebluteten Kopfverband, der sein Gesicht fast ganz verdeckte, einen lang gezogenen Seufzer aus. „Wo ist mein Kissen? Gebt mir mein Kissen", verlangte er. Martha gab es ihm, es lag neben seiner Bettstatt. Sie roch die Schnapsdünste, die den Verletzten umwehten.

Schwester Dorothea kehrte mit einer dampfenden Schale zurück, aber Matthes nahm nur einen Schluck von der Suppe, mehr vermochte er nicht zu trinken. Mit einem Tuch tupfte die junge Nonne ihm den Schweiß von der Stirn. Es war ihr anzusehen, dass sie es mit echter Hingabe tat.

„Schwester, wann kommt endlich der Arzt?", erkundigte Karl sich bang, als stünde Gevatter Tod bereits vor der Tür.

„Es wird nicht mehr lange dauern", versicherte sie ihm. „Meister Berthold kommt jeden Tag zu dieser Stunde, vielleicht hat der Regen ihn ja aufgehalten."

Eine Glocke läutete.

„Entschuldigt mich, ich muss zum Vespergebet in die Kapelle. Ich komme bald zurück." Gemeinsam mit der anderen Nonne verließ Schwester Dorothea den Krankensaal.

„Ich werde hier nicht lebend rauskommen", mutmaßte Matthes. Der Frohsinn, den er monatelang vorgetäuscht hatte, war endgültig lastender Schwermut gewichen. Martha hätte ihm gern widersprochen, doch es wäre ihr wie eine Lüge vorgekommen. Am liebsten hätte sie bitterlich geweint, doch sie beherrschte sich.

Karl versuchte zu frohlocken: „Schon bald werden wir wieder am Feuer sitzen und ein Kaninchen schmausen, Matthes. So wie gestern Abend." Es klang wie das Pfeifen im Walde.

Matthes schüttelte schwach mit dem Kopf. „Erinnere mich bloß nicht an das Kaninchen, sonst muss ich auf der Stelle kotzen." Die Geschwister glaubten ihm. Eine Weile herrschte Schweigen zwischen ihnen.

„Vielleicht sollten wir beten", schlug Martha dann vor.

„Dafür hättet ihr mich nun wirklich nicht hierher bringen müssen", meinte Matthes.

„Aber es würde dir auf keinen Fall schaden."

„Die Nonnen beten doch schon für uns, oder?"

„Wenn es dir einerlei ist, dass sie *Ave Maria* für dich beten – bitte."

„Du meinst ... sie beten *Ave Maria*?"

„Es sind Katholiken, Matthes. Und sie wissen nicht, dass du lutheranisch bist."

„Schon gut, du hast mich überzeugt. Lass uns ein *Vaterunser* beten."

Martha wollte ihn unbedingt auf andere Gedanken bringen. Doch noch bevor sie mit ihrem Gebet beginnen konnten, betrat ein gebeugter Greis den Krankensaal, gestützt auf einen krummen Stock. Er trug einen alten dunklen Mantel, der hier und da kleine bis mittelgroße Löcher offenbarte. Sein Kopf war weitgehend kahl; dennoch verzichtete er auf eine Kopfbedeckung. Vielleicht hatte er seinen Hut aber auch einfach nur vergessen.

Einige der Patienten versuchten, ihn auf sich aufmerksam zu machen, aber er sah weder nach links noch nach rechts. Seine tastenden Schritte deuteten darauf hin, dass es auch mit seinem Augenlicht nicht mehr zum Besten bestellt sein konnte.

Der alte Mann musste Meister Berthold, der Medicus, sein. Das entnahmen sie den flehenden Worten eines Kranken, den der Angesprochene jedoch gleichfalls ignorierte. Erst als er Matthes' Bett erreicht hatte, blieb er stehen und blinzelte.

„Euch habe ich hier noch nicht gesehen", stellte er mit heiserer Stimme fest. „Wer seid Ihr?"

Martha erhob sich respektvoll. „Meister Berthold, das ist unser Vater, Matthes Breidbach. Er ist sehr krank."

„Soso, krank ist er?"

„Ständig erbricht er Blut. In den letzten Wochen ist er sehr mager geworden."

„Hm!" Er musterte Matthes aus seinen alterstrüben Augen, machte aber keinerlei Anstalten, noch näher an ihn heranzutreten.

„Ihr müsst ihm helfen, bitte", drängte Karl.

Zu den zahllosen Runzeln auf Meisters Bertholds Stirn gesellte sich eine steile Zornesfalte. „Sag mir nicht, was ich zu tun habe, Bengel. In welchen Zeiten leben wir eigentlich?"

„Vergebt ihm", sagte Martha beschwichtigend. „Wir sind nur in Sorge über unseren Vater."

„Hm!"

„Es geht ihm immer schlechter", fügte sie nach einer Weile mit Nachdruck hinzu, denn noch immer blieb der alte Arzt untätig vor ihnen stehen. Beinahe erschien es ihr, als sei er im Stehen eingeschlafen. Martha und Karl sahen sich fragend an.

„Und sein Stuhlgang?", wollte Meister Berthold endlich wissen, als sie ob seines langen Schweigens schon fast verzweifelten.

„Schwarz wie der Leibhaftige." Es war Matthes selbst, der die Frage beantwortete – mit einer Unheil verkündenden Ehrlichkeit, die tags zuvor noch undenkbar gewesen wäre.

„Schwarz, soso. Hm!"

„Was denkt Ihr, Meister?“, fragte Martha.

„Ich sollte ihn zur Ader lassen“, entgegnete der Arzt.

Martha schluckte. „Aber ... Ihr habt ihn doch noch gar nicht untersucht.“

Erneut wurde der Alte ungehalten. „In welchen Zeiten leben wir eigentlich? Ein Weibsbild, das einem erfahrenen Arzt etwas vorschreiben will? Ich habe schon Kranke behandelt, da hat dein Großvater noch in die Windeln gekackt.“

„Er wird schon wissen, was zu tun ist“, raunte Karl seiner Schwester zu, aber die ließ sich nicht einschüchtern.

„Ich bestehe darauf, dass Ihr ihn zuerst untersucht“, schnappte sie.

Karl lief rot an.

„Unverschämtheit“, entrüstete sich Meister Berthold.

„Wie könnt Ihr ihm das wenige Blut, das er noch hat, auch noch wegnehmen?“

„Was weißt du denn schon, vorlautes Frauenzimmer? Ich habe schon Kranke behandelt, da hat dein Großvater –“

„Das sagtet Ihr schon. Ihr werdet meinen Vater nicht zur Ader lassen, hört Ihr? Nur über meine Leiche.“

„Was verschwende ich meine Zeit mit euch? Wenn ihr euch nicht helfen lassen wollt – ich habe noch genügend andere Patienten hier.“ Schnaubend vor Wut verschwand er in einen hinteren Teil des Saales, wo er seine Visite fortzusetzen gedachte.

„Gut gemacht“, raunte Matthes seiner Ziehtochter zu.

„Ich weiß nicht“, meinte Karl zweifelnd.

„Was ist geschehen?“, fragte Schwester Dorothea, die zurückgekehrt war und offenbar die letzten Worte des Disputs mit angehört hatte.

Martha schluckte heftig. „Meister Berthold will meinen Vater zur Ader lassen. Meint Ihr nicht auch, Schwester, dass er schon genug Blut verloren hat? Schaut ihn Euch doch bloß an, er sieht aus wie ein Gespenst."

Die junge Nonne seufzte leise. Offenbar teilte sie Marthas Meinung. „Meister Berthold war früher ein guter Arzt", murmelte sie wie zu sich selbst. „Leider wird er zunehmend hinfälliger." So, wie sie es aussprach, schloss dies wohl auch Bertholds geistigen Zustand mit ein. Wahrscheinlich hatten auch sie und ihre Mitschwestern schon des Öfteren Meinungsverschiedenheiten mit ihm ausgefochten.

„Habe ich's nicht gleich gesagt?", meldete sich Matthes schwach zu Wort. „Es war ein Fehler, einen verdammten Quacksalber aufzusuchen."

Martha hieß ihn mit einer Geste zu schweigen. „Fang nicht schon wieder damit an, Matthes. Und vor allem: Lass die Flüche! – Gibt es denn hier keinen anderen Arzt?", fragte sie Schwester Dorothea.

Die Nonne schüttelte den Kopf. „Manchmal möchten die Kranken einen Arzt aus der Stadt. Allerdings müssen sie seine Dienste dann selbst bezahlen."

Martha dachte nach. „Wer ist Eurer Meinung nach der beste Arzt in der Stadt, Schwester?"

Ohne zu zögern antwortete die Nonne: „Das ist Cornelius Fiebus."

„Wo finde ich ihn?"

„Er hat seine Behandlungsstube in der Sankt-Adalberts-Straße, unweit der dortigen Kirche. Aber sein Honorar ist hoch, und er macht keine Ausnahmen." Verstohlen fügte sie hinzu: „Darüber wacht nicht zuletzt auch seine Mutter, die alte Clara Fiebus."

„Danke, Schwester." Marthas Entschluss stand ihr ins Gesicht geschrieben.

Matthes begann zu protestieren. „He, du wirst doch wohl nicht etwa ... wovon sollen wir einen solchen Herrn denn bezahlen?"

„Das lass nur meine Sorge sein, Matthes." Sie wandte sich um.

„Wohin gehst du?", fragte Karl.

„Was glaubst du wohl? Zu Doktor Fiebus natürlich. Du bleibst solange bei Matthes, verstanden?"

„Wenn du das sagst."

Ein letzter, dankender Blick hinüber zu Schwester Dorothea, dann machte sich Martha auf den Weg.

Draußen hatte der Regen aufgehört. Die Gassen waren feucht, und die Luft roch nach allem möglichen Unrat. Längst herrschte allseits wieder geschäftiges Treiben. Niemand konnte zu diesem Zeitpunkt ahnen, dass der Regenguss, der soeben über die Stadt niedergegangen war, für viele Wochen der letzte sein würde.

Die große Münsterkirche beeindruckte Martha so sehr, dass sie sich ein paar Augenblicke Zeit nahm, um sie staunend zu betrachten. Es hieß, der große Kaiser Karl habe sie vor vielen Jahrhunderten erbauen lassen. Zu gern hätte Martha auch einen Blick ins Innere geworfen. Aber dafür blieb ihr keine Zeit, und außerdem war es ein Ort für Katholiken. Sie ließ sich den Weg zur Sankt-Adalberts-Straße weisen.

Doktor Fiebus' Haus lag in einem der vornehmeren Viertel im Südosten der Stadt. Es besaß zwei Stockwerke, darüber war der Dachstuhl. Das Obergeschoss ragte ein gutes Stück heraus, kostbare Stuckmalereien zierten den Putz.

Eine Reihe von Butzenglasfestern, ein jedes unterteilt in acht kleine Quadrate, ließ auf helle Räumlichkeiten schließen. Das Sockelfundament des Hauses war durchweg aus Stein errichtet.

Eine ältere Frau öffnete Martha die Tür und musterte sie skeptisch von oben bis unten. Sie trug ein schwarzes Kleid mit Spitzenkragen; eine gestärkte weiße Haube umschloss ihr Gesicht so fest, dass sich nicht die kleinste Haarsträhne zeigte. Das musste Clara Fiebus sein, die Herrin des Hauses. Martha fragte sich, weshalb die alte Dame nicht ihr Dienstmädchen vorausschickte.

„Ja bitte?“ Ihre Stimme war wie blankes Messing.

„Guten Tag, gnädige Frau. Ich möchte zu Doktor Fiebus.“

„Mein Sohn ist im Augenblick sehr beschäftigt.“ Die Frau rümpfte die Nase. Menschen wie Martha, die offensichtlich zum Wandervolk gehörten, zählten wohl nicht zum Patientenkreis ihres Sohnes. Martha schalt sich im Stillen, dass sie ihr Haar nicht wenigstens mit einer Haube bedeckt hatte, wie es sich für anständige Frauen in der Stadt geziemte.

„Ich kann gerne warten“, versicherte sie der Frau.

„Nun, ich weiß nicht recht ...“

„Bitte!“ Sie sah ihr so eindringlich in die Augen, dass die andere nachgab. Wortlos trat Frau Fiebus zurück und ließ sie eintreten, ohne aber ihren strengen Blick von ihr zu wenden. Ein Schatten huschte an ihnen vorbei ins Freie. Ein schwarzer Kater, die die Gelegenheit beim Schopfe packte.

Überall war der Fußboden mit schwarzweißen Fliesen ausgelegt. Martha traute sich kaum, ihn zu betreten. Der Vorraum zum Behandlungszimmer war klein und besaß fein verputzte Wände. Zwei mit Samtpolstern bezogene Stühle und ein Hocker bildeten das einzige Mobiliar des Raumes.

„Hier kannst du warten, Mädchen“, sagte Doktor Fiebus’ Mutter. „Setz dich – auf den Hocker“, fügte sie unmissverständlich hinzu. Dann ließ sie Martha allein.

Martha wartete. Hinter der Tür zum Behandlungszimmer hörte sie zwei Männerstimmen. Manchmal lachten sie. Nach einer Weile traten die Männer heraus. Der große Schlanke, Mitte vierzig, musste Doktor Cornelius Fiebus sein, jeder Zoll ein Arzt, wie Martha bei sich dachte. Er trug sein Haar schulterlang, wie es in höheren Kreisen inzwischen üblich geworden war; vermutlich war es dunkel gefärbt, denn Martha erkannte kein einziges graues Haar darunter. Der andere Mann war kleiner, wesentlich älter, ein wenig gesetzt. Im Gegensatz zu Fiebus durfte er nicht mehr allzu viele Haare sein Eigen nennen. Ein Spitzbärtchen zierte sein Kinn, eine hakige Nase sein Antlitz, doch seine munteren Augen nahmen ihm jeden Ansatz von Strenge. Bei genauerem Hinsehen wurde deutlich, dass er noch älter sein musste, als er auf den ersten Blick wirkte.

„Es war wirklich entzückend, Euch wiederzusehen, mein verehrter Cornelius“, sagte er fröhlich, „und ebenso schön war es, aus Eurem Munde zu hören, dass ich mich bester Gesundheit erfreue. Das war mir, um ehrlich zu sein, bis heute überhaupt nicht bewusst. Ich bin gesund, gesund – ha!“

Er sprach mit niederländischem Akzent. Martha glaubte, seinen Worten ein wenig Ironie zu entnehmen, die Doktor Fiebus nicht zu bemerken schien, jedenfalls ging er nicht darauf ein.

„Wenn Ihr es noch schafft, Euren Weinverzehr zu drosseln, werter Herr van den Vondel, dann werdet Ihr so alt wie einst Methusalem.“

Der andere lachte und machte eine abwehrende Handbewegung. „Methusalem? Ihr beliebt zu spaßen. So alt wie dieser bin ich längst. Ihr neidet mir doch hoffentlich nicht meinen Wein?“ Er wedelte scherzhaft mit einem knochigen Zeigefinger. „Bis jetzt dachte ich, Ihr wäret mein Freund, Fiebus. Ihr seid, von den heißen

Bädern einmal abgesehen, stets der wichtigste Grund, weshalb ich so gern nach Aachen komme. Ich kenne keinen besseren Arzt, und Ihr wisst, das sage ich nicht nur, um Euch zu schmeicheln. Aber, sapperlot, wenn Ihr mir den Wein verbieten wollt ..."

„Schon gut, werter Herr Dichter", lachte der Doktor und legte eine Hand auf seine Schulter, „Ihr habt ja vollkommen recht: Womöglich ist der Wein sogar der Grund, dass Ihr offenbar jünger werdet anstatt älter."

„Seht Ihr, genau das wollte ich von Euch hören. Warum habt Ihr bloß so lange damit gewartet?"

„Ihr solltet Euch noch ein paar Tage in unserer schönen Stadt erholen. Amsterdam sieht Euch früh genug wieder."

Ein flüchtiger Schatten flog über das Gesicht des Alten. „Ich möchte nicht miterleben müssen, was übermorgen hier stattfindet", erklärte er kryptisch. „Nein, das wäre mir zuwider, pfui! Morgen geht es heimwärts, das ist fest beschlossen."

Allmählich wurde Martha klar, dass die beiden Männer sie noch nicht wahrgenommen hatten, obwohl sie sich längst von ihrem Hocker erhoben hatte. Leise räusperte sie sich. Augenblicklich richteten die Männer ihre volle Aufmerksamkeit auf sie. Cornelius Fiebus runzelte die Stirn.

„Wäre es möglich, dass du mich mit einem anderen Arzt verwechselt hast, Mädchen?", fragte er förmlich, wenn auch nicht unhöflich.

„Nein, Herr Doktor. Zu Euch möchte ich."

Fiebus schwieg. Van den Vondel stieß ihn an.

„Was ist los mit Euch, Fiebus? Ich könnte mir vorstellen, dass Ihr nicht täglich hübsche Mägdelein in Eurer Stube begrüßen dürft. Seid ehrlich, meistens sind es doch nur die feisten Weiber der Ratsherren, die Ihr behandeln müsst." Er lachte laut.

Auch Fiebus lächelte, aber es wirkte gequält.

„Gestatten, junge Frau: Mein Name ist Joost van den Vondel.“ Mit erstaunlicher Geschmeidigkeit deutete der frohgelaunte Alte eine Verbeugung vor Martha an.

„Seid Ihr der Dichter?“, fragte ihn Martha, die in ihrer Aufregung vergaß, sich bei den Herren vorzustellen.

Mit offenem Mund wandte van den Vondel sich wieder an seinen Leibarzt. „Hübsch und zudem gebildet. Was wollt Ihr mehr, Fiebus? Ha – ich weiß schon: Die Sorge, sie könnte arm sein wie eine Kirchenmaus, steht Euch wahrhaft ins Gesicht geschrieben. Ihr seid wirklich ein Geizknochen, mein Freund.“

„Ihr kennt meine Prinzipien“, erwiderte Fiebus leise; offenbar empfand er van den Vondels Worte keineswegs als Beleidigung.

„Ich habe einige Eurer Gedichte gehört, Herr van den Vondel“, sagte Martha, und in ihrer Stimme schwang Bewunderung mit. „Den Spielleuten seid Ihr ein großer Poet.“

„Ist das so? Ha, da sage noch mal einer, in den Gassen würde nur Klamauk geboten!“ Wieder lachte er. Seine Heiterkeit wirkte ansteckend, wenn auch nicht unbedingt auf Doktor Fiebus, der ein wenig ungeduldig mit den Händen rang.

„Eure Werke gefallen mir sehr gut“, fuhr Martha fort. „Besonders das *Kinderlijk*.“

„Wirklich? Ich hatte ja keine Ahnung, dass es bereits übersetzt wurde. Ach, Fiebus, wie sehr bedauere ich, dass ich nun gehen und Euch mit ihr allein zurücklassen muss. Es war mir eine Ehre, mein junges Fräulein.“ Abermals verbeugte er sich, was Martha beschämte. „Komm zu mir, Mädchen, wenn dieser Blutsauger dir zu viel Geld abverlangt“, flüsterte er ihr augenzwinkernd zu. „Zwar bin ich Dichter, aber nicht so arm, wie man es unsereins für gewöhnlich nachsagt. Bis morgen weile ich noch im Gasthaus ‚Zum Schwan‘."

Ein letztes Mal hob er die Hand zum Gruß, versicherte dem Arzt, dass er den Weg nach draußen allein fände; er, Fiebus, solle sich nun gefälligst um die junge Frau kümmern, die ja gewiss nicht ohne Grund in seiner Behandlungsstube erschienen sei. Dann stolzierte er mit fast jugendlicher Behändigkeit hinaus.

„Vor einiger Zeit habe ich es mir zum Grundsatz erkoren, nicht mehr ohne Honorar zu arbeiten", erklärte Fiebus der Wartenden nun mit Nachdruck. „Manch einer behauptet, das sei nicht christlich. Aber auch ich muss leben, und je überschaubarer mein Patientenkreis ist, umso gründlicher kann ich mich um die Kranken kümmern. Darum wisse, Mädchen, dass ich für die eingehende Untersuchung eines Kranken einen Taler verlange. Weitere Maßnahmen werden natürlich gesondert abgerechnet."

Martha schluckte. Ein ganzer Taler! Das war in der Tat verdammt viel Geld. Gewiss doch, auch Fiebus musste leben, aber er war alles andere als arm. Von seiner Heilkunst profitierten nur die Reichen. Kein Wunder, dass dies von manchen als unchristlich bezeichnet wurde.

„Wie ich vermute, möchtest du meine Dienste nun doch nicht in Anspruch nehmen", sagte Fiebus und hob fragend die Brauen.

„Doch, ich möchte!" Martha reckte trotzig ihr Kinn. „Und ich werde Euch für Eure Dienste entlohnen, wie Ihr es verlangt." Zwar hatte sie noch keine Ahnung, wie sie das bewerkstelligen sollte, aber ihr würde schon etwas einfallen. Wichtig war nur, dass Matthes endlich geholfen wurde, sonst würde er die nächsten Tage wohl kaum überleben.

„Also gut“, gab Fiebus nach und deutete ihr an, ihm in die Behandlungsstube zu folgen. Dort bat er sie, Platz zu nehmen, setzte sich ihr gegenüber und faltete die Hände über den Bauch.

„Nun? Was fehlt dir, Mädchen?“

„Nicht ich, sondern mein Vater benötigt Eure Heilkünste, Herr Doktor“, erklärte sie mit klopfendem Herzen.

Sie begann zu erzählen, bis Fiebus sich schließlich ein Bild vom Zustand ihres Ziehvaters machen konnte. „Meister Berthold wollte ihn als Erstes zur Ader lassen“, schloss sie grimmig.

„Tja, vielleicht wollte der gute Kollege ihn ja nur vorzeitig von seinen Qualen erlösen.“ Es blieb offen, ob dies eine Spitze gegen Meister Berthold oder eine ernst gemeinte Vermutung war.

„Was denkt Ihr?“, fragte Martha angstvoll.

Fiebus blickte recht ernst drein. „Es könnte eine blutende Geschwulst in seinem Magen sein.“

„Könnt Ihr ihn heilen?“

„Heilen?“ Er stieß ein hohles Lachen aus. „Ich bin nicht der liebe Gott, Mädchen.“

„Bitte! Wenn Ihr es wenigstens versuchen würdet.“

„Nun, natürlich muss ich mir den Kranken zunächst einmal ansehen. Sicher gibt es Möglichkeiten, seine Qualen zu lindern.“

„Gut. Worauf warten wir? Ich führe Euch zu ihm.“

„Sachte, Mädchen, sachte. Ich erwarte noch einige Patienten, aber gleich morgen früh werde ich mir deinen Vater ansehen. Allerdings verlange ich meine Bezahlung im Voraus, vergiss das nicht.“

„Sobald Ihr da seid, bekommt Ihr das Geld“, versicherte ihm Martha.

Kurz darauf verließ sie das Haus des Arztes, der ihr nicht allzu viel Hoffnung gemacht hatte. Aber Doktor

Fiebus war Matthes' einzige Chance. Sie war es ihm einfach schuldig; niemals würde sie es sich verzeihen, wenn sie nicht alles unternahm, um ihm zu helfen. Nur: Woher sollte sie das Geld für die Behandlung nehmen, wenn Fiebus schon für eine erste Untersuchung einen ganzen Taler forderte?

Sie erinnerte sich an Herrn van der Vondels Worte. Hatte der Dichter ihr nicht angeboten, sie gegebenenfalls zu unterstützen? Einen Moment lang spielte sie mit dem Gedanken, das Gasthaus „Zum Schwan" aufzusuchen, verwarf ihn aber rasch wieder. Wie konnte sie von einem Fremden erwarten, dass er ihr mir nichts dir nichts einen Taler gab? Ohnehin waren seine Worte wahrscheinlich ein jovialer Scherz gewesen. Nein, es musste einen anderen Weg geben. Und plötzlich wusste sie, was sie zu tun hatte.

Als sie den Krankensaal wieder betrat, schien es ihr, als sei der Geruch nach Krankheit noch beißender geworden. Matthes war eingeschlafen. Karl saß neben ihm auf dem Bett und blickte seiner Schwester hoffnungsvoll entgegen.

„Und?", fragte er flüsternd.

„Doktor Fiebus wird herkommen, um ihn sich anzusehen."

Karl seufzte erleichtert auf. „Dann wird alles gut."

„Für dich hab ich jetzt eine Aufgabe, Brüderchen!"

Martha winkte ihn näher zu sich, flüsterte ihm ins Ohr: „Geh in die Stadt und sieh zu, dass du für Matthes' Fidel einen Käufer findest."

„Was?" Karl glaubte, sich verhört zu haben. „Seine Fidel? Da kannst du ihm ja gleich die Luft zum Atmen nehmen."

„Es geht nicht anders. Wir brauchen dringend Geld, damit wir Doktor Fiebus' Honorar bezahlen können."

„Verstehe."

„Und lass dich nicht übers Ohr hauen, du weißt, was das Ding wert ist. Ich bleib derweil bei Matthes."

Karl nickte eifrig und verschwand. Martha setzte sich zu dem Kranken und ergriff sanft seine Hand. Matthes schlug die Augen auf.

„Da bist du ja wieder." Er lächelte schwach.

„Schlaf weiter, du kannst es brauchen."

„Ach wo. Wo warst du? Was hast du erreicht?"

„Morgen kommt ein Arzt zu dir. Und zwar ein richtiger!"

„Teufelsdreck! Und wovon sollen wir ihn bezahlen?"

„Zerbrich dir nicht den Kopf darüber."

„Martha! Du hast doch hoffentlich nicht etwas dafür tun müssen, was ..."

Sie sah ihn fragend an, während er nach Worten rang.

„... nun ja, was sich für ein anständiges Mädchen nicht gehört, oder?"

Martha lachte, sie konnte nicht anders. „Sei unbesorgt, Matthes. Ich war die Keuschheit in Person." Ihre Beteuerung beruhigte ihn offenbar so sehr, dass er sofort wieder einschlief.

Eine Stunde später kam Karl zurück und gab seiner Schwester durch ein Nicken zu verstehen, dass er das Geld aufgetrieben hatte. Am Abend teilte Schwester Dorothea den Geschwistern mit, dass sie über Nacht nicht bei dem Kranken bleiben könnten. „Unser Orden besitzt gleich nebenan ein Gasthaus für arme Reisende", erklärte sie. „Dort könnt ihr für einige Tage unterkommen."

4

Der Fremdensaal war zu dieser frühen Jahreszeit nur mäßig belegt. Von einem Knecht, der in Diensten des Konvents stand und sich um die Gäste kümmerte, erhielten sie eine Schale kräftiger Gemüsebrühe. Mit Genuss löffelten sie diese in sich hinein, bevor sie sich in den großen Schlafsaal zurückzogen. Im Halbdunkel – nur ein schwaches Öllicht an der Wand sorgte für etwas Licht – erkannte Martha nicht mehr als ein halbes Dutzend Menschen, darunter ein recht merkwürdiges Paar, ein Hüne von Mann und ein zwergenhaftes Kerlchen. Die beiden hatten sich in einen hinteren Winkel des Saales zurückgezogen, um sich auf ihren Strohmatten zur Nachtruhe zu begeben.

„Glaubst du, dass Matthes sterben muss?“, fragte Karl seine Schwester mit gedämpfter und vor Sorge zitternder Stimme. Auch er konnte offenbar nicht einschlafen.

„Ich kann nicht hellsehen, Karlchen.“

„Und ... wenn es so geschieht? Wenn er stirbt? Was machen wir dann?“

Martha seufzte in sich hinein. „Wir schleifen Scheren, wie bisher. Etwas anderes haben wir nicht gelernt.“

„Kannst du dir vorstellen, dass er plötzlich nicht mehr da wäre?“

„Was bringt’s, jetzt darüber nachzudenken? Morgen wird Doktor Fiebus ihn untersuchen. Wir sollten die Hoffnung nicht aufgeben. Hast du schon dein Gebet gesprochen?“

„Ja.“

„Gut. Dann schlaf jetzt!“ Sie beugte sich zu ihm herüber und küsste ihn auf die Wange. Karl streichelte ihr übers rotblonde Haar; dann drehte er sich zur Seite und zog die Decke über seine Schulter.

Martha dachte über die Frage nach, die er ihr gestellt hatte. Was, wenn Matthes starb? Sie wusste, wie es war, wenn geliebte Menschen jäh dem Leben entrissen wurden und wünschte sich, sie könnte wie ihr Bruder vergessen. Die quälenden Bilder für immer aus ihrem Gedächtnis verbannen. Aber sie wusste auch, dass ihr dies niemals gelingen würde.

Agnes! Würde die geliebte Zwillingsschwester ihr heute immer noch gleichen wie ein Ei dem anderen? Würden die Leute die Mädchen weiter verwechseln, und würden sie sich beide nach wie vor einen Spaß daraus machen, alle zu verwirren?

Wahrscheinlich wären sie inzwischen verheiratet worden, hätten vielleicht schon zwei oder drei Kinder auf die Welt gebracht. Ob sie sich regelmäßig sehen würden? Und ob ihre Kinder dann miteinander spielten?

Marthas Augen wurden feucht. „Ach Agnes“, hauchte sie. „Bist du schon im Himmel? Geht es dir gut dort? Was für eine Frage. Bestimmt geht es dir dort gut, nicht wahr? So gut, dass du mir nicht länger böse bist, weil du an meiner Stelle gemeuchelt wurdest.“

„Hast du was gesagt?“, murmelte Karl im Halbschlaf.

„Nein. Gute Nacht, Bruder.“

„Gute Nacht.“

„Um einen Gefallen bittest du mich?“

Agnes schien es auszukosten, dass ihre Zwillingsschwester sich beinahe flehend an sie wandte. Denn noch am Vortag hatten sie sich heftig gestritten. Es kam nicht oft vor, dass sie miteinander stritten, aber gestern war es nun mal geschehen. Der Grund für den Streit war ziemlich läppisch gewesen, und abends, im

Bett, hatten sie es beide eingesehen. Also hatten sie sich rasch wieder versöhnt. Unvorstellbar, dass ein Streit die beiden zehnjährigen Mädchen für längere Zeit entzweien könnte.

„Ja, um einen Gefallen", entgegnete Martha. „Ist das vielleicht ein Grund, so hämisch aus der Wäsche zu glotzen?"

„Ich glotze doch gar nicht. Ich bin ganz Ohr."

„Würdest du morgen deinen freien Sonntag mit mir tauschen?"

Agnes grinste. Vielleicht hatte sie mit dieser Frage bereits gerechnet.

Auch sonntags konnte die Arbeit auf dem Hof nicht ruhen, es gab mehr als genug zu tun, und auch die Kinder hatten ihren Beitrag zu leisten. Aber die Eltern hatten die Regelung getroffen, dass stets eines der Mädchen den Nachmittag frei machen durfte. Hierin wechselten sie einander ab, und eigentlich wäre es morgen Agnes' freier Nachmittag gewesen.

„Nun?", fragte Martha und knuffte sie in die Seite, weil sie sich so lange Zeit mit ihrer Antwort ließ.

„Ist es wichtig?"

„Sehr."

„Heißt der Grund Arno?"

„Wir wollen uns treffen."

„Von mir aus."

„Heißt das, du tauschst mit mir?"

„Sei ehrlich: Du wusstest genau, dass ich nicht nein sagen würde."

Martha fiel ihr um den Hals.

„Ich hoffe nur, dass Arno es auch wert ist", meinte Agnes und verzog den Mund.

„Du magst ihn nicht."

Agnes schaute in eine andere Richtung.

„Warum?", forschte Martha.

„Ich finde, er ist ein Prahlhans."

„Sind nicht alle Burschen Prahlhänse?"

„Ja, vielleicht."

„Auch Karlchen wird bestimmt mal ein großer Prahlhans."

„Hoffentlich nicht."

„Aber Arno ist kein größerer Prahlhans als die anderen Jungs. Ehrlich."

„Musst es ja wissen."

Martha hielt die Zeit nun für gekommen, ihrer Schwester das Geheimnis anzuvertrauen. Ohnehin hatte sie ein schlechtes Gewissen, da sie es so lange für sich behalten hatte. Die Schwestern hatten nämlich für gewöhnlich keine Geheimnisse voreinander.

„Ich muss dir was sagen. Arno und ich werden eines Tages heiraten."

Agnes streckte den Kopf in den Nacken und begann schallend zu lachen.

„Findest du das witzig?", fragte Martha nicht ohne Verärgerung.

„Ja, das ist mehr als witzig."

„Er ist ganz anders, als du denkst."

„Wenn du meinst. Ich jedenfalls finde ihn überhaupt nicht nett."

„Weil du neidisch bist."

„Bin ich nicht."

„Dann hör auf zu lachen."

„Ich lache ja gar nicht mehr. Habt ihr euch schon mal geküsst?"

„Natürlich nicht." Martha stemmte empört die Arme in die Hüften.

„Eines musst du mir versprechen", sagte Agnes.

„Und zwar?"

„Hinterher musst du mir alles erzählen."

„Versprochen."

Martha hatte die Hände unter dem Kopf verschränkt und starrte in die Dunkelheit. Karl war inzwischen eingeschlafen, davon zeugte sein ruhiger Atem. Auch die anderen Herbergsgäste lagen in Morpheus' Armen, ihr Schnarchen war dafür Beweis genug. Nur drüben in der Ecke wälzte sich jemand schlaflos von einer Seite auf die andere. Martha vermutete, dass es der Hüne war.

Wie recht du hattest, Agnes, dachte Martha. Arno war tatsächlich kein netter Bursche gewesen, ein unsäglicher Prahlhans, der sie im Stich gelassen hatte, als das Unglück über sie und Karlchen hereinbrach.

Ihr Versprechen, der Schwester alles zu berichten, hatte Martha nicht einhalten können, weil Agnes an ihrer Stelle gestorben war.

Sie wischte sich die Tränen aus den Augen. Drüben stieß der Hüne einen stöhnenden Laut aus, als quäle ihn ein heftiger Schmerz. Martha atmete tief durch, dann rollte sie sich zur Seite, hoffend, dass der Schlaf sich ihrer endlich erbarmen würde.

Das Getöse der Kanonen hatte Veit Schaffkutsch einmal mehr aus dem Schlaf gerissen.

Er sah sich unter all den anderen Musketieren stehen, ganz vorn, in der ersten Reihe. Dort, wo es stets die meisten Toten gab.

Sie konnten die feindlichen Kanonen sehen, die auf ihre Reihen gerichtet waren. Sahen die Mündungen Feuer spucken, wussten, dass die furchtbaren Geschoss aus Blei im nächsten Augenblick eine Schneise in ihre Reihen schneiden und einen Teppich zerfetzter Leiber zurücklassen würden.

Noch einmal durchlebte Veit die unsagbare Angst. Sah seine Kameraden sterben, während er selbst überlebte.

Irgendwann hörte das Kanonenfeuer auf. Nach Augenblicken? Nach Stunden? Veit vermochte es nicht zu sagen.

Doch die wahre Schlacht begann erst. Sie feuerten aus ihren Musketen auf den nahenden Feind. Über das Schlachtfeld gellten Schreie aus der Hölle.

Nachladen, töten, bevor man selbst getötet wurde!

Der Krieg war längst vorbei, doch Veit hätte die Handgriffe des Ladevorgangs wohl auf der Stelle beherrscht: Das Schwarzpulver in den Lauf schütten, die Bleikugel hinzufügen, dann die Ladung feststopfen. Hierbei den Gedanken verdrängen, dass ihn selbst jeden Moment eine Kugel treffen könne. Dann Schwarzpulver auf die Zündplatte geben, zuletzt die brennende Lunte in die Zündvorrichtung spannen. Dem Feind den Tod bringen!

Einmal hatte er während der Schlacht gezählt, wie viele Feinde er getroffen hatte. Es waren sieben oder acht gewesen. Unwahrscheinlich, dass einer von ihnen seine Verwundungen länger als eine Woche überlebt hatte. Das Zählen hatte Veit geholfen, seine Angst in den Griff zu bekommen.

Später kamen feindliche Reiter, um ihr Vorrücken zu behindern. Pikeniere eilten schreiend herbei, um sie vom Pferd zu stoßen.

Hauen und Stechen, Mann gegen Mann. Was für ein verfluchtes Wunder, dass er diesen Albtraum wieder und wieder überlebt hatte.

Hilde fiel ihm um den Hals, als er später ins Lager zurückkam. „Du lebst, du lebst – dem Himmel sei Dank!“, pflegte sie in solchen Augenblicken stets zu schluchzen.

Gern hätte er ihre Umarmung erwidert, aber er wollte nicht, dass sie merkte, wie sehr er am ganzen Leib zitterte.

„Mein tapferer Veit“, sagte sie.

„Was macht's Bäuchlein?“, fragte er hilflos.

„Wächst und gedeiht.“ Er hätte weinen können, als sie ihn anlächelte – ein erschöpftes, hageres Gesicht.

„Jetzt können wir uns erst mal ausruhen“, sagte er. „Komm, ich hab dir Bier besorgt.“

Unter dem Laubdach ihres Quartiers, in dem die einfachen Kriegsknechte mit ihren Familien untergebracht waren, versuchten sie, die Tatsache außer Acht zu lassen, dass ihnen eine traute Zweisamkeit nicht möglich war. Frauen und Kinder, die ihre Gefährten und Väter verloren hatten, weinten unentwegt. Drüben im Zelt der Feldschere, wurde gesägt und gebrüllt.

Bald begann Hilde heftig zu husten; es klang, als müsste er sich ernstlich um sie sorgen.

„Du hustest oft in den letzten Tagen.“

Hilde winkte ab. „Es ist nichts.“

Er griff nach ihrer Hand. „Hast du Fieber?“

„Es ist nichts“, sagte Hilde.

Veit Schaffkutsch war daran gewöhnt, dass die Nächte ein Spiegel seiner elenden Vergangenheit waren. Daran würde sich vermutlich nichts mehr ändern, bevor er seinen letzten Atemzug tat. In Santiago konnte er vielleicht noch einmal Frieden finden.

Er hörte sich stöhnen, als er sich auf die Seite wälzte, und seine eigene Stimme klang fremd in seinen Ohren. Trost empfand er bei dem Gedanken, dass der kleine Fidelius ihn sicher morgen das ein oder andere Mal zum Lachen bringen würde.

5

Donnerstag, 20. April 1656

Am Morgen erwachten Martha und Karl zur selben Zeit. Die anderen Gäste hatten den Saal inzwischen verlassen – bis auf den Hünen, der noch schlief, und den Winzling, der neben ihm hockte und eine Grimasse zog.

„Wer schläft, sündigt nicht“, rief der kleine Mann den Geschwistern zu, mit dem Kinn auf den Schlafenden deutend. „So sprach übrigens auch schon die standhafte Jungfer, nachdem sie ihrem Verehrer Schlafpulver in den Wein gerührt hatte“, fügte er hinzu.

Martha sagte zu Karl: „Komm, wir wollen gehen und nach Matthes sehen. Vielleicht kommt Doktor Fiebus ja schon recht früh; ich möchte auf jeden Fall bei ihm sein, wenn er ihn untersucht.“

Die Morgensonne schien, wie schon in den vergangenen Tagen, ungewöhnlich warm vom Himmel, trotz der frühen Stunde und Jahreszeit. Vom gestrigen Regenguss war in den Gassen nur noch halbtrockener Morast übrig geblieben, der sich hier und da mit Unrat vermischte. In den Stuben der Handwerker wurde gehobelt und gehämmert. Dreimal mussten Martha und Karl auf dem kurzen Weg zur Klosterpforte klappernden Fuhrwerken Platz machen, einmal auch einer Kutsche, hinter deren Fensteröffnungen sie zwei vornehme Damen mit hochgesteckten Frisuren erblickten. Im Stillen fragte sich Martha, wie es wohl wäre, zu diesen Herrschaften zu gehören. Karl sah sie an und erriet ihre Gedanken. „Gib dir keine Mühe“, sagte er lachend, „unsereins wird niemals in solchen Kreisen verkehren.“

„Als ob das meine Absicht wäre“, entgegnete sie mit einer Spur von Entrüstung.

Die alte Pfortenschwester stellte keine Fragen und führte sie unverzüglich in den Krankensaal. Es waren noch weitere Angehörige gekommen, um ihre bettlägrigen Verwandten mit Frühstück zu versorgen. Eine Pflegerin sammelte die Nachttöpfe der Kranken ein.

Schwester Dorothea empfing die Geschwister. Ihre Worte bestätigten, was ihre Augen ausdrückten. „Euer Vater hatte eine gute Nacht. Jedenfalls geht es ihm bedeutend besser. Ich kann ihn kaum im Bett halten.“ Sie lächelte.

Matthes winkte seinen Besuchern gut gelaunt zu. „Die ehrwürdige Schwester entpuppt sich zunehmend als Kerkerwächterin.“

„Bevor nicht Doktor Fiebus bei dir gewesen ist, tust du gefälligst, was sie dir sagt, und zwar ohne jeden Widerspruch“, erwiderte Martha. Zur Begrüßung küsste sie ihn auf die Wange.

„Jedenfalls hab ich einen Mordshunger.“

„Ist das nicht ein gutes Zeichen?“, freute sich Karl. „Dennoch fürchte ich, dass unser Kaninchen noch warten muss.“

„Sein Magen sollte sich erst einmal beruhigen“, erklärte die junge Nonne. „Übrigens wird hinterher, wie jeden Freitag, Pater Johannes unsere Kranken aufsuchen, um mit ihnen zu beten. Euer Vater bekommt dann auch die Gelegenheit zur Beichte.“

„Oh, wie wunderbar“, entgegnete Martha rasch, bevor Matthes etwas dazu sagen konnte. Nachdem Schwester Dorothea sich anderen Kranken zugewandt hatte, hielt er seinen Unmut nicht länger zurück.

„Das hat mir gerade noch gefehlt“, murrte er. „Ein Papistenpriester. Was nun?“

„Du wirst es überleben, Matthes.“

Doktor Fiebus ließ auf sich warten. Auch gegen Mittag war er noch nicht erschienen. Dafür hatte Meister Berthold inzwischen seine Krankenvisite gemacht. Matthes und die Geschwister hatte er geflissentlich übersehen. Martha fiel auf, dass die Schwestern den alten Arzt nicht aus den Augen ließen, als fürchteten sie um das Heil der Patienten.

Des Weiteren war ein Chirurg mit einem Gehilfen aufgetaucht, um bei einigen Patienten neue Verbände anzulegen. Auch Matthes' Bettnachbar wurde von ihm behandelt; stöhnend ließ dieser es geschehen, dass sein Kopfverband erneuert wurde. Seiner ständigen Bitte, man möge ihm in Dreiteufelsnamen doch eine Flasche Branntwein heranschaffen, kam indessen niemand nach. Der Chirurg, ein graubärtiger Mann mit geschickten Fingern und einer fleischigen Nase, kam derweil mit Martha ins Gespräch. Früher, im Krieg, so erzählte er ihnen, sei er Feldscher gewesen. Nun jedoch sei er froh, dass er seine alten Tage nicht mehr damit verbringen müsse, zerschossene Glieder abzusägen. Als er erfuhr, dass sie auf Doktor Fiebus warteten, hielt er staunend inne.

„Einen besseren Arzt werdet ihr in Aachen kaum finden, sofern ihr keinen Wundarzt braucht. Aber wie habt ihr es nur fertiggebracht, dass er euren Vater behandelt? Mit Verlaub, ihr seht nicht so aus, als könntet ihr euch die Dienste dieses Blutsaugers leisten."

„Es gibt eine Vereinbarung", erwiderte Martha.

„Und welche?" Matthes war hellhörig geworden; eben dies hatte Martha vermeiden wollen. Die Geschwister sahen sich ratlos an.

„Nun? Ich höre!", sagte Matthes.

Martha hob seufzend die Schultern und nickte ihrem Bruder zu. Sie kamen nicht länger umhin, Matthes reinen Wein einzuschenken.

„Ich hab deine Fidel verkauft“, bekannte Karl widerwillig.

Im Nu stand Matthes neben seinem Bett. „Du hast ... was? Seid ihr denn noch zu retten? Meine Fidel ... wozu? Verdammt, es geht mir doch wieder gut! Ich brauche keinen Arzt mehr.“

Seine wackligen Beine straften ihn Lügen. Mit sanfter Gewalt drückten Martha und Karl ihn wieder auf das Bett. „Meine Fidel“, wimmerte Matthes.

„Ich mag Fiebus nicht“, sagte der Chirurg. „Aber es wäre möglich, dass Eure Fidel eine lohnende Investition in Euer Leben war.“ Er zog mit seinem Gehilfen zum nächsten Patienten.

„Aber was ist ein Leben ohne meine Fidel wert“, jammerte Matthes weiter und legte so viel Theatralik in seine Stimme, dass Martha und Karl unwillkürlich grinsen mussten. Martha wollte ihn tröstend in den Arm nehmen, als ein Mann im schwarzen Habit den Krankensaal betrat. Er war von hagerer Gestalt, hatte ein hohlwangiges Gesicht, aber wache Augen. Seine Nase glich dem Schnabel eines Habichts. Auf dem Kopf trug er einen dunklen Hut.

„Ein verdammter Jesuit“, keuchte Matthes.

„Still“, raunte Karl ihm zu.

Der Jesuit – es musste sich um jenen Pater Johannes handeln, von dem Schwester Dorothea gesprochen hatte – schritt durch den Saal, segnete im Vorübergehen die Kranken, die sich, soweit es ihnen möglich war, ehrfürchtig aufrichteten und ein Kreuzzeichen schlugen. Schwester Dorothea und zwei ihrer Mitschwestern traten dem Geistlichen entgegen. Eine Zeit lang sprachen sie miteinander; schließlich wies Schwester Dorothea auf Matthes. Der Jesuitenpriester nickte und kam zielstrebig näher. Die drei Nonnen folgten ihm bedächtig und mit gefalteten Händen.

Matthes ächzte. „Und was jetzt?"

„Du könntest dich schlafend stellen", schlug Karl vor. „Oder tot!"

„Reißt euch zusammen", rügte sie Martha. „Wenn er dich segnet, Matthes, bekreuzigst du dich einfach – was ist so falsch daran?"

Bald stand Pater Johannes unmittelbar vor ihnen. Mit einer Begrüßung hielt er sich erst gar nicht auf.

„Lasset uns beten!", begann er. Er holte ein Brevier aus seinem Habit hervor und begann, ein lateinisches Gebet zu sprechen. Die Nonnen beteten leise mit. Matthes lag wie ein Sterbender da. Seine Augen waren geschlossen, aber seine Lippen bewegten sich schwach zum Takt des Gebetes. Martha war froh, dass er vernünftig genug war, keinen Streit mit dem Jesuiten anzufangen. Sie selbst und Karl waren so in den Hintergrund gerückt, aber Schwester Dorothea gab ihnen einen aufmunternden Wink, wieder an das Bett heranzutreten. Was blieb ihnen übrig, als ihrer Einladung Folge zu leisten.

Zu ihrem Entsetzen begann Pater Johannes das *Ave Maria* zu sprechen. Matthes' Lippen bewegten sich nicht länger; zweifellos wollte er den Priester glauben lassen, er sei vor Erschöpfung und Schwäche eingeschlafen.

„Benedicta tu in mulieribus,
et benedictus fructus ventris tui, Iesus ..."

Abrupt brach er ab. Martha lief es heiß über den Rücken, denn Pater Johannes' Blick lag nun beinahe lauernd auf ihr und ihrem Bruder. Offenbar erwartete er von ihnen, den letzten Vers des Gebetes an ihres Vaters Statt laut zu sprechen. Das Dumme war nur, dass sie das *Ave Maria* nie gelernt hatten. Karl begann sich zu räuspern, als habe er einen Frosch verschluckt, wedelte dabei wie zur Entschuldigung mit einer Hand.

„*... et benedictus fructus ventris tui, Iesus!*“, wiederholte Vater Johannes, jedes Wort betonend.

Martha senkte den Kopf, schlug die Hände vors Gesicht und täuschte einen Weinkrampf vor. Etwas Besseres wollte ihr auf die Schnelle einfach nicht einfallen. Der Jesuit sah die Nonnen fragend an.

„Die schwere Krankheit ihres Vaters macht ihnen sehr zu schaffen“, raunte Schwester Dorothea ihm zu.

„Nun denn, unser aller Leben liegt in Gottes Hand, vertrauen wir auf Seine Huld!“, sagte Vater Johannes und segnete sowohl Matthes als auch die beiden Geschwister.

Sie bekreuzigten sich, Martha immer noch flennend, Karl nach wie vor vor sich hin hüstelnd. Vater Johannes schritt mit kerzengerader Haltung davon, zum nächsten Schwerkranken, gefolgt von den Nonnen. Schwester Dorothea aber wandte sich noch einmal mit sorgenvoller Miene an Martha.

„Was ist mit dir?“

Martha beschloss, ihr endlich die Wahrheit zu sagen. Sie vertraute der jungen Ordensfrau.

„Wir sind lutheranisch, Schwester“, flüsterte sie und wischte sich über die Wange, als gäbe es dort tatsächlich eine Träne.

„Oh!“ Schwester Dorothea schaute zunächst ein wenig bedrückt drein, als habe sie von einem großen Unglück erfahren. Dann aber flog ihr ein Lächeln übers Gesicht. „Und ihr hieltet es offenbar für angebracht, das zu verschweigen.“

„Na ja, wir wollten uns nicht unbedingt selbst Steine in den Weg legen.“

„Schon gut, ich werde mich bemühen, es zu verstehen. Sei unbesorgt, künftig werde ich euch mit allem Katholischen verschonen.“

„Habt Dank, Schwester.“

Die Nonne lächelte abermals, bevor sie dem Jesuiten und ihren Mitschwestern folgte.

Martha tippte Karl auf die Schulter. „Du kannst jetzt aufhören zu husten“, sagte sie.

Doktor Fiebus war bis zum späten Nachmittag noch immer nicht im Kloster der Elisabethen erschienen. Allmählich wurde Martha ungeduldig. Zumal Matthes unentwegt darauf drängte, das Bett und am liebsten auch das Haus zu verlassen. Als es immer schwieriger wurde, ihn zu vertrösten, machte Martha sich auf den Weg zum Haus des Arztes.

Wieder war es kein Dienstmädchen, sondern Clara Fiebus selbst, die ihr die Tür öffnete. Der Blick, mit dem sie Martha taxierte, offenbarte noch mehr Misstrauen als am Tag zuvor. Der schwarze Kater war ihr neugierig gefolgt und rieb sich an ihrem Rock. Das Tier besaß gelbe Augen, was ihm etwas Unheimliches, ja beinahe Diabolisches verlieh.

„Was wünschst du, Mädchen?“, fragte Frau Fiebus schroff.

„Der Herr Doktor hat versprochen, bei meinem Vater vorbeizuschauen, gnädige Frau.“

„Wenn er das bis jetzt noch nicht getan hat, Mädchen, dann wird er gute Gründe dafür haben.“

Martha hatte nicht vor, sich auf diese Weise abwimmeln zu lassen. „Aber die Zeit drängt. Bitte, lasst mich zu ihm!“

„Das geht jetzt nicht.“ Sie machte Anstalten, die Tür zu schließen, aber rasch schob Martha einen Fuß über die Schwelle. Der unheimliche Kater huschte nach draußen.

„Was fällt dir ein?“, rief Frau Fiebus empört.

„Er hat es mir versprochen, und schon bald wird es dunkel!“

„Was geht hier vor?" Der Doktor war hinter seiner Mutter erschienen; er begleitete eine Patientin zur Tür.

„Sie will, dass du ihren Vater behandelst", erklärte Clara Fiebus dem Sohn missfällig. „Du hättest es ihr versprochen, behauptet sie unverfroren."

Fiebus seufzte leise; Martha sah ihm an, dass er sich erst jetzt wieder an sein Versprechen erinnerte.

„Hab noch Geduld bis morgen, Mädchen", sagte der Arzt.

Martha bemühte sich, ruhig zu bleiben, obwohl sie innerlich kochte. „Ich hab die Fidel meines Vaters verkaufen müssen, um Euer Honorar bezahlen zu können, Herr Doktor. Ihr habt's mir versprochen."

„Tja, wenn Ihr es ihr versprochen habt, mein Lieber, dann müsst Ihr Euch wohl oder übel auch daran halten, finde ich!" Martha erhielt unerwartete Schützenhilfe von der Dame in Fiebus' Begleitung. Sie war etwa im Alter des Doktors, ein wenig mollig, trug ein samtenes Kleid und ein blaues Kollier um den Hals. Ein eng geschnürtes Mieder ließ manches der nach oben gepressten Brüste sehen.

Das Lächeln der Frau wirkte ein wenig gekünstelt, und der kurze Blick, den sie Martha zuwarf, hatte etwas Herablassendes. Aber immerhin sprang sie ihr bei.

„Dann muss es wohl so sein, meine Verehrteste." Doktor Fiebus sprach es aus, als würde er ein großes Opfer bringen müssen, das er jedoch für sie, seine werte Freundin, gern zu bringen bereit war. Das Gesicht seiner Mutter versteinerte sich, aber sie schwieg und kehrte in das Haus zurück.

„Und was meinen Neffen Joseph angeht, Frau Schwägerin, so sind wir uns einig. Gern will ich ihn unter meine Fittiche nehmen. Wir werden sehen, ob er sich für den Beruf des Arztes eignet."

„Das hoffe ich doch sehr. Wenn Ihr ihm nur seine Flausen austreibt."

„Ich verspreche, mein Bestes zu versuchen."

„Und Eure Versprechen pflegt Ihr ja immer sehr ernst zu nehmen, nicht wahr?"

„Aber gewiss. Vor allem, wenn ich durch so bezaubernde Damen, wie Ihr es seid, daran erinnert werde."

Sie winkte kichernd ab. „Genug, genug. Und habt Dank für Eure Kostempfehlung, werter Schwager. Meiner Leber zuliebe will ich versuchen, mich daran zu halten – auch wenn es mir schwer fallen dürfte, auf Meister Maws Törtchen zu verzichten."

„Wem sagt Ihr das, Verehrteste."

Ihr Geplänkel dauerte noch eine Weile, bevor sich die vornehme Dame zu Marthas Erleichterung endgültig verabschiedete und von dannen zog. Das Lächeln, das Fiebus' Mundwinkel umspielt hatte, verflog augenblicklich.

„Warte hier vor der Türe auf mich!", sagte er zu Martha. „Ich will nur meine Tasche holen!"

Der Arzt untersuchte Matthes mit einer Gründlichkeit, die Martha in ihrem Gefühl bestärkte, tatsächlich den besten Arzt der Stadt zurate gezogen zu haben. Noch einmal hatte sie ihm bis ins Kleinste berichtet, wie rasant es mit ihrem Vater in letzter Zeit bergab gegangen war. Und auch den vereinbarten Taler hatte sie ihm gezahlt.

Zunächst befragte Fiebus den Kranken eingehend nach seinen Essgewohnheiten, wollte wissen, wie es um seine Verdauung bestellt sei. Er fühlte ihm den Puls, untersuchte sogar seine Augen, ließ sich die Zunge zeigen und sah ihm in den Rachen, tastete seinen Bauch mit geübten Griffen ab, stellte zwischendurch immer wieder Fragen. Selbst den Urin des Kranken nahm er genau in Augenschein. Schwester Dorothea versicherte ihm, dass der Kranke bislang kein Fieber gehabt habe; ausführlich ließ Fiebus sich von Martha schildern, wie das Erbrochene ausgesehen habe und ob der Atem des Kranken jemals verdächtig gerochen habe. Martha und Schwester Dorothea gaben ihm Auskunft, so gut es ihnen möglich war. Am Ende, als Fiebus seine Sachen zusammenpackte, waren alle Augen gespannt auf ihn gerichtet.

„Nun, wie lange hab ich wohl noch zu leben, Herr Doktor?“, wollte Matthes von ihm wissen. Nur Martha und Karl wussten, dass es eine höhnische Frage war.

„Das weiß Gott allein!“, sagte der Arzt.

„Für einen Taler hätte ich mir, um ehrlich zu sein, eine präzisere Zeitangabe erhofft.“

Martha bedeutete ihm mit einem bitterbösen Blick, den Mund zu halten. „Was glaubt Ihr, Herr Doktor?“, fragte sie und hob die Brauen.

„Er leidet, wie ich bereits vermutete, an einem Geschwür seines Magens, das manchmal zu bluten beginnt. Eines Tages könnte das schlimm enden.“ Fiebus sprach, als sei er mit seinen Gedanken bereits woanders.

„Was können wir tun?“ fragte Karl besorgt.

„Ich werde ihm eine Krankenkost verordnen, an die er sich streng zu halten hat. Die Schwestern sollen ihm ein paar Einläufe verabreichen. Bier, Wein und Schnaps sollte er meiden wie der Teufel das Weihwasser. Ich werde die Schwestern bitten, ihn noch ein paar Tage in ihrer Obhut zu lassen.“

„Aber es geht mir schon viel besser“, protestierte Matthes.

„Das könnte sich rasch ändern, wenn Ihr meine Anordnungen nicht befolgt“, erwiderte Fiebus ungerührt.

Er nahm seine Tasche und machte sich auf zu gehen.

„Habt Dank!“, rief Martha ihm nach.

Er nickte ihr kurz zu, um dann hurtig den Krankensaal zu verlassen, ignorierte das Flehen anderer Kranker, die seine Aufmerksamkeit auf sich lenken wollten.

„Einläufe!“ Matthes tippte sich an die Stirn. „Dieser Quacksalber soll mich gern haben.“

„Du wirst dich an seine Anweisungen halten, verstanden? Karl und ich wollen nicht auch noch unseren zweiten Vater verlieren.“

„Eben!“ Karl ignorierte Matthes’ Blick, der flehend Unterstützung von ihm einforderte. „Zuerst wirst du schön wieder gesund.“

Matthes seufzte resigniert. „Zuerst die Fidel – und jetzt auch noch die letzte Lebensfreude!“

„Nun übertreib mal nicht, du alter Komödiant“, sagte Martha kopfschüttelnd.

6

Das Wirtshaus „Dragoner“ in der Sankt-Jakobs-Straße erfreute sich keines guten Rufes, da viele der stadtbekannten Zecher dort verkehrten. Außerdem war es bis vor wenigen Jahren Anlaufstelle fremder Landsknechte gewesen. Noch lange nach Beendigung des Krieges hatte die Stadt lothringische und spanische Truppen beherbergen müssen; die verrohten Gesellen hatten in Aachen und der Umgebung ihr Unwesen getrieben und marodierend Angst und Schrecken verbreitet. Nicht zuletzt deshalb war der „Dragoner“ für viele Aachener ein rotes Tuch, verbunden mit Erinnerungen an eine schlimme Zeit, die nun hoffentlich für immer hinter ihnen lag.

Dennoch hatte Veit Schaffkutsch beschlossen, sich in dieser übel beleumdeten Schankstube den einen oder anderen Trunk zu gönnen. Zuvor hatte er in Erfahrung gebracht, dass in den ersten Maitagen eine Pilgergruppe nach Santiago aufbrechen würde. Für ihn und Fidelius bedeutete das, dass sie sich noch knappe zwei Wochen die Zeit in der Stadt vertreiben mussten.

Fidelius begleitete ihn zum „Dragoner“, nachdem sein großer Kamerad ihn dazu überredet hatte. Die Unternehmungslust des Zwergs hielt sich in Grenzen, seitdem er wusste, dass sein Auskommen für lange Zeit gesichert sein würde.

In der Schankstube lungerten etwa zehn, zwölf Männer an wackligen Tischen herum. Die letzten Sonnenstrahlen fielen durch kleine Buntglasfenster ins Innere des Wirtshauses und sorgten für schummriges Licht. Es roch nach Bier und Schweiß, es wurde geflucht, gewürfelt und gelacht: Der Wirt und seine Schankmagd, die sich nur manchmal die Mühe machte, sich aufdringlicher Männerhände zu erwehren, hatten reichlich zu tun, um die Kehlen der Gäste feucht zu halten.

Als Fidelius und Veit das Wirtshaus betraten, wurde das ungleiche Paar mit unverhohlener Häme angegafft.

„Was gibt es da zu glotzen?“, herrschte Veit die Zecher an.

„Nun beruhig dich mal wieder, Polyphem“, sagte ein dicker Mann mit rotem Gesicht und musterte ihn und Fidelius unter halb gesenkten Augenlidern. „Fremde werden erst mal angestarrt, das ist doch überall so, oder? Kommt, setzt Euch zu mir an den Tisch, Ihr und Euer ... äh, kleiner Freund.“

„Oder ist's gar eine Freundin?“, rief ein vierschrötiger Kerl vom Nebentisch und brach in dröhnendes Gelächter aus. Pockennarben bedeckten sein Gesicht, über das sich eine blanke Glatze wölbte.

Veit ballte unwillkürlich die Fäuste. Der dicke Mann schob ihm einen Hocker zu. „Lasst den nur reden“, sagte er abwinkend, „das ist Hagenbach, einer der größten Trunkenbolde der Stadt. Niemand gibt etwas auf das, was er sagt. Setzt Euch zu mir.“

Veit schien noch abzuwägen, ob er der Einladung Folge leisten sollte, aber Fidelius kam ihm zuvor und nahm einfach Platz. Der Kleine hatte Erfahrung, wenn es darum ging, Streit zu vermeiden. Nicht das erste Mal wäre es, dass er, wenn auch ohne eigene Absicht, zum Gegenstand einer Streitigkeit würde. Und ein Streit zwischen Veit und dem Glatzkopf namens Hagenbach lag hier durchaus in der Luft. Darauf hatte Fidelius keine Lust. Veit setzte sich zu ihm.

„Gestatten: Peter Maw, Bäckermeister!“

Veit brummte seinen Namen; Fidelius, der gerade noch über die Tischkante spähen konnte, nannte seinen mit etwas mehr Gefälligkeit.

„Fremd hier?“, fragte Maw.

Sie nickten.

Der Bäcker versuchte ein Gespräch in Gang zu bringen, aber nach Reden war Veit offenbar nicht zumute. Auch Fidelius hätte am liebsten seine Ruhe gehabt und hoffte, dass niemand Witze von ihm hören wollte. Außerdem war ihm Peter Maw, trotz seiner Gönnerhaftigkeit, nicht sehr sympathisch. Zu großspurig berichtete er von seinen Fähigkeiten als Bäcker, die ihn als den Besten seiner Zunft, ja des gesamten Heiligen Römischen Reiches priesen. Fidelius verkniff sich die Frage, weshalb er als große Berühmtheit nicht einen nobleren Ort als diese düstere Spelunke aufsuchte, um seinen Durst zu stillen.

Wenigstens hielt der prahlerische Bäcker ihnen Hagenbach vom Hals, der unablässig zu ihnen herüberschielte, als überlegte er, wie er sich weiter über sie lustig machen könnte.

Das Bier schmeckte scheußlich. Fidelius spürte, wie es ihm allmählich zu Kopf stieg. Naturgemäß vertrug er weniger als großgewachsene Menschen. Außerdem begann ihm die Blase heftig zu drücken, und er beschloss deshalb, jeden weiteren Trank abzulehnen.

Nach einer Weile – längst hatte der Wirt Öllichter entzündet – kündigte Peter Maw an, dass die Stunde des Abschieds gekommen sei, da er nun leider heimgehen müsse.

„Was für ein Jammer“, entgegnete Fidelius in einem hohen Singsang. „Ach Gott, wie jammer-, jammerschade das doch ist!“

„Für einen Bäcker beginnt der Tag schon in der Nacht, wie Ihr wisst. Und morgen beginnt er sogar noch früher. Warum? Weil morgen ein besonderer Tag ist. Gewiss habt Ihr gehört, was morgen hier in Aachen stattfindet. Bis dahin muss die Spezialität, die ich eigens für dieses Ereignis kreieren werde, aus dem Ofen geholt sein. Noch in zwanzig Jahren wird man von meinen Kroiseti-Zipfeln sprechen, das versichere ich Euch!“

Er rieb sich die fleischigen Hände und erwartete offenbar, dass man Näheres darüber wissen wollte. Aber Fidelius tat ihm nicht den Gefallen, und zu seiner Erleichterung schwieg Veit erst recht.

„Nun gut, dann gehabt Euch wohl“, sagte Maw, da Nachfragen ausblieben. Er warf der Schankmagd eine Münze zu und erhob sich. „Und lasst Euch nicht von Hagenbach reizen“, flüsterte er. Dann verließ er den „Dragoner“.

„Seht, da geht er hin, der beste Bäcker unter der Sonne!“, rief Hagenbach ihm spöttisch nach. Endlich sah er seine Stunde gekommen. Er stand auf und schlurfte mit einem schwappenden Bierkrug in der Hand zum Tisch der Fremden.

„Darf mich doch zu euch setzen, oder?“

Er ließ sich, ohne eine Antwort abzuwarten, auf den Hocker nieder, wo eben noch Meister Maw gesessen und schwadroniert hatte.

Fidelius schwante nichts Gutes. Er kannte Veit noch nicht lange, aber gut genug, um zu ahnen, dass man wohl rasch mit ihm in Streit geraten konnte. Und Hagenbach schien geradezu versessen auf Streit zu sein.

„Verschwinde“, raunte Veit ihm zu, stierte aber weiter in seinen Bierkrug.

„He, he! Was sind denn das für Manieren, Freund!“

„Wir sind keine Freunde“, sagte Veit.

„Äh, sollten wir nicht lieber gehen?“ Fidelius sah seinen neuen Brotgeber beklommen an.

„Aber warum denn?“, krähte Hagenbach. „Jetzt wird’s doch erst richtig gemütlich. He, Kleiner, warum erzählst du nicht ein paar Witze. Ein besonders spaßiges Kerlchen deiner Zunft soll sich derzeit in der Stadt aufhalten."

Fidelius verbiss sich eine der üblichen Retourkutschen.

„Lass ihn in Ruhe!" Veits Stimme war eine einzige Drohung. Dennoch blieb sein Blick unverwandt auf seinen Bierkrug gerichtet.

Hagenbach war in seinem Element.

„Dein kleiner Liebling, was? Sag mal, wie ist's eigentlich, wenn er dir ... hm, du weißt schon, wenn er sich an dein Gemächt zu schaffen macht? Er kann ja sogar dabei stehen bleiben, was?" Beifall heischend blickte er umher; einige der Zecher johlten.

Veit erhob sich abrupt. Sein Gesicht war wie aus Stein gemeißelt. Fidelius überlegte fieberhaft, wie eine Prügelei sich noch verhindern ließ. Veit war ein Hüne, gewiss, aber auch Hagenbach war groß und kräftig, gleich einem jener Boxer, die man häufig auf den Jahrmärkten kämpfen sehen konnte.

„Nun beruhig dich wieder, Einauge. Wirst ja wohl noch einen kleinen Spaß verstehen." Hagenbach grinste, und es schien ihm nicht wirklich daran gelegen, sein Gegenüber zu besänftigen.

„Komm, lass uns gehen", sagte Veit nach kurzem Zögern zu Fidelius. Der war heilfroh, dass Veit sich doch nicht auf einen Streit einlassen wollte.

„Ah, jetzt ist er auf den Geschmack gekommen", rief Hagenbach. „Sollte ich Einauge mit meinem kleinen Scherzchen auf eine Idee gebracht haben?"

„Deine Scherzchen dürften keinen gescheiten Menschen auf irgendeine Idee bringen", sagte Fidelius und lächelte ihn an, als seien seine Worte in Wahrheit eine Liebeserklärung gewesen. „Außer der, schnellstens das Weite zu suchen."

„Oho, was habe ich gesagt? Und er ist doch ein Spaßmacher."

Veit ließ ein paar Münzen auf den Tisch fallen, wo sie sich kullernd um sich selbst drehten. Er wandte sich zum Gehen, und Fidelius tappte ihm hinterher.

„Hoffentlich ist der Mund des Kerlchens auch groß genug für seine Zyklopenkeule. Also, was meinen angeht, da sähe ich ziemlich schwarz! He, Einauge! Stell dir doch einfach vor, er wäre ein Weiblein. Seinem Gesicht nach zu urteilen könnte das sogar stimmen."

Die Zecher grölten. Veit aber verharrte im Schritt, wie Fidelius erschrocken zur Kenntnis nahm. Langsam wandte der Hüne sich um.

„Es reicht, du hast's nicht anders gewollt!", verkündete er düster und schritt auf Hagenbach zu. Der erhob sich und freute sich sichtlich, dass er den Hünen nun doch aus der Reserve gelockt hatte. Fidelius fasste nach Veits Hosenbein, aber der stapfte weiter, ohne sich daran zu stören.

„Oh, du willst mich schlagen?" Grinsend hob Hagenbach die Fäuste.

„Entschuldige dich bei ihm!", sagte Veit.

„Bei wem? Dem Zwerg?"

„Entschuldige dich!"

„Schon gut, er braucht sich nicht zu entschuldigen", warf Fidelius hastig ein. „Er ahnt ja nicht, wie weit ich meinen Mund zu öffnen vermag. *Sein* Knüppel dürfte da noch das *kleinste* Problem sein."

Dummerweise fand Veit das alles andere als witzig und warf ihm einen Blick zu, der fast so vernichtend war wie jener, mit dem er Hagenbach bedachte.

„Siehst du, Einauge, sie sieht's gar nicht so eng. Und was unsere Knüppel angeht –"

Weiter kam er nicht, denn im nächsten Moment krachte Veits rechte Faust mit voller Wucht auf sein

Kinn. Max Hagenbach sackte in sich zusammen, plumpste zu Boden und blieb reglos liegen. So ansatzlos, so überraschend war Veits Fausthieb erfolgt, dass einen Moment lang verblüfftes Schweigen in der Stube herrschte. Schon war der Kampf der Giganten vorbei. Was der Wirt freilich nicht ohne Erleichterung zur Kenntnis nahm.

„Na schön, das hat der Maulheld sich verdient. Aber jetzt verschwindet, Ihr beiden, und es wäre mir sehr lieb, wenn Ihr künftig woanders Euren Humpen trinkt. Auch dem Hagenbach solltet Ihr von nun an besser aus dem Weg gehen. Die Ratte kann sehr niederträchtig sein."

Veits abfälliges Grunzen verkündete allen, dass ihm die Ratschläge des Wirts einerlei waren. Dennoch verließ er ohne weitere Verzögerung das Wirtshaus. Fidelius atmete auf.

Draußen waren kaum noch Menschen unterwegs. Still gingen sie nebeneinander her, wobei Veit sich wenig Mühe gab, seinen Schritt dem des kleinen Begleiters anzupassen. Immer noch stand ihm der Zorn ins Gesicht geschrieben. Auf halber Strecke brach er das Schweigen zwischen ihnen und murmelte vorwurfsvoll: „Heute warst du nicht besonders lustig, Fidelius."

„Wenn du trinken möchtest, um deinen Kummer zu ersäufen, könntest du solange auf meine Dienste gut verzichten."

„Will aber nicht darauf verzichten, verstanden?"

„Stell dir vor, es gibt Tage, wo mir auch nicht zum Spaßen zumute ist."

„Für deine Dienste bezahle ich dich mehr als gut!"

„Meinethalben können wir unsere Vereinbarung aufheben. Deinen Vorschuss zahle ich dir zurück."

Dieser Gedanke schien Veit zu erschrecken. „Ist ja schon gut", sagte er beschwichtigend.

„Und jetzt entschuldige mich einen Augenblick. Seit mindestens einer Stunde steht mir die Blase bis zum Hals!“ Fidelius zwängte sich in den Spalt zwischen zwei Fachwerkhäusern. Veit blieb stehen und sah zu ihm herüber.

„Was hältst du Maulaffen feil?“, fragte Fidelius.

„Ich warte hier.“

„Stapf nur schon voran. Ich hasse es, wenn mir jemand beim Pinkeln zusieht. Weißt du, wie viele dumme Sprüche ich mir in meinem Zwergenleben dabei schon anhören musste?“

Veit zuckte mit den Schultern und ging. Fidelius aber zog sich hastig die Hose hinunter, hockte sich nieder und erleichterte sich endlich. Die Zwergin zog die Stirn kraus, als ihr dabei in den Sinn kam, wie nahe der unsägliche Hagenbach ihrem Geheimnis auf der Spur gewesen war.

Nora hatte ihre Eltern nie kennengelernt; zu jung war sie, als der Krieg sie ihr nahm. Fest stand, dass auch sie Zwergenmenschen gewesen sein mussten und einem Kriegstross angehört hatten. Vermutlich hatten sie ihren Lebensunterhalt damit bestritten, die Söldner zu belustigen. Ob sie während einer Seuche oder durch rohe Gewalt ihr Leben verloren hatten, wusste Nora nicht. Antonia hatte ihr es nie erzählt.

Antonia war eine Marketenderin aus dem Tross. Sie war groß und schlank und hatte langes, flachsblondes Haar. Wären da nicht die blutunterlaufenen Augen gewesen, die ihrem Blick etwas Seelenloses verliehen, hätte man sie durchaus als hübsch bezeichnen können. Nach dem Tod von Noras Eltern nahm sie sich des kleinen Wurmes an und zog ihn auf. Sie tat es nicht, weil sie zärtliche Muttergefühle für sie hegte, sondern weil sie es als ihre christliche Pflicht ansah. Jedenfalls zog sie das Zwergenmädchen ohne viel Zuneigung auf, und Nora konnte sich nicht erinnern, jemals Zärtlichkeiten von ihr erfahren zu haben. Auch erzählte sie dem Kind niemals Geschichten oder Märchen, wie richtige Mütter es taten. Überhaupt, wenn Nora sich zurückerinnerte, fiel ihr auf, dass sie eigentlich nie besonders viel miteinander gesprochen hatten. Andererseits hatte Antonia ihr nie das Gefühl gegeben, sie sei ihr ein Klotz am Bein, hatte sie nie geprügelt oder auch nur geohrfeigt; im Grunde war es so gewesen, dass sie eine Gemeinschaft aus Gewohnheit bildeten. Wie man sich schließlich auch mit dem Wetter abzufinden hatte.

Sie zogen von Ort zu Ort, von Schlacht zu Schlacht, stets von Grausamkeit und Elend umgeben. Als der Krieg zu Ende ging, war Nora dreizehn Jahre alt.

„Was machen wir jetzt?“, fragte Nora.

„In Köln hab’ ich Verwandte“, sagte Antonia.

Von den Verwandten in Köln wollte niemand etwas von Antonia wissen. Vielleicht waren es ja gar keine echten Verwandten.

Sie wohnten bei einem glotzäugigen Mann in einem großen Haus. Auch andere Frauen wohnten dort. Schon als Marketenderin hatte Antonia sich häufig den Männern hingeben müssen, wenn sie kein Geld mehr hatten. Es schien ihr nie viel ausgemacht zu haben.

Eines Tages, als Nora und Antonia gerade an ihren Kleidern nähten, kam der glotzäugige Mann in ihr Zimmer. Mit dem Kinn deutete er auf Nora.

„Auch sie muss ab jetzt arbeiten“, verkündete er missgelaunt. „Hab sie lange genug mit durchgefüttert.“

„Sie ist eine Zwergin“, erwiderte Antonia. Es klang nicht wie ein Protest, eher verwundert.

„Glaub mir, es gibt Leute, die zahlen für eine Zwergin das Dreifache.“

„Dann musst du auch uns mehr Geld geben“, sagte Antonia nachdrücklich.

„Keine Sorge, du wirst schon kriegen, was dir zusteht.“

Antonia nähte weiter.

„Weise sie ein – in alles!“, befahl ihr der Mann. „Ich will nicht, dass mir Klagen kommen.“

Antonia nickte knapp. Der Glotzäugige verließ den Raum. Nora sah Antonia unbehaglich an.

„Alles halb so wild, Kleine“, sagte Antonia. „Man hat sich rasch daran gewöhnt.“

In ihren Worten war sogar etwas Ähnliches wie Trost herauszuhören gewesen.

Martha hatte geschlafen wie eine Tote. Völlig übermüdet war sie abends mit Karl in die Herberge zurückgekehrt. Kaum hatte sie sich hingestreckt, war auch schon der Schlaf wie eine Gnade über sie gekommen. Keine unseligen Bilder aus der Vergangenheit suchten sie heim, und die Tatsache, dass es ihrem Ziehvater besser ging, nahm ihr manche Sorge.

Am Morgen aber, es war bereits hell, rüttelte eine Hand sie beharrlich aus dem Schlaf. Der Herbergsknecht blickte auf sie herab. „Die ehrwürdigen Schwestern lassen nach dir und deinem Bruder schicken“, erklärte er ernst. „Euer Vater – es geht ihm schlecht, und er möchte euch sehen!“

Im Nu war Martha hellwach. „Aufwachen!“, sagte sie zu Karl, während die ihn rüttelte. Karl fuhr erschrocken hoch.

„Maroy, was –“

„Maroy? Wer soll denn das sein? Ich bin’s, Martha.“

„Oh!“

Aufgeregt erklärte sie ihm, was sie soeben erfahren hatte. Karl rieb sich die Augen, gab sich alle Mühe, der

Welt des Schlafes zu entkommen. „Dabei fühlte er sich doch gestern wieder so gut", murmelte er mit schlaftrunkener Besorgnis. Dann fiel ihm auf, dass Martha plötzlich wie erstarrt da stand. „He, Schwester – was ist mit dir?"

Er folgte ihrem Blick, der auf den Hünen in der anderen Ecke des Saales gerichtet war. Der wiederum betrachtete versunken seinen ungleichen Kameraden, der neben ihm lag und noch schlief.

Das Auge, die Narbe, seine ganze Gestalt – nein, es konnte keinen Zweifel geben.

„Martha? Was ist?", fragte Karl verständnislos.

Sie zwang sich, die Augen von dem Hünen abzuwenden und ihren Bruder anzusehen. „Es ist nichts", sagte sie tonlos. „Komm, wir wollen Vater nicht länger warten lassen!"

Zum ersten Mal hatte Martha das Gesicht des Hünen bei Licht betrachten können – und in ihm einen der Mörder erkannt, der Agnes und ihre Eltern auf dem Gewissen hatte. Den sie selbst – was für eine unvollkommene Genugtuung – um ein Auge gebrachte hatte. Es konnte keinen Zweifel geben.

Das Herz klopfte ihr bis zum Hals, und jede Faser ihres Leibes schrie nach Rache. Aber im Augenblick musste diese ihr verwehrt bleiben.

7

Freitag, 21. April 1656

Schwester Dorothea empfing die Geschwister mit sorgenvollem Gesicht. „Er hat wieder Blut erbrochen“, erklärte sie. „Viel Blut! Was zweifellos daran liegt, dass er Unmengen von Branntwein in sich hineingeschüttet hat.“

„Er hat was?“, rief Martha empört.

„Eine Mitschwester erwischte ihn und seinen Bettnachbarn bei einem nächtlichen Trinkgelage. Wenn er weiter erbricht, wird er bald verblutet sein, fürchte ich.“

Martha schwankte zwischen Wut und Erschütterung, zudem war sie immer noch aufgewühlt vom Anblick des Hünen. Nie hatte sie sich so zerrissen gefühlt. Aus einem kalkweißen Gesicht starrte Matthes seinen Ziehkindern entgegen und sah noch erbarmungswürdiger aus als vor zwei Tagen.

„Nun werde ich doch sterben müssen“, hauchte er ihnen kaum hörbar zu. Von seiner Großspurigkeit war ihm nichts mehr geblieben.

„Ja, weil du ein Dummkopf bist“, sagte Martha missfällig. Tränen benetzten ihre Augen.

„Er ist ’n wunderbarer Kamerad“, sagte Matthes’ Bettnachbar, der Mann mit dem Kopfverband. Seiner lallenden Stimme nach zu urteilen, war er immer noch betrunken.

„Ihr solltet Euch schämen“, herrschte Martha ihn an. „Ihn zum Trinken zu verleiten – wollt Ihr ihn umbringen?“

Der Mann mit dem Kopfverband rülpste laut und hielt es für angebracht, fortan zu schweigen.

Matthes schloss die Augen. „Mechthild", flüsterte er. „Bald sehen wir uns wieder."

„Gewiss, und sie wird mächtig stolz auf dich sein, Matthes", sagte Martha mit grimmiger Hilflosigkeit.

„Ach Kinder, verzeiht mir ..."

„Wir können doch nicht tatenlos zusehen, wie er stirbt." Karl hob beschwörend die Hände und wandte sich an Schwester Dorothea. „Schwester, er braucht einen Arzt! Rasch!"

Die junge Nonne schlug die Augen nieder. Martha ahnte, was ihr durch den Kopf ging. Für jeden Menschen kam der Augenblick, wo die Dinge nicht länger in der Hand eines Arztes lagen, sondern in der des dreieinigen Gottes. Außerdem stand für die Kranken in diesem Saal allein der alte Meister Berthold zur Verfügung. Der würde sich aller Wahrscheinlichkeit nach erneut für einen Aderlass aussprechen – was Matthes in der Tat auf schnellstem Weg mit seiner geliebten Mechthild vereinigen würde. Auch Schwester Dorothea war das natürlich bewusst, ohne dass sie es offen aussprechen durfte.

Martha überlegte fieberhaft, obgleich es ihr schwer fiel, ihre Gedanken zu ordnen. „Doktor Fiebus muss her!", sagte sie dann entschlossen. Vielleicht kannte der Arzt ja doch noch ein Mittelchen, um das Unabwendbare zu verhindern.

Matthes stöhnte, und Karl sah sie fragend an. Doktor Fiebus behandelte Kranke nicht aus reiner Nächstenliebe, und Geld besaßen sie so gut wie keines mehr.

Martha winkte ihren Bruder zu sich heran. „Das Maultier, der Karren und der Schleifstein – geh in die Stadt und such Käufer dafür."

Karl blies die Wangen auf. „Aber wovon sollen wir dann leben?"

„Darüber zerbrechen wir uns später den Kopf."

„Gut, einverstanden.“

„Dann lass uns eilen: Du zum Markt und ich zu Doktor Fiebus.“

Der Arzt begegnete ihr vor der Tür seines Hauses. Offenbar hatte er gerade einen Krankenbesuch in der Stadt gemacht, denn er trug seine Tasche bei sich. Marthas Anblick ließ ihn die Stirn runzeln. Aufgeregt berichtete sie ihm vom Rückfall ihres Vaters. „Bitte“, schloss sie, „schaut nach ihm. Das Geld werde ich schon auftreiben.“

Fiebus schüttelte den Kopf. „Es tut mir leid, Mädchen. Mir fehlt die Zeit für weitere Patienten.“

„Er wird sterben!“, beschwor ihn Martha.

„Mädchen, auch ich kann keine Wunder vollbringen. Außerdem gibt es noch andere Ärzte in der Stadt.“

„Aber Ihr seid der Beste!“

Selbst ihre Schmeichelei vermochte ihn nicht umzustimmen.

„Belästige mich nicht weiter, Mädchen. Ich habe viel zu tun!“

Martha war der Verzweiflung nahe. Nicht einmal ihr Augenklappern machte ihn weich. Vielleicht war er ja resistent gegen die Reize der Frauen. Was auch erklären mochte, warum er allem Anschein nach nicht verheiratet war.

Schon wollte Martha resigniert aufgeben, als streitende Stimmen ihre und des Arztes Aufmerksamkeit auf sich zogen. Es waren Frauenstimmen, die aus einem offenen Fenster zu ihnen herüberdrangen, und Martha erkannte darunter die der alten Frau Fiebus.

Doktor Fiebus stieß einen kaum hörbaren Seufzer aus und rieb sich die Nasenwurzel.

„Ich kann das nicht länger alles selbst bewältigen!“, drang es aus dem Fenster.

„... schließlich nicht unsere Schuld, dass die Dienstmagd sich fortgestohlen hat ...“, war der Antwort von Clara Fiebus zu entnehmen.

„Vielleicht solltet Ihr die Mädchen etwas großzügiger entlohnen, dann würden sie auch länger bleiben.“

„Unverschämtheit ...“

Die Haustür öffnete sich, und heraus trat eine beleibte, matronenhafte Frau. Ihr Gesicht war rot, ob vor Zorn oder von Natur, war nicht zu ersehen. Sie trug Kittel und Schürze, und die Flecken darauf machten deutlich, dass sie bis gerade in der Küche gearbeitet haben musste. In ihren Händen hielt sie einen leeren Korb. Sie erblickte den Doktor und trat entschlossen auf ihn zu.

„Jetzt muss ich auch noch die Einkäufe tätigen!“, verkündete sie gereizt. Vermutlich stand sie schon lange in Diensten des Arztes, sonst hätte sie kaum in dieser Weise mit ihm sprechen können. Zumal Fiebus einen vagen Versuch machte, sie zu besänftigen.

„Gierte, was soll ich denn –?“

„Was Ihr tun sollt, Herr Doktor? Eine neue Magd einstellen. Und zwar unverzüglich. Waschen, Putzen, Bügeln – wie soll ich das alles obendrein noch schaffen, wenn mir schon in der Küche niemand zur Hand geht?“

„Ich werde zusehen, dass ich bald –“

„Gut. Sehr gut. Aber wartet nicht zu lange damit, Herr Doktor. Sonst werdet Ihr auch für mich Ersatz suchen müssen.“

Noch einmal hielt sie inne. „Ausgerechnet heute!“, fuhr sie in ihrem Lamento fort. „Ausgerechnet heute schickt mich Eure Frau Mutter zum Fleischer. Als ob in der Stadt nicht schon genug Betrieb wäre! Überhaupt, es sollte mich wundern, wenn der Fleischer seinen Stand nicht geschlossen hätte.“

Endlich stapfte sie davon, nicht ohne Martha einen musternden Blick zugeworfen zu haben.

Fiebus seufzte abermals. Ein weiterer Überredungsversuch erschien Martha zwecklos. Dann aber kam ihr ein Gedanke.

„Auf ein Wort noch, Herr Doktor."

„Mädchen, ich habe dir doch gesagt –"

„Ihr braucht eine neue Dienstmagd?"

Fiebus, der schon an der Tür stand, blieb stehen und wandte sich um.

„Ich könnte die Aufgabe durchaus übernehmen!" Sie straffte sich und wich seinem Blick nicht aus.

„Du?"

„Gewiss. Glaubt mir, ich kann arbeiten."

Fiebus schien darüber nachzudenken, zumindest widersprach er ihr nicht auf der Stelle. Martha begriff, dass sie nicht locker lassen durfte. „Und anstatt mich zu entlohnen, könntet Ihr meinen Vater behandeln!"

Da Fiebus ihr immer noch seine Aufmerksamkeit schenkte, schöpfte Martha Hoffnung. In diesem Augenblick trat Fiebus' Mutter heraus, begleitet von ihrem Kater. Clara Fiebus wirkte erregt, beinahe konfus. Sie öffnete den Mund, um ihrem Sohn etwas mitzuteilen; dann erblickte sie Martha.

„Du schon wieder?", fragte sie abweisend.

„Mutter, sie hat uns ihre Dienste als Magd angeboten", erklärte ihr Fiebus nachdenklich.

„Sie?" Frau Fiebus verengte ungläubig die Augen.

„Ich kann alle Arbeiten im Haus gut und rasch erledigen, gnädige Frau", versicherte ihr Martha, obgleich sie sich nicht sehr wohl in ihrer Haut fühlte. Die meiste Zeit ihres Lebens war sie unterwegs gewesen – was wusste sie schon von dem, was in den Häusern wohlhabender Leute vor sich ging? Ihre Verunsicherung aber ließ sie sich nicht anmerken.

Clara Fiebus schien nicht sonderlich glücklich über den Vorschlag zu sein. Die Falten um ihre hängenden Mundwinkel waren noch tiefer geworden. Zum ersten Mal entdeckte Martha auf ihrer Stirn eine schlohweiße Haarsträhne, die sich der strengen Zucht der Haube entwunden hatte.

„Sie nähme keinen Lohn, wenn ich zugleich ihren Vater behandelte", erklärte Fiebus.

Ein Argument, dass ihre Skepsis ein wenig zu schmälern schien.

„Hm! Zeig mir mal deine Hände, Mädchen."

Martha trat vor und streckte ihr willig die Hände entgegen. Frau Fiebus betrachtete sie ausgiebig, ohne sie zu berühren.

Was sie sah, stimmte sie allem Anschein nach zufrieden, denn Martha besaß keineswegs die Hände einer Müßiggängerin.

„Hast du jemals ein Bügeleisen benutzt?", fragte Frau Fiebus.

„Aber gewiss doch, gnädige Frau." Eine kleine Lüge, die der liebe Gott ihr sicher verzeihen würde.

„Putzen, Kochen, Waschen – ich gehe davon aus, dass man dir nicht alles bis ins Kleinste erklären muss."

„Gewiss nicht, gnädige Frau."

„Wo ist dein Zuhause, Mädchen?"

Eine vom fahrenden Volk würde Frau Fiebus nur schwerlich akzeptieren. „Mein Vater, mein Bruder und ich sind nach Aachen gekommen, um hier heimisch zu werden. Mein Vater hatte vorgehabt, hier eine ... äh, Schusterwerkstatt zu eröffnen. Aber da wurde er krank."

Frau Fiebus nickte verstehend, wenn auch ohne eine Spur der Anteilnahme. Noch einmal nahm sie Martha eingehend in Augenschein. Ihr Sohn und sogar der Kater an Frau Fiebus Seite taten es ihr gleich.

„Na schön, wir wollen es mit dir versuchen", verkündete Frau Fiebus nach einer Weile gnädig. „Wie heißt du eigentlich, Mädchen?"

„Martha, gnädige Frau."

„Gierte wird dich später einweisen, von ihr erhältst du auch deine Dienstkleidung. So jedenfalls kannst du hier nicht rumlaufen. Noch heute fängst du an."

Martha neigte dankbar den Kopf. Hoffentlich hatte Karl noch keinen Käufer für das Maultier und den Schleifstein gefunden.

Frau Fiebus und der gelbäugige Kater gingen ins Haus zurück.

„So, zum Glück wäre das geklärt", atmete der Doktor auf. „Komm in einer Stunde wieder, Mädchen. Bis dahin ist Gierte zurück."

„Um Vergebung, Herr Doktor. Ich möchte Euch bitten, zunächst nach meinem Vater zu schauen. Wie ich schon sagte, es geht ihm sehr schlecht. Erneut hat er Blut erbrochen, und –"

„Ach ja, dein Vater! Er kann sich glücklich preisen, dass er eine Tochter wie dich hat. Mit deiner Hartnäckigkeit könntest du es eines Tages noch weit bringen, ähm ... – wie war doch gleich dein Name?"

„Martha."

„Gut, dann lass uns zu ihm gehen, Martha."

Doktor Fiebus' Laune hatte sich schlagartig gebessert, seitdem er hoffen durfte, dass wieder Frieden in sein Haus einkehren würde. Martha schickte ein Stoßgebet des Dankes Richtung Himmel und bat den Herrn, Matthes seine Torheit zu vergeben und ihn am Leben zu lassen. Dem fügte sie rasch ein stilles Vaterunser hinzu. Doch an der Stelle, wo die Gläubigen dem Herrgott versprachen, ihren Schuldigern zu vergeben, brach sie ihr Gebet unvermittelt ab. Denn wie sollte sie dem Mörder ihrer Familie jemals vergeben?

8

Auf dem Marktplatz vor dem Rathaus war wenig Betrieb. Es wunderte Karl, dass alle Leute, die ihm begegneten, in dieselbe Richtung gingen. Seltsam erschienen ihm ihre Gesichter, denn viele blickten drein, als stünde das Jüngste Gericht unmittelbar bevor.

„Warum gibt es heute keinen Markt?“, fragte er einen Stadtknecht. „Wohin gehen diese Menschen?“

Der Stadtknecht sah ihn an, als habe er einen Deppen vor sich. „Neu in der Stadt?“

„Bin schon seit vorgestern hier.“

„Dann dürftest selbst du inzwischen erfahren haben, dass heut’ die Kroiseti verbrannt wird.“

„Wer?“

„Die kleine Hexe, Dummkopf.“

Karl seufzte. „Auch das noch.“

„Solltest du dir nicht entgehen lassen. Es gab hier schon seit Jahren keine Hexenverbrennung mehr.“

„Aber ich muss einen Käufer finden. Für ein Maultier. Oder einen Schleifstein. Und zwar noch heute.“

Der Stadtknecht wirkte genervt. „Dann geh zum Richtplatz vor dem Königstor. Da läuft bestimmt irgendjemand herum, der nichts dringender benötigt als ein Maultier. Ist doch ganz normal, dass die Leute an solchen Tagen ein Maultier kaufen wollen.“

„So ein Mist“, fluchte Karl. Ausgerechnet heute.

Er wusste nicht recht, was er tun sollte. Matthes brauchte Hilfe, Geld musste her. Aber alle Aachener zog es zum Richtplatz.

Es war nicht schwierig, den Weg zum Königstor zu finden, er brauchte ja bloß den Menschen zu folgen.

„Zur Seite, Leute, zur Seite!“ Hufgetrappel. Eine schwarze Kutsche rauschte vorüber. Der Kutscher machte eine wichtige Miene. Ein aufmerksamer Knabe erkannte die Insassen.

„Der Herr Richter! Und ein Sekretär!“, schrie er aufgeregt. Von Amts wegen hatten sie bei der Hinrichtung dabei zu sein, ebenso wie die Schöffen und der Ratsschreiber.

Als Karl das Königstor erreichte, durch das die Massen die Stadt verließen, begann in der Ferne ein Glöckchen zu läuten. Ein trübseliger, andauernder Klang, der schwermütig machte: das Armsünderglöckchen.

Die Hexe sei nun unterwegs, schlossen die Umstehenden. Ein Schauder überkam Karl.

Am Tor herrschte Gedränge. Karl brauchte nichts zu tun, die Menge schob ihn einfach hinaus bis vor die Stadt, wo sich ein sanfter Hügel erhob. Eine Unzahl Menschen – es mussten weit über tausend sein – säumten den Weg, der zu dem aufgeschichteten Scheiterhaufen auf der Hügelkuppe führte. Obgleich die Richtstätte noch mehr als zwei- oder dreihundert Schritte entfernt lag, erkannte Karl verschiedene Einzelheiten. Ein Berg aus Holz und Reisig, aus dessen Mitte ein Pfahl ragte. Daran eiserne Bänder. Und daneben ein dunkelgewandeter Mann – der Henker.

Karl ließ sich weitertreiben.

Bald ging ein Raunen durch die Menge. Karl folgte den Blicken der Leute. Der Karren mit der Verurteilten, gezogen von einem grobgliedrigen Gaul, passierte das Stadttor. Zwei Büttel, die vorauseilten, sorgten dafür, dass die Menge Platz machte. Hinter dem Karren schlossen die Zuschauer sich unverzüglich wieder zusammen und folgten der Todgeweihten, gleich einer makaberen Prozession. Einige Weiber stimmten fromme Gesänge an.

Der Karren kam näher. Karl konnte nun die Gestalt der Hexe sehen; mit gesenktem Kopf hockte sie zwischen zwei Patres, Jesuiten. Offenbar beteten die Geistlichen mit ihr oder sprachen ihr tröstende Worte zu. Sie trug ein graues Büßerhemd, die Haare hatte man ihr vom Kopf geschoren.

Ein unbestimmtes Gefühl der Angst überkam Karl. Das Mädchen ...

„Macht Platz für die Sünderin, Leute!“, schrie einer der Büttel, als sei er ein Herold. „Macht Platz für die Sünderin Maroy Kroiseti, die nun der Gerechtigkeit und der Gnade Gottes zugeführt wird.“

Karl glaubte, den Boden unter den Füßen zu verlieren. „Lieber Gott, lass es bitte nicht wahr sein“, murmelte er mit brüchiger Stimme.

„Platz für die Sünderin!“

Der Karren war jetzt nur noch wenige Armlängen von Karl entfernt. Er versuchte, zu dem Gefährt vorzudringen, aber die Menge vor ihm war wie eine Mauer.

„Maroy!“, rief er voller Verzweiflung.

Obwohl der Lärmpegel inzwischen erheblich angeschwollen war, schien sie seinen Ruf vernommen zu haben, denn abrupt hob sie ihren kahlen Kopf und ließ ihren Blick suchend durch die Menge schweifen. Ihre Augen, die er als lebhaft und temperamentvoll in Erinnerung hatte, waren verweint; zugleich aber lag auch etwas wie Staunen darin. Als habe sie die Stimme des Rufers erkannt.

„Maroy!“, rief Karl noch einmal.

Endlich fanden sich ihre Blicke. Karls Herzschlag drohte auszusetzen.

Maroy lächelte.

Es war unfassbar: In all ihrem Elend lächelte sie ihn an. Er glaubte zu sehen, wie sie fast unmerklich die Schultern hob, als wollte sie ihr Bedauern zum Ausdruck bringen, dass der gemeinsame Spaziergang am Fluss nun leider niemals stattfinden würde.

Einer der Patres flüsterte ihr etwas zu. Sie nickte. Dann war der Karren vorübergerollt.

„Wartet!“, schrie Karl und wühlte sich durch die Menschen. „Ihr könnt sie nicht umbringen. Sie ist doch keine Hexe ...!“

Eine grobe Hand packte ihn am Hemd. „He he, was soll denn das, Junge?“, fragte ihn eine Eiche von Mann.

Karl schnappte nach Luft. „Sie ist keine Hexe!“

Einige der Umstehenden, die Zeuge seines verzweifelten Ausbruchs wurden, lachten oder schüttelten die Köpfe.

„Geh nach Hause, Junge!“, riet ihm der Mann.

„Ich hab gesehen, wie die Kroiseti ihn angeschaut hat“, behauptete eine hohlwangige Frau. „Bestimmt hat sie ihn verhext.“

„So ein Wahnwitz!“, stammelte Karl fassungslos. Tränen rollten seine Wangen hinab.

„Geh nach Hause!“, wiederholte der Mann und klopfte ihm heftig, aber wohlwollend auf die Schulter. „Keiner zwingt dich, das hier mitanzusehen.“

„Vielleicht tröstet ihn ja eines meiner Törtchen“, meinte eine weitere Stimme.

„Sieh an, unser großer Bäckermeister Peter Maw hat sich wieder etwas einfallen lassen! Darauf hätte ich wetten können.“

„Tja, man tut eben, was man kann, Heiner.“

Karl wischte sich die Feuchtigkeit aus den Augen und erkannte in dem Bäcker einen dicken, rotwangigen Mann. Begleitet wurde er von einem sommersprossigen Lehrjungen. Beide trugen Körbe mit sich, randvoll gefüllt mit Backwerk. Peter Maw nahm eines der Törtchen aus seinem Korb und hielt es Karl vor die Nase.

„Für dich! Ein Kroiseti-Zipfel. Eine Spezialität, eigens für den heutigen Tag gebacken. Keine Sorge, du kriegst es umsonst, weil du doch so traurig bist über das Hinscheiden der Zigeunerhexe. Oder?" Er grinste dem Mann namens Heiner zu.

Karls Lippen bebten. Das Törtchen hatte die Form eines Frauenkopfes. Peter Maw hatte sich sogar die Mühe gemacht, es wie das Haupt einer Zigeunerin aussehen zu lassen. Eine bräunliche Glasur wies auf Maroys Hautfarbe hin, Blätter aus Rosmarin bildeten die Haare. In die ausgestochenen Augenlöcher waren Rosinen eingelassen, darüber einzelne Wimpern eingeritzt. Eine Stange aus rotem Zuckerwerk bildete den Mund, ein einzelner spitzer Zahn in Form einer Nudel ragte darunter hervor, um auch Kindern keinen Zweifel daran zu lassen, dass dies der Kopf einer Hexe war.

„Los, nimm schon", ermunterte ihn Peter Maw.

„Dreckschwein!", schrie Karl außer sich und begann wie entfesselt auf den Bäcker einzuschlagen. Der Korb mit dem Backwerk fiel zu Boden, die Törtchen kullerten umher, rollten den Leuten zwischen die Beine. Der Bäcker, der mit einer solch handfesten Feindseligkeit nicht gerechnet hatte, kreuzte schützend die Arme vor sich, doch längst quollen zwei blutige Rinnsale aus seinen Nasenlöchern.

„Verfluchtes Dreckschwein!" In seiner Rage konnte Karl nicht aufhören, auf ihn einzudreschen. Zum ersten Mal in seinem jungen Leben machten Zorn und Empörung ihn zum Wüterich.

„Haltet ihn mir vom Hals!", keuchte Peter Maw.

Heiner tat ihm den Gefallen. In seinem eisernen Griff war Karl zur Bewegungslosigkeit verdammt. „So beruhige dich doch endlich, Bürschchen."

Ein Büttel erschien. „Was ist hier los?", fragte er streng.

Peter Maw fasste sich an die zweifellos gebrochene Nase und betrachtete hiernach entsetzt seine blutigen

Finger. „Dieser Satansbraten gehört auf die Streckbank. Hat auf mich eingeprügelt. Ohne jeden Grund."

„Ist das wahr?", fragte der Büttel die Umstehenden.

„Nun ja, der Junge scheint nicht ganz bei Sinnen zu sein", sagte Heiner stirnrunzelnd.

„Na schön. Dann woll'n wir ihn für eine Weile ins Loch stecken, da sind schon ganz andere wieder zur Besinnung gekommen."

Aus seinem Wams holte der Büttel einen Strick hervor, und Heiner übergab ihm den Übeltäter. Karl wehrte sich nicht, als man ihm rücklings die Hände band. Sein Wutausbruch hatte ihn vollkommen erschöpft. Jetzt umgab ihn nur noch eine schreckliche Leere.

„Ich verlange Genugtuung", polterte Peter Maw.

„Gewiss doch, Meister Maw, man wird sich darum kümmern", entgegnete der Büttel besänftigend.

„Was stehst du denn da und glotzt?", blaffte Peter Maw seinen Lehrjungen an. „Los, heb die Törtchen auf! Und du ..." Sein drohender Zeigefinger richtete sich auf Karl. „Du wirst das alles noch bitter bereuen, das verspreche ich dir!"

„Das Feuer des Scheiterhaufens soll auch über Euch und Euer Haus kommen, Herr Bäckermeister", hörte Karl sich mit tonloser Stimme sprechen. „Und meinethalben über die ganze verdammte Stadt."

„Hat man dafür noch Worte", sagte Maw mit unverminderter Entrüstung. „Er verflucht uns, dieser Satansbraten."

„Halt lieber deinen gottverdammten Mund, Junge", riet ihm der Büttel. „Jetzt gibst du erst mal Frieden, bis die Hinrichtung vorüber ist, kapiert? Und dann bring ich dich in ein nettes Quartier. Da wirst du wohl 'ne Zeitlang bleiben müssen. So ist das, wenn man unbedingt den wilden Mann geben will."

Der Karren war inzwischen am Scheiterhaufen angelangt. Die Jesuiten griffen der von der Haft geschwächten Maroy Kroiseti beim Absteigen unter die Arme. Der Henker nahm die Verurteile in Empfang, führte sie auf den Scheiterhaufen, band sie fest. Ein Trommelwirbel setzte ein. Ein Amtmann verkündete den Schuldspruch, den aber nur die Nächststehenden hören konnten. Maroy selbst wirkte erstaunlich gefasst. Wie tapfer sie doch ist, dachte Karl.

Mit neuer Verzweiflung begann er an seinen Fesseln zu zerren. „Ich will das nicht sehen!"

Der Büttel verlor die Geduld mit ihm. „Musst du auch nicht!" Karl versank in Finsternis, nachdem der Knüppel ihn hart am Schädel getroffen hatte.

Gierte nahm Martha eingehend in Augenschein. Sie war eine stämmige, robuste Frau jenseits der vierzig, mit einem kreisrunden Antlitz, das von einer weiten Haube umschlossen war. Am Morgen, als Martha ihr erstmals begegnet war, hatte Zornesröte ihr Vollmondgesicht überzogen. Inzwischen war die bedenkliche Färbung einem zarten Rosa gewichen. Zweifellos war sie eine Frau, die genau wusste, was sie wollte, auch wenn sie nur eine Magd war. Die Art und Weise, wie sie mit Fiebus gesprochen hatte, bewies, dass sie den Herrschaften unentbehrlich war. Den Mund ließ sie sich nicht verbieten, und Martha wusste augenblicklich, dass es nicht ratsam war, sich mit ihr anzulegen.

Zunächst wirkte sie Martha gegenüber weder abweisend noch wohlwollend. Mit leicht gesenktem Kopf stand Martha vor ihr in der Küche und ließ die gründliche Musterung über sich ergehen.

„Soso", sagte Gierte nach einer Weile und rieb sich die fleischigen Hände an ihrer Schürze ab. „Du also bist die Neue und willst mir künftig zur Hand gehen."

„Ja, das würde ich gern."

„Nun ja, wenigstens gehörst du offenbar zu den wenigen Vernünftigen, die sich die Hinrichtung des Mädchens nicht anschauen. Nicht, dass ich die Hexen verschonen wollte. Aber dabei sein muss ich bei diesem grausigen Spektakel wahrhaftig nicht. Du darfst mich übrigens Gierte nennen. Martha, nicht wahr?"

„Ja, Gierte."

„Zunächst mal brauchst du was Ordentliches zum Anziehen. Hm! Zum Glück hast du die gleiche Statur wie deine Vorgängerin. Sonst müssten die werten Herrschaften dir neue Kleider kaufen. Und das würden sie nur widerwillig tun. Schließlich würde es sie ja etwas kosten."

„Oh!", sagte Martha.

„Du brauchst gar nicht so erschrocken dreinzublicken, Mädchen. Besser, du weißt von vornherein, wohin der Hase läuft, sonst beschwerst du dich am Ende noch. Die Herrschaften sind geiziger als zehn jüdische Krämer zusammen. Indes, ändern lässt sich daran nichts, und wenn du einmal hier arbeitest, hast du es so hinzunehmen und mir und den Herrschaften in allem zu gehorchen. Wenn *ich* über die Herrschaften schimpfe, steht *dir* das noch lange nicht zu. Hast du das verstanden?"

„Ja, Gierte."

„Gut. Dann wollen wir dich mal anziehen."

Sie ging zu einer Truhe und kramte Schürze, Haube, Kleid und Schuhe hervor. Wenig später war Martha in eine adrette Dienstmagd verwandelt. Martha dachte an Matthes und Karl, die bei ihrem Anblick wahrscheinlich laut losgelacht hätten. Gierte aber war zufrieden mit dem, was sie sah.

„Wer sagt's denn. Wenn sich nicht herausstellt, dass du zwei linke Hände hast, dann könnt's durchaus was werden mit dir. Komm, ich zeig dir das Haus und erklär dir, was künftig deine Aufgaben sind. Die Küche ist mein Revier. Was nicht heißt, dass es hier nichts für dich zu tun gibt. Du wirst mir helfen, wenn ich dich brauche. Außerdem bist du mir für das Herdfeuer verantwortlich. Nachdem du morgens aufgestanden bist, schürst du als Erstes das Feuer. Verstanden?"

Feuer! Martha schluckte. Gierte stemmte die Arme in die Hüften.

„Na, was ist? Hast du mir überhaupt zugehört?"

„Doch, Gierte. Ich schüre als Erstes das ... Feuer."

„Na also. Und die Waschküche ist da unten." Sie wies mit dem Kinn auf eine Ecke hinter den Regalen, wo eine steile Treppe in den Keller führte. „Um die Wäsche kümmerst du dich, sobald das Haus geputzt ist. Komm!"

Gierte führte sie herum. Eine große Vorratskammer befand sich unmittelbar neben der Kochküche. „Und da unten schlafen wir!" Gierte deutete auf eine Öffnung im Boden, machte aber keine Anstalten, sie hinabzuführen. Martha erkannte nur Dunkelheit. Wie auch immer diese Schlafkammer aussehen mochte, besonders einladend wirkte sie von hier oben nicht. „Wenn du im Schlaf redest, dann sag's mir lieber gleich. Dann kannst du dir nämlich einen anderen Schlafplatz suchen. Das mach ich nicht mit."

Im unteren Geschoss befand sich neben einem großen Esszimmer auch die Arztpraxis, die Martha ja bereits kennengelernt hatte. Da Fiebus im Augenblick einen Patienten behandelte, betraten sie diese Räumlichkeiten nicht.

„Sobald du morgens das Herdfeuer in Gang gebracht hast", erklärte Gierte, „schrubbst du die Böden des Warteraumes und des Behandlungszimmers. Alles hat blitzblank zu sein, wenn der erste Patient kommt, ansonsten kannst du was erleben. Danach putzt du im Obergeschoss."

Martha nickte. Gierte führte sie über eine Holztreppe nach oben, wo sich die beiden Schlafgemächer und das Wohnzimmer der Herrschaften befanden. „Wenn du die Betten gemacht und die Nachttöpfe geleert hast, wischst du überall Staub. Im Wohnzimmer stellst du alles wieder genau an die Stelle, wo du's weggenommen hast. Und wehe, du verstellst was oder machst was kaputt. Das ziehen sie dir sofort vom Lohn ab."

Das Wohnzimmer war geräumig und hell, denn durch zwei Fenster an der Längsseite strömte das Sonnenlicht ins Innere und offenbarte manch wirbelndes Staubkörnchen. Den Fenstern gegenüber hing an der Wand das in Öl gemalte Portrait eines Mannes, der einen Hut mit einer langen weißen Feder trug. Sein ernstes Gesicht ähnelte dem des Cornelius Fiebus. Vermutlich war er sein Vater – der verstorbene Gatte der alten Hausherrin.

Die Ausstattung des Raumes beeindruckte Martha; nie zuvor hatte sie ein solches Wohnzimmer betreten. Teppiche bedeckten große Teile des Holzfußbodens. Ein paar bequeme Sessel, ein schwerer Eichentisch, darauf eine Vase mit bunten Frühlingsblumen, deren betörender Duft in der Luft lag – Martha hätte noch lange dort stehen und alles betrachten können. Auf einem der Sessel thronte Frau Fiebus wie eine Majestät. Sie arbeitete an einer Stickerei, hielt aber inne, als Gierte und Martha den Raum betraten, sah ihnen blinzelnd entgegen. Der schwarze Kater lag zusammengerollt zu ihren Füßen und richtete seine gelben Augen ebenfalls auf die Mägde.

„Sieh zu, dass sie sich besser anstellt als das letzte Mädchen, Gierte!", sagte Frau Fiebus, und jedes ihrer Worte klang wie ein Vorwurf.

„Wenn sie von Natur aus ungeschickt sind, kann ich leider auch keine Wunder vollbringen, gnädige Frau."

„Aber wenn sie Wäsche bügeln, die noch nicht getrocknet ist, dann könntest du doch eingreifen. Ist das zu viel verlangt? Das ist doch nur eine Frage der Beaufsichtigung, oder etwa nicht?"

„Die gnädige Frau sollte bedenken, dass auch ich nur zwei Augen habe und nicht überall sein kann."

Der Kater stieß ein Fauchen aus. Frau Fiebus beugte sich ein wenig zu ihm herab und streichelte seinen Kopf. „Schon gut, mein kleiner Hector. – Jedenfalls ist das Haus seit Tagen nicht gründlich geputzt worden", fuhr sie nachdrücklich fort. „Ja, ich weiß, was du sagen willst, Gierte: Du hast keine hundert Hände. Aber jetzt hast du endlich deine Hilfe bekommen, und ich finde, ihr habt keine Zeit, noch länger Löcher in die Luft zu starren. Oder irre ich mich da?"

„Ich weise sie ein, gnädige Frau. Wie von Euch verlangt."

„Dann bleibt mir zu hoffen, dass deine Einweisung nicht bis zum Einbruch der Dunkelheit andauert."

Martha spürte, dass Gierte ihr am liebsten abermals widersprochen hätte, doch für diesmal ließ sie es gut sein. Sie machten kehrt und ließen Clara Fiebus mit ihrem Kater allein.

„Sie ist sehr streng", flüsterte Martha, nachdem sie den Raum verlassen hatten. „Du musst hoch in ihrer Gunst stehen, das spürt man." Zum ersten Mal sah sie Gierte lächeln; offenbar hatte Martha genau den richtigen Ton getroffen, um ihr Wohlwollen zu erlangen.

„Du hast recht, Martha, ohne mich wäre sie aufgeschmissen, aber selbst am Jüngsten Tag würde sie's nicht zugeben wollen. In der ganzen Stadt gibt es keinen Koch, der ihren Ansprüchen genügt. Sie ist auf mich angewiesen."

„Gilt das auch für Hector?“, kicherte Martha, die sich freute, dass Gierte aufzutauen begann. Doch das Gesicht der Älteren wurde augenblicklich wieder ernst, ja geradezu steinern.

„Vor dem hüte dich“, sagte Gierte kryptisch. „In dem steckt der Satan.“

Martha kicherte erneut, da sie an einen Scherz glaubte. Aber Gierte schien es bitterernst zu sein.

„Da gibt's nichts zu feixen. Ich bin fest davon überzeugt, dass er besessen ist. Hätte er sonst gelbe Augen? Nee, nur teuflische Wesen haben gelbe Augen. Er ist hinterlistig und böse.“ Ihre Stimme war mit jedem Wort leiser geworden. „Man hätte ihn gleich zusammen mit der Kroiseti auf den Scheiterhaufen bringen sollen. Und das meine ich so, wie ich es sage.“

Martha nickte verstehend; sie hatte nicht vor, Gierte zu verstimmen. „Das Haus hat auch einen Dachboden, ja?“, fragte sie, um das Thema zu wechseln.

„Aber da gibt's für uns nichts zu tun.“

„Was ist denn dort oben?“

„Neugieriges Ding! Sagte ich nicht, dass es da nichts zu tun gibt?“

Martha bereute ihre Forschheit. „Verzeih mir. Ich wollte nicht –“

„Genug geschwatzt! Jetzt wartet Arbeit auf dich! Hinter dem Haus gibt es eine Zisterne. Da kannst du das Putzwasser holen.“

Den Rest des Tages verbrachte Martha mit dem Schrubben der Böden. Bereits nach anderthalb Stunden schmerzten ihre Knie unerträglich, aber tapfer biss sie auf die Zähne. Einmal erschien Clara Fiebus, blieb zwei Schritte hinter ihr stehen, um sie zu beobachten. Zu Marthas Erleichterung schwieg sie, erhob keinerlei Einwände gegen ihre Arbeitsweise und machte sich nach einer Weile wieder davon.

Abends, nachdem Gierte den beiden Herrschaften das Abendmahl aufgetragen hatte, winkte sie Martha zu sich in die Küche. Sie war nun wieder besser gesinnt.

„Für heut' hast du genug geschrubbt", verkündete sie gnädig. „Räum deine Sachen in die Abstellkammer und lass uns etwas essen."

„Dürfte ich stattdessen rasch zu meinem Vater gehen?", fragte Martha hoffend. „Bitte, ich bleibe auch wirklich nicht lange."

„Aber du musst was essen."

„Ich nehm' mir eine Rübe mit für unterwegs."

„Von mir aus. Sieh zu, dass du in einer Stunde wieder hier bist, um mir beim Abwasch zu helfen."

„Danke, Gierte."

Unverzüglich machte sie sich auf den Weg. Martha war froh, dass Gierte sie – bislang zumindest – mit persönlichen Fragen verschont hatte. Draußen dämmerte es, aber an allen Ecken der Gassen standen noch Grüppchen tuschelnder Leute beisammen. Martha zweifelte nicht daran, dass ihre Gespräche sich ausschließlich um die Hexenhinrichtung drehten.

Am Morgen hatte Doktor Fiebus Matthes nochmals untersucht, hatte ihm wegen des Branntweins die Leviten gelesen und ihm einen betäubenden Kräutersud verabreicht. Daraufhin war Matthes eingeschlafen. Angstvoll hatte Martha den Doktor gefragt, wie es um Matthes bestellt sei. Alles hänge davon ab, ob er weiter aus dem Magen blute, hatte Fiebus geantwortet. Er versprach seiner neuen Dienstmagd, in den kommenden Tagen einige Arzneien auszuprobieren. Vergeblich hatte Martha nach Karl Ausschau gehalten, aber der war noch nicht wieder aus der Stadt zurückgekehrt.

Die alte Pfortenschwester wollte Martha zu dieser Stunde nicht mehr einlassen, versicherte ihr aber, dass es dem Vater so weit gut ginge. Nein, ihr Bruder sei ihr seit Stunden nicht mehr begegnet. Morgen, gleich nach der Frühmesse, dürfe sie wiederkommen.

Dann schloss sich die Pfortenklappe.

Auch in der Herberge war Karl noch nicht eingetroffen, was Martha nun doch recht beunruhigend fand. Auch der Herbergsknecht hatte ihn nicht gesehen, versuchte sie jedoch mit der Feststellung zu trösten, dass ihr Bruder immerhin ein junger Bursche sei, der womöglich die vielfältigen Vergnügungsmöglichkeiten der Stadt für sich entdeckt habe. Bestimmt werde er sich bald wieder einfinden, schloss er augenzwinkernd.

Zwar vermochten seine Worte sie keineswegs zu beschwichtigen, doch es gab nichts, was sie tun konnte. Da Karl schließlich irgendwo nächtigen musste, würde er wohl im Laufe des Abends wieder hier eintreffen. Seltsam blieb sein Fernbleiben dennoch, aber vielleicht gab es ja eine einleuchtende Erklärung dafür.

Sie verließ die Herberge in dem Moment, als der Hüne sie betreten wollte. Vor der Türschwelle begegneten sich ihre Blicke. Martha stürzte aus dem Haus und begann zu rennen, wobei sie den Zwerg, der seinem großen Kameraden folgte, beinahe über den Haufen gerannt hätte. Dabei spürte sie den fragenden Blick des Hünen geradezu kalt in ihrem Rücken.

Gierte hatte mit dem Abwasch bereits begonnen, beließ es aber bei einem tadelnden Blick, als die Zurückgekehrte sich wortreich bei ihr entschuldigte. Martha ging ihr beflissen zur Hand, scheuerte die Töpfe und war froh, dass Gierte entweder zu müde oder zu knurrig war, um sich mit ihr zu unterhalten.

Die Nachtruhe im Hause Fiebus begann recht frühzeitig, auch für die beiden Bediensteten. In dem Kellerloch unter der Vorratskammer, wo sich ihre Lagerstätten befanden, lagen Gierte und Martha bald in trauter Zweisamkeit nebeneinander. Während Gierte in einem hölzernen Bettkasten schief, musste Martha mit einer Strohmatte samt Decke vorliebnehmen. Aber das störte sie nicht im Geringsten, daran war sie gewöhnt. Lästiger war da schon der muffige Geruch nach Feuchtigkeit, der hier unten die Luft trübte.

Gierte blies die Kerze aus, die sie vorhin entzündet hatte. „Gute Nacht", sagte sie.

„Gute Nacht, Gierte."

„Ach, und bevor ich's vergesse: Die gnädige Frau hat dich arbeiten sehen."

„Ja, ich weiß."

„Sie sagt, dass du flotter und gründlicher werden musst, hast du verstanden? Und jetzt schlaf, denn morgen stehen wir mit den Hühnern auf."

Martha starrte verdrossen ins Dunkle. Wenn die gnädige Frau tatsächlich unzufrieden mit ihr war, dann hätte sie es ihr vorhin auch selbst sagen können. Zudem war sie davon überzeugt, dass sie weder langsam noch nachlässig gearbeitet hatte. Womöglich wollte Clara Fiebus ja nur ausloten, wie es um die Trotzigkeit ihrer neuen Dienstmagd bestellt war. Martha nahm sich vor, über solche Schikanen einfach hinwegzusehen, denn schließlich plagten sie derzeit noch viel größere Sorgen. Würde Matthes wieder gesund werden? Wo steckte Karl? Und wie sah ihrer aller Zukunft aus?

Gierte hatte keinerlei Schwierigkeiten einzuschlafen; schon begann sie so laut zu schnarchen, dass das Holzgestell ihres Bettes zu wackeln begann.

„Ha, und *sie* hat sich Sorgen gemacht, dass ich sprechen könnte im Schlaf", murmelte Martha zu sich selbst.

Nicht nur ihre Sorgen und Giertes Schnarchen hinderten sie am Einschlafen, sondern auch das entstellte

Gesicht des Hünen, das ihr immer wieder in der Dunkelheit erschien. Ohnmächtiger Zorn wallte in ihr auf. Einer der ruchlosen Mörder ihrer Familie befand sich in der Stadt. Es war wie ein Zeichen vom Himmel, endlich Rache zu nehmen. Ein trügerisches Zeichen, denn zugleich war ihr klar, dass der Herrgott Rache verabscheute. Aber sie strebte nicht nach Vollkommenheit, auch sie war nur ein Mensch, und jeder Mensch beging Sünden. Von niemandem würde sie sich ihre Rache ausreden lassen.

Sie musste ja nicht gleich zur Mörderin werden. Um ein Auge hatte sie den Hünen bereits gebracht – eine viel zu milde Bestrafung. Wäre er bis zum Ende seines erbärmlichen Lebens völlig blind, fand Martha, käme das der Gerechtigkeit wenigstens einen guten Schritt näher.

9

Samstag, 22. April 1656

Mit der Dunkelheit kamen ein weiteres Mal die Erinnerungen, fürchterlich und unauslöschlich. Veit Schaffkutsch beneidete alle Menschen, denen die Nacht kein Feind war. Zu diesen gehörte offenbar auch sein kleiner Gefährte Fidelius; selig lag er dort neben ihm, und sein ruhiger Atem wies darauf hin, dass die Welt ihn losgelassen hatte.

Unsägliche Gräuel hatte Veit einst erlebt. Hatte seinen Anteil daran gehabt. Nach dem Tod seiner Hilde war ihm alles gleich geworden.

Oft blieb der Sold aus. Die Schatullen des Kaisers seien erschöpft, munkelte man. Zunächst glaubte man den Versprechungen der Generäle und hoffte auf spätere Bezahlung. Aber irgendwann verloren die Landsknechte jedes Vertrauen in den Kaiser und ihre Offiziere. Was waren das noch für Zeiten gewesen, unter dem Generalissimus Wallenstein, als niemand fürchten musste, um seinen Sold betrogen zu werden. Aber Wallenstein war längst tot, verraten und ermordet von seinen eigenen Leuten, die zu Henkern des Kaisers geworden waren.

Viele desertierten, schlossen sich marodierenden Truppen an, die sich auf ihre Weise entschädigten. Auch Veit wurde eines Tages zum Marodeur – weshalb sollte er Skrupel haben, wenn die Welt längst aus den Fugen geraten war? Ungezählte Höfe wurden geplündert und gingen in Flammen auf, Menschen wurden getötet um ein paar Kreuzer willen, Frauen geschändet, ja selbst Kinder konnten sich ihres jungen Lebens nicht mehr sicher sein. Veits Erinnerungen an diese Zeit waren so düster wie die Rauchschwaden, die der Wind damals über das Land getragen hatte.

Jan Zeys war der Name ihres Anführers gewesen. Einst hatte er als Hauptmann unter General Tilly gedient. Bei der Eroberung von Magdeburg habe er sich einst große Verdienste erworben, zumindest behauptete er das. Veit glaubte ihm, denn über Magdeburg war, wie jedermann wusste, ein fürchterliches Gemetzel gekommen. Und Jan Zeys war ein Meister des Gemetzels.

Auch Marodeure brauchten einen Hauptmann, einen Bandenführer, der wusste, wo es etwas zu holen gab. Je skrupelloser ein solcher Mann war, umso einträglicher war das für alle, die mit ihm zogen. In diesem Sinne hätte es keinen besseren Anführer als Jan Zeys geben können. Bald hatte Veit das begriffen. Das Gewissen galt es zu missachten, wenn man nicht vor die Hunde gehen wollte.

Bisher hatte er nur auf dem Schlachtfeld getötet. Nun begann er, Menschen zu töten, die nicht in den Reihen eines Feindes standen. Der erste war ein junger Bauernknecht. Mit einer Heugabel hatte der Wütende auf einen von Veits Kameraden einstechen wollen, der sich an einer Magd verging. Veit hatte daneben gestanden und eine Pike in den Händen gehalten. Geistesgegenwärtig hatte er die Waffe dem Heraneilenden in den Bauch gestoßen. Der Knecht starb nicht auf der Stelle, sondern wand sich qualvoll im Staub. Jan Zeys kam vorbei und blickte nachsinnend auf den Sterbenden.

„Fass mal mit an!“, sagte er zu Veit.

Sie trugen ihn herüber zu der brennenden Scheune. „Husch, husch, in die Jammer-Kammer mit ihm!“, sagte Jan Zeys. Er sagte das immer, bevor er jemanden im hohen Bogen in die Flammen warf.

Veit redete sich ein, dass er seinem bedrohten Kameraden zu Hilfe hätte kommen müssen. Doch der Knecht blieb nicht der Einzige, den Veit in den kommenden Monaten tötete. Und hinterher suchte er stets nach Gründen, um sein Handeln vor sich selbst zu rechtfertigen.

Dann kam der Tag, der Veit später wie ein erstes himmlisches Strafgericht erschien.

Es war im Sächsischen gewesen, wenige Meilen hinter Naumburg. Ein Sonntag im Mai, am Himmel, das wusste er noch genau, waren riesige Wolkenfelder über sie hinweggezogen. Sie hatten Hunger, und einige von ihnen hatten am Abend zuvor ihr Geld beim Würfelspiel verloren. Jan Zeys erinnerte sich, dass es in der Nähe ein einsames Gehöft gab, wo niemand den Bauern zu Hilfe eilen würde. Also zogen sie hochgestimmt los. Sie waren etwa zwanzig Männer und hatten von den Bauersleuten nichts zu befürchten.

Im Haus trafen sie den Bauern, seine Frau und ein Mädchen an. Der Mann hockte auf einer Bank und schmauchte an einer Pfeife; sein Gesicht verlor alle Farbe, als sie in das Haus polterten. Die Frau und das Mädchen schnitten Gemüse und wirkten zu Tode erschrocken. Jan Zeys sah sich um. „Gib mir Geld!“, sagte er zu dem Bauern.

Die Hand des Bauern, welche die Pfeife hielt, zitterte. „Wir haben nicht viel, und –“

„Gib's mir!“, beharrte Jan Zeys.

Der Bauer stand auf, ging zu einem der Regale und kramte ein Lederbeutelchen aus einer Dose hervor, reichte es ihm. Jan Zeys löste die Verschnürung und spähte in den Beutel.

„Ist das alles?“, fragte er.

„Ich schwör's!“, antwortete der Bauer und wechselte angstvolle Blicke mit seiner Frau.

„Durchsucht das Haus!", befahl Jan Zeys seinen Männern. Im Schlafgemach der Eheleute fand Veit weitere Geldstücke, eingenäht in ein Kissen. Er brachte sie seinem Anführer.

„So viel zu deinem heiligen Schwur", sagte Jan Zeys zu dem Bauern, dem die Worte im Hals stecken blieben.

„Fesselt ihn!"

Veit und zwei andere kamen dem Befehl nach, legten dem Bauern Stricke um Hände und Füße und setzten ihn wieder auf die Bank.

„Auch das Mädchen", sagte Jan Zeys. „Fesselt es und setzt es neben ihn."

„Agnes! Bitte, lasst sie in Frieden", flehte die Frau. „Sie ist doch noch ein Kind."

„Ob das die Wahrheit ist, wollen wir später selbst herausfinden", meinte einer der Männer. „Was meinst du dazu, Agnes?" Die anderen lachten. Auch Veit lachte. Sie führten die Bäuerin nach draußen, bildeten einen Kreis um sie. Sie war kräftig, und ihr wettergegerbtes Gesicht, obgleich vor Angst verzerrt, war durchaus hübsch zu nennen. Die Haube hatte man ihr vom Kopf gerissen, ungebändigt fielen die rotblonden Haare auf ihre Schultern. Jan Zeys trat nah an sie heran, sodass sie seinen faulen Atem riechen musste. Er nahm eine ihrer Haarsträhnen und rieb sie spielerisch zwischen seinen Fingern.

„Und jetzt verrätst du uns, wo ihr den Rest des Geldes vergraben habt."

„Das war alles. Ich schwöre es!", beteuerte die Frau.

„Und du nimmst es sehr genau mit deinen Schwüren, nicht wahr? So wie dein Mann."

Die Frau schloss zitternd die Augen.

„Zündet das Haus an!", sagte Jan Zeys zu seinen Männern.

„Nein!“, schrie die Frau.

„Sobald du uns sagst, wo das Geld vergraben liegt, holen wir deinen Mann und deine Tochter da raus.“ Mit zwei Fingern streichelte er sanft ihre Wange.

Schon loderten die Flammen. Die Frau wollte ins Haus rennen, aber unbarmherzige Hände hielten sie fest. „Beim Allmächtigen, wir haben kein Geld vergraben. Das müsst Ihr mir glauben! Nehmt Euch das Vieh!“

Jan Zeys schüttelte den Kopf, als habe er ein störrisches Kind vor sich. „Das Vieh gehört uns sowieso. Wir wollen aber auch das Geld. Also denk nach. Noch ist's nicht zu spät.“

In diesem Augenblick öffnete sich die Tür des brennenden Hauses. Offenbar war es dem Bauern gelungen, sich von seinen Stricken zu befreien. In seinen Armen hielt er das Mädchen. Es war immer noch gefesselt und hustete ohne Unterlass.

Jan Zeys begann laut zu schimpfen. „Idioten! Seid sogar zu dämlich, um einen Bauerntrottel zu fesseln. Los, spielt ‚Husch, husch in die Jammer-Kammer‘ mit ihm.“

„Und das Mädchen?“, fragte Veit.

Jan Zeys dachte nach, während zwei Männer den Bauern erneut überwältigten und fesselten. Er wandte sich wieder an die verzweifelte Mutter und bleckte grinsend die Zähne. „Dein Kind kannst du noch retten“, sagte er. „Wenn du uns auf der Stelle sagst –“

„So glaubt mir doch, wir haben nichts. Beim barmherzigen Gott, gebt mir meine Tochter ...“

Inzwischen befand ihr Mann sich wieder in der Flammenhölle, aus der es diesmal kein Entrinnen gab. Seine Schreie drangen aus dem Inneren, vermischten sich mit dem Tosen des Feuers. Die Bäuerin schrie ebenfalls, und das Mädchen weinte bitterlich.

„Siehst du, so geht das nicht“, sagte Jan Zeys zu der Frau.

„Vielleicht hat sie ja recht und sie haben wirklich nichts mehr“, warf Veit ein. Es war einer jener Tage, wo das Plündern und Morden ihm zunehmend aufs Gemüt schlug. Er blickte in das rußgeschwärzte Gesicht des weinenden Kindes, in das Weiße seiner Augen. Es war, als würde das Mädchen ihn flehend anstarren. Sie hatte das rotblonde Haar ihrer Mutter.

„Ja, vielleicht hat sie recht“, räumte Jan Zeys ein. „Wir müssen halt weiterfragen, immer wieder fragen. Sieh mal, gute Frau, wir werden deine Tochter töten müssen, wenn du weiterhin so stur bist. Und wenn du danach noch immer nicht sprichst, dann töten wir auch dich. Nun?“

Die stammelnden Worte, die die verzweifelte Frau ihm zur Antwort gab, waren nicht zu verstehen.

„Veit, altes Narbengesicht, du übernimmst das diesmal!“, seufzte Jan Zeys.

Veit winkte ab. Es war das erste Mal, dass er dem Anführer nicht gehorchte. „Lass das einen anderen machen. Mir ist heute nicht ganz wohl.“

Jan Zeys hob die Schultern und zog ein Messer. „Dann mach ich's eben selbst! So wie immer.“

Veit ging zum Brunnen, nicht um zu trinken, sondern um nichts mehr hören und sehen zu müssen. Der Brunnen aber war vom Ort des Geschehens nicht weit genug entfernt, das Sterben des Mädchens und der Mutter entging ihm deshalb nicht. Er atmete tief und schaute zum Himmel empor. Eine dämonische Fratze starrte ihm aus den Wolken entgegen.

Mit einem Mal – noch nie war ihm solches widerfahren – verspürte Veit Angst vor der Hölle. Wie hatte er glauben können, der ewigen Verdammnis zu entgehen? Was sie hier taten, schrie nach Vergeltung. Man konnte die Augen davor verschließen, aber am Tag des Jüngsten Gerichts wäre alles Leugnen zwecklos. Angstschweiß drang aus all seinen Poren. Er musste weg von hier, unverzüglich. Irgendwohin, wo er allein sein konnte, fern von dem brennenden Bauernhaus und den Leichen davor, von den entmenschten Kameraden.

Wie betrunken torkelte er davon; niemand schien es zu bemerken. Er zog den Rosenkranz aus seiner Hosentasche – das einzige Andenken, das er von Hilde noch besaß –, aber er wusste nicht, was er damit tun sollte. Beten? Er hatte es inzwischen verlernt. Und trotzdem, der Rosenkranz war etwas, an das er sich halten konnte. Er gab ihm die leise Hoffnung, den Feuern der Hölle doch noch entrinnen zu können. Die heilige Jungfrau würde vor Gott für ihn sprechen. Er gelobte ihr, künftig jeden Tag den Rosenkranz zu beten.

Während solche Dinge schmerzlich durch seinen verwirrten Kopf gingen, trugen seine Beine ihn weiter, bis er ein Buchenwäldchen erreichte. Hinter ihm brannte das Gehöft lichterloh.

Zwei vor Angst schlotternde Kinder hockten hinter einem Gebüsch, ein Knabe und ein größeres Mädchen. Veit glaubte zu träumen, denn das Mädchen glich jenem vom Hof aufs Haar genau. War er das Opfer eines teuflischen Hirngespinstes?

Er wollte den Kindern sagen, dass sie sich vor ihm nicht fürchten müssten, aber dazu kam er nicht. Das Mädchen – war es von den Toten auferstanden? – griff nach einem Zweig ...

Die Dunkelheit blieb unerbittlich, und Fidelius dachte nicht daran, aufzuwachen. Sie waren allein in dem großen Schlafsaal, denn die junge Frau und der Bursche und auch die anderen Gäste waren offenbar weitergezogen.

Veit begann sich zu fragen, warum jener Tag, an dem ein ängstliches Kind ihn um ein Auge gebracht hatte, gerade heute so deutlich in seiner Erinnerung spukte. Als wäre alles erst gestern geschehen und nicht vor zehn Jahren.

Veit zog in Betracht, dass eine flüchtige Begegnung diese Erinnerung ausgelöst haben mochte, so wie er auch stets an Hildes Hinscheiden dachte, sobald er einen Sterbenskranken erblickte. Aber beim besten Willen fiel ihm nicht ein, wann diese Begegnung stattgefunden hatte, geschweige denn, *wer* ihm da eigentlich begegnet sein sollte. Vermutlich waren es ein paar Straßenkinder gewesen.

Fidelius' beharrlicher Schlaf weckte einmal mehr Veits Neidgefühl. Heftig begann er den Kleinen zu rütteln, zunächst vergebens. Er kniff ihm in den Hintern.

„Wach auf, Fidelius."

„Verflucht und zugenäht, was ist denn los?", murmelte Fidelius schlaftrunken.

„Erzähl mir was Lustiges."

„Bist du noch zu retten? Es ist mitten in der Nacht."

„Bitte! Ich sterbe sonst vor lauter Trübsal."

„Dein Problem, nicht meines. Nächte sind im Preis nicht inbegriffen. Und kneif mir nie wieder in den Allerwertesten, hast du mich verstanden?"

Fidelius wandte ihm mit einem empörten Schnaufen den Rücken zu, und schon bald war Veit wieder mit sich und der erbarmungslosen Nacht allein.

Als Karl aufwachte, umgab ihn vollkommene Dunkelheit. Sein Kopf dröhnte vor Schmerz, es war kalt und es roch nach Moder und Fäkalien. Das Stroh, auf dem er lag, war klamm und wahrscheinlich voller Ungeziefer, denn Karl juckte es am ganzen Körper. Irgendwo quiekten Ratten.

Wo war er?

Mühsam stemmte er seinen Oberkörper hoch und versuchte sich zu erinnern, was geschehen war. Allmählich holte ihn alles wieder ein. Maroy! Nein, es war kein böser Traum gewesen, sie hatten Maroy als Hexe verurteilt und auf den Scheiterhaufen geführt. Alles war entsetzliche Wirklichkeit. Es zerriss ihm das Herz.

Er erinnerte sich, wie er auf den dicken Bäcker, der mit Maroy seinen grässlichen Spott trieb, eingeprügelt hatte, wütend und voller Abscheu. Im Nachhinein erschrak Karl über sich selbst, aber er bereute nichts. Der feiste Bäcker hatte das bekommen, was er verdiente.

Ein Büttel hatte ihn festgenommen. Karl begriff: Er befand sich in einem Gefängnisloch, denn in ein solches hatte der Büttel ihn bringen wollen.

„Ist jemand hier?“, rief er krächzend in die Finsternis, und seine Stimme hallte von den Wänden wider. Doch niemand antwortete ihm.

Er erinnerte sich, wie der Henker Maroy an den Pfahl gebunden hatte. Hier verließ ihn seine Erinnerung. Und mit einem Mal keimte Hoffnung in ihm auf. Er war nicht Zeuge ihres Todes geworden, hatte sie nicht in den Flammen sterben sehen. War es nicht möglich, dass man Maroy im letzten Augenblick begnadigt hatte?

An diese Hoffnung klammerte er sich, obwohl er im Grunde wusste, wie töricht sie war.

Sein Kopf schmerzte unerträglich. Er ertastete eine riesige Beule an seiner Stirn. Stöhnend ließ er sich zurück in das stinkende Stroh sinken. Nach einer Weile schlief er wieder ein.

Stimmen und lautes Gepolter ließen ihn einige Stunden später erneut erwachen. Nun war es nicht mehr stockdunkel um ihn herum, denn durch eine kleine Maueröffnung unter der Decke zwängte sich ein Bündel mildes Tageslicht ins Innere; vermutlich war es früher Morgen.

Karl erkannte, dass er sich in einem recht kleinen Kerkerraum befand; nicht mehr als fünf Schritte maßen die Mauerwände in ihrer Länge. An der Stirnseite gab es eine eisenbeschlagene Tür, die sich nun öffnete. Ein stämmiger, glatzköpfiger Mann wurde hineingestoßen; drei Wächter waren hierzu nötig. Einer von ihnen sagte: „Du kennst das ja, Hagenbach: Sobald du nüchtern bist und dich benimmst, darfst du wieder raus. Sei also artig und lass das Bürschchen in Frieden.“

„Leck mich!“, lautete die Antwort.

Die Verliestür schloss sich unter lautem Geklirre. Hagenbach sah sich um; nur mit Mühe hielt er sich auf den Beinen. Karl sah, dass sein Gesicht mit Pockennarben übersät war. Flecken von Erbrochenem bedeckten sein Wams.

Hagenbach entdeckte seinen Mitgefangenen und ging schwankend auf ihn zu.

„Aufstehen! Los, mach schon!“

Karl hielt es für angebracht, zu tun, was von ihm verlangt wurde. Hagenbach ließ sich ins Stroh sinken. Da es sonst nirgends Stroh gab, kauerte Karl sich in eine Ecke.

„Teufel noch mal, ist mir schlecht“, stöhnte Hagenbach und übergab sich schwallartig. Danach aber schien es ihm besser zu gehen, denn er gab ein behagliches Grunzen von sich. Schließlich begann er dröhnend zu schnarchen. Doch schon nach kurzer Zeit schreckte er schnaufend aus dem Schlaf. „Schafft mir die Hexe vom Hals!“, schrie er, begriff aber bald, dass er nur geträumt hatte. Er murmelte ein paar Flüche.

Karl musterte ihn aus schmalen Augen und überwand sein Missbehagen vor ihm. „Wart Ihr gestern dort?“

Hagenbach schien sich der Anwesenheit eines anderen wieder bewusst zu werden. „Wovon sprichst du?“, fragte er barsch.

„Von der Hinrichtung.“

„Klar war ich dabei.“ Er rülpste. „Nicht jeden Tag kann man ein Hexlein im Feuer schmoren sehen.“

„Man hat sie also ... verbrannt?“

„Das ist schließlich der Sinn einer Hexenverbrennung, du Schafskopf!“

Karl atmete tief und schloss die Augen. Die Hoffnung auf ein Wunder war ohnehin eine Torheit gewesen.

„Hat sie ... sehr gelitten?“

„Woher soll denn ich das wissen? Du stellst vielleicht Fragen. Der Henker hat sie erdrosselt, bevor er das Feuer anzündete.“

Wenigstens das war ein Trost. Maroy hatte nicht bei lebendigem Leib verbrennen müssen. Die Richter hatten ihr diese Gnade gewährt.

„Wessen war sie überhaupt angeklagt?“

„Giftmischerei, Wetterzauber, Gottlosigkeit – in Dreiteufelsnamen, das Übliche eben. Und jetzt hör endlich auf, mir Löcher in den Bauch zu fragen. Siehst du nicht, dass mir kotzübel ist?“

Später kam einer der Wächter zurück. „Bist du nun wieder friedlich, du versoffener Lump?“, fragte er Hagenbach, obgleich er selbst einen abgerissenen Eindruck machte und eine dicke, rote Säufernase besaß.

„Friedlich wie ein Huhn in der Suppe, Eber.“

„Dann pack dich! Wir woll'n dich hier vorerst nicht mehr sehen, verstanden?"

Hagenbach erhob sich; er wirkte immer noch nicht sehr standhaft. „Trifft sich gut", grinste er, „denn heut' hab ich noch was Besonderes zu erledigen."

Der Wächter, den Hagenbach Eber genannt hatte, hob warnend einen Finger. „Hoffentlich nix, wofür man seine Fäuste braucht. Denk dran, was ich dir gesagt hab! Meine Geduld hat Grenzen, und die des Herrn Richter erst recht."

Hagenbach spuckte aus und trollte sich wortlos.

„Und was geschieht mit mir?", fragte Karl den Wächter.

„Du hältst das Maul!"

Die Tür fiel wieder ins Schloss.

10

Am frühen Morgen wurde Martha von Gierte unbarmherzig aus dem Schlaf gerüttelt. „Das könnte dir so passen, hier die Schlafmütze zu geben. Los, steh auf und mach Feuer im Herd! Worauf wartest du?"

Draußen war es noch dunkel.

Da Martha erst nach langen Stunden des Grübelns in den Schlaf gefunden hatte, fiel ihr das Aufstehen nicht leicht, aber tapfer sprang sie auf, um sich, wie von Gierte verlangt, unverzüglich auf ihr Tagewerk zu stürzen.

Unendliche Überwindung kostete es sie, das Herdfeuer zu entfachen. Gierte, die neben ihr stand und zwei Messer wetzte, schüttelte den Kopf. „Man sollte meinen, du hast du noch nie Feuerstein und Zunder in den Händen gehalten. Stell dich nicht so ungeschickt damit an, oder soll ich das Feuermachen etwa auch noch für dich erledigen?"

„Nein, Gierte."

„Und danach putzt du Herrn Doktors Behandlungsraum, während ich das Frühstück zubereite."

Noch am Vorabend hatte Martha den Behandlungsraum gründlich geputzt, und seitdem hatte ihn, wie sie vermuten durfte, niemand mehr betreten. Einen Moment lang überlegte sie, Gierte darauf hinzuweisen. Das Funkeln in Giertes Augen aber warnte sie; es war wohl besser, wenn sie alle Arbeiten, die man ihr auftrug, ohne den geringsten Widerspruch erledigte.

Erstaunlicherweise schien der Doktor in der Nacht tatsächlich noch in dem Raum gewesen zu sein. Auf einem der Tische fand Martha Reste von Pulvern und Essenzen. Ein Mörser, den der Arzt nicht ins Regal zurückgestellt hatte, wies ähnliche Verunreinigungen auf. Tintenflecken auf den Fliesen des Fußbodens ließen es Martha für wahrscheinlich halten, dass Fiebus Notizen niedergeschrieben hatte, wenn auch nirgends Feder oder Papier zu sehen waren. Da das Öl des Lämpchens auf dem Tisch fast gänzlich verbraucht war, musste er sich einige Stunden hier aufgehalten haben.

Martha machte alles gründlich sauber, füllte Öl nach und fragte sich, woran der Doktor mitten in der Nacht so eifrig arbeitete. Anschließend putzte sie auch die anderen Böden, damit niemand einen Grund zur Beanstandung hatte. Als die Glocken der nahen Sankt-Adalberts-Kirche zur Frühmesse läuteten, war sie so erschöpft, wie sie es eigentlich erst am Abend hätte sein sollen.

Doktor Fiebus und seine Mutter hatten inzwischen im Speiseraum ihr Frühstück eingenommen. Martha begegnete Frau Fiebus erstmals an diesem Tag vor der Küche. Die Mutter des Arztes erwiderte Marthas Gruß mit einem knappen Nicken, ihre Mundwinkel indes blieben unten. Doktor Fiebus, den sie auf dem Weg zum Behandlungszimmer abpasste, wo er sicher bald den ersten Patienten des Tages empfangen würde, ließ sich immerhin zu einem „Guten Morgen“ herab.

Martha hüstelte verlegen. „Eine Bitte, Herr Doktor.“

Fiebus blieb stehen und sah sie an. „Ich weiß schon, du willst zu deinem Vater. Ja, meinetwegen geh zu ihm. Im Laufe des Tages werde auch ich nach ihm sehen und ihm eine Arznei verabreichen.“

Noch bevor Martha sich bei ihm bedanken konnte, war er wieder in seinem Raum verschwunden.

Wenig erfreulich fand es Gierte, dass der Neuen so viele Freiheiten zugestanden wurden. Sie rümpfte die Nase. „Dein Vater wird nicht dadurch gesünder, dass du ihn ständig besuchst“, meinte sie gallig. „Und die

Arbeit bleibt hier einfach liegen, so läuft das doch. Aber wenn du schon einmal unterwegs bist, dann bring gefälligst eine Hammelkeule vom Fleischer Petri mit."

„Mach ich, Gierte."

„Sag dem Petri, dass du von Fiebus kommst, dass *ich* dich schicke, sonst gibt er dir fettiges Fleisch. Und dann wird die gnädige Frau sehr ungemütlich. Ach, und noch etwas: Es wäre äußerst gütig von dir, wenn du bis zum Zehnuhrläuten wieder hier sein könntest und dich um die Wäsche kümmerst."

Martha versprach es ihr. Sie würde sich etwas einfallen lassen müssen, um Gierte künftig bei Laune zu halten. Als sie das Haus verließ, wies ihr knurrender Magen sie darauf hin, dass sie selbst noch nicht gefrühstückt hatte. Doch zum Essen blieb ihr keine Zeit. Nicht einmal einen längeren Blick auf die imposante Münsterkirche gönnte sie sich diesmal.

Zunächst ging sie zur Fremdenherberge der Elisabethen. „Dein Bruder?"

Der Knecht schüttelte bedauernd den Kopf. „Nein, er ist auch in der Nacht nicht zurückgekommen."

„Wo kann er bloß sein?" Marthas Hoffnung, ihre Sorgen könnten sich auch nur um eine einzige verringern, war zerplatzt wie eine Seifenblase. Sie biss sich auf die Lippen. „Bestimmt ist ihm etwas zugestoßen", murmelte sie beklommen.

„Ach was", sagte der Knecht und dachte nach. „Er ist ein junger Bursche; vielleicht hat er irgendeinen Blödsinn gemacht."

„Karl ist der vernünftigste Junge, den ich kenne."

„Dann sind vermutlich noch keine Weiber im Spiel, nehme ich an?"

„Nicht dass ich wüsste." Sie konnte sich beim besten Willen nicht erinnern, dass Karl jemals für ein Mädchen geschwärmt hatte.

„Kennst du den Spruch von den stillen Wassern? An deiner Stelle würde ich mal zum Grashaus gehen."

„Grashaus?"

„Da buchten sie die Rabauken ein. Wäre doch möglich, dass er da gelandet ist."

„Ja, vielleicht. Danke für den Hinweis." Sie hielt es für unwahrscheinlich, dass der sanftmütige Karl sich etwas hatte zuschulden kommen lassen. Trotzdem, sie würde später dort nachfragen – was konnte sie anderes tun?

Kehrtmachend, wandte sie sich noch einmal an den Herbergskecht. „Ach, übrigens: Der große und der kleine Mann – wisst Ihr, wie lange sie noch in Aachen bleiben werden?"

„Ein merkwürdiges Gespann, die beiden, nicht wahr? Sie möchten sich einer Gruppe anschließen, die nach Santiago pilgert."

„Verstehe. Danke nochmals."

Nun drängte es sie, endlich zu Matthes zu gehen. Dem ging es immerhin so gut, dass er wieder quengeln konnte wie ein Kind.

„Wenn ich doch wenigstens einen Spaziergang an der frischen Luft machen könnte. Ach komm, sei nicht so, Martha." Mit verstohlenem Blick hielt er Ausschau nach den Schwestern. „Die ehrwürdigen Himmelsbräute sind beten gegangen. Komm, sie werden nichts merken!"

„Von wegen, Matthes! Das hatten wir doch alles schon. Und wohin es führt, wenn du dich nicht an die Anordnungen hältst, das haben wir ja gesehen."

„Du bist noch viel grausamer als die Nonnen."

„Heute kommt Doktor Fiebus zu dir, ihn kannst du fragen. Bis dahin bleibst du im Bett, verstanden?"

Matthes gab auf. „Wo bleibt denn eigentlich dein Bruder?", fragte er seufzend.

Martha hatte beschlossen, ihn nicht zu beunruhigen. „Ich habe ihn losgeschickt, ein paar Erledigungen zu machen. Kann ein bisschen dauern."

„Er soll doch nicht etwa das Maultier verkaufen?"

Sie schlug die Augen nieder. „Wie kommst du denn darauf?"

„Und wovon bezahlt ihr diesen vermaledeiten Doktor ... wie heißt dieser eingebildete Pinsel eigentlich?"

„Fiebus! Mach dir keine Sorgen, ich werde seiner Magd in den nächsten Tagen ein wenig zur Hand gehen. Und dafür behandelt er dich."

„Du bist seine Dienstmagd?"

„Warum stellst du so viele Fragen, Matthes? Überlass einfach alles nur mir und Karl. Du brauchst inzwischen nichts anderes zu tun, als gesund zu werden und dir etwas Ruhe zu gönnen."

„Aber –"

„Ruhe, sagte ich. Wo ist eigentlich dein trinkfester Nachbar?" Die Bettstätte neben Matthes war nämlich leer.

„Verstorben. Vergangene Nacht", antwortete Matthes nach einer Weile einsilbig.

Martha nickte traurig. „Zweifellos gehörte auch er zu jenen Dickköpfen, die sich niemals etwas sagen lassen. Nimm dir an ihm ein mahnendes Beispiel."

„Himmelherrgott noch mal. Ihn hat nur der Schlag getroffen. Das kann jedem passieren."

„Wie auch immer, ich muss jetzt gehen, Matthes."

„Was denn, jetzt schon?"

„Ich hab dir doch erzählt, dass ich –"

„Ja ja, geh nur. Lass deinen armen Vater hier allein zurück."

Sie beugte sich über ihn und drückte ihm einen Kuss auf die Stirn. „Du kannst dich darauf verlassen, dass ich schon bald wiederkomme, mein großes Baby."

„Hat man dafür noch Töne? Wer ist denn hier das Baby?"

„Die Zeiten ändern sich eben, Matthes. Wenn mir Klagen über dich kommen, gibt's was auf den Hintern."

Bevor Martha sich auf die Suche nach ihrem Bruder machte, vergewisserte sie sich, dass sich Kuki, das Maultier, noch im Stall des Klosters befand. Auch der Karren mit dem Schleifstein war noch dort, was sie zumindest vermuten lassen konnte, dass Karl, wo immer er auch steckte, bisher keine Käufer gefunden hatte. Martha versprach dem Stallburschen, die Kosten für Kukis Futter zu übernehmen, sobald ihr das möglich sei. Schließlich ließ sie sich von dem Burschen, der sie ein wenig befremdet dabei anstarrte, den Weg zum Grashaus erklären, das sich am Fischmarkt und somit gottlob gleichfalls in der unmittelbaren Nähe befand.

Das Grashaus war ein klobiger, düsterer Bau, dessen Anblick allein genügte, um Marthas Unbehagen zu wecken. Sie durchschritt einen Torbogen und wurde im Vorhof sogleich von einem verlotterten Posten angesprochen, der gelangweilt auf einem Hocker saß und seine gewaltige Nase rieb.

„He he, langsam, schönes Kind. Wo soll's denn hingehen?"

„Ich suche meinen Bruder", erklärte Martha.

„So, deinen Bruder. Sollte er hier sein, wär' das nicht besonders gut für ihn." Er entblößte grinsend einige faulige Zahnstumpen.

„Er heißt Karl, ist vierzehn, sieht aber schon recht erwachsen aus."

„Ah, du meinst unseren drolligen Raufbold, der den Bäcker Maw verdroschen hat. Ja ja, den hab ich gestern wohl bekommen."

„Jemanden verdroschen hat er?"

„Ein richtiger Wüterich, dein Liebster."
„Er ist mein Bruder, das sagte ich doch."
„Von mir aus."
„Und Ihr seid sicher, dass er hier einsitzt?"
„Das will ich meinen. Bin schließlich der Kerkermeister."
Martha konnte noch immer nicht fassen, was sie gerade gehört hatte. „Wann ... wann kommt er denn wieder frei, mein Bruder?"
„Die nächsten drei Wochen kannst du ihn getrost vergessen. Da bleibt er schön im Loch, sonst könnte ja jeder jedem frohgemut aufs Maul schlagen. Und sollte Maw Anklage gegen ihn erheben, dann ..." Er stülpte eine wulstige Lippe vor und wedelte mit einer Hand. „Dann würd' ich mir an deiner Stelle auch Sorgen um sein leibliches Wohl machen."
Grundgütiger!, dachte Martha erschrocken.
„Ich möchte mit ihm reden!"
„Tja ..." Eber rieb sich das Stoppelkinn und sah Martha anzüglich an.
„Was ist nun? Führt Ihr mich zu ihm?"
„So einfach ist das nicht, Mädchen. Musst mir schon was geben, wenn ich dir diesen Gefallen tun soll."
„Und was wäre das wohl?"
Wieder grinste er. „Ein Kuss wär' das Mindeste, finde ich." Der Kerl machte Martha zunehmend wütender. Für dummes Geschwätz mit diesem abstoßenden Lüstling fehlte ihr jede Zeit. „Ein Kuss, wie? Gut, so will ich mich beim Vogt erkundigen, ob eine solche Form der ... hm, Bezahlung in dieser Stadt üblich ist." Sie machte kehrt und erreichte, was sie mit ihrer Drohung bezweckt hatte.
„Nun beruhig dich mal wieder, Mädchen. Wirst ja wohl noch 'nen kleinen Spaß verstehen. Komm in einer Stunde wieder, dann führ ich dich zu ihm."

Martha baute sich hitzig vor ihm auf. „Ich will ihn *jetzt* sehen, sonst erzähle ich überall, Ihr hättet mich angefasst!"

Eber gefror das Grinsen im Gesicht. Sicher wäre Martha nicht die Erste, die sich über ihn beklagte, sie kannte solche Kerle zur Genüge.

„Bist ja wirklich hartnäckig. Na schön, von mir aus bring ich dich zu ihm. Aber glaub bloß nicht, dass du mir Angst gemacht hättest. Ich tu's, weil ich gerad' nix Besseres zu tun hab, verstanden?"

Karl schöpfte neue Hoffnung, als einer der eisernen Riegel der Kerkertür beiseite geschoben wurde. Doch lediglich die Guckpforte öffnete sich, wo Ebers feistes Gesicht zum Vorschein kam.

„Besuch für dich, Bürschchen! Deine Schwester ist's. Wenn's denn wahr ist."

Aufgeregt erhob sich Karl; er spürte all seine Knochen. „Na endlich!", rief er mit heiserer Stimme und humpelte bis zur Tür.

„Martha! Hab mich selten so gefreut, dich zu sehen. Wie geht es Matthes?"

„Es war schon schlimmer um ihn bestellt. Um Himmels willen, wie siehst du bloß aus?"

Er betastete seine Beule. „Ein echtes Prachtstück, was?"

„Sag mir, dass du das Opfer einer Verwechslung geworden bist, Karl."

Karl kratzte sich verlegen die Wange.

„Es ist also wahr. Du hast einen Bäcker namens Peter Maw verprügelt."

„Er hatte es verdient", kam es leise, aber trotzig zurück.

„Also, jetzt mal schön der Reihe nach. Du hast ihn verprügelt, weil er es verdiente. Aha. Vielleicht erklärst du mir noch ganz kurz, was er denn eigentlich verbrochen hat."

„Er ... er ..."

„Nun?"

Karl seufzte. „Ach, du würdest es eh nicht verstehen."

„Versuch's. Bitte!"

„Gestern, auf dem Richtplatz. Da verkaufte er Gebäck, das er –"

„Moment mal, du warst auf dem Richtplatz? Hast dir die Hexenverbrennung angeschaut? Solltest du nicht Geld für Kuki und den Schleifstein auftreiben?"

„Ich sagte doch, du verstehst es nicht."

„Wie auch? Matthes ist krank! Ich selbst muss mich inzwischen als Dienstmagd verdingen, während du –"

„Lass mich einfach mal ausreden, ja?"

Martha holte tief Luft, schwieg aber.

Karl starrte ins Leere. „Nun, gestern war doch die ganze Stadt vor dem Königstor versammelt. Also bin auch ich dahin gegangen, was sollte ich sonst tun? Als sie die Verurteilte brachten, da ..." Er kämpfte mit den Tränen und war froh, dass seine Schwester ihm nunmehr geduldig die Zeit ließ, sich wieder zu sammeln.

„Ich kannte sie, Martha."

Martha schüttelte ungläubig den Kopf. „Du kanntest die *Hexe*?"

„Sie ist keine Hexe!", kam es barsch zurück. Dann, leiser: „Ich meine, sie *war* keine."

„Ach, und das weißt du ganz sicher, wie?"

„Ja, Martha. Ganz sicher."

„Woher kanntest du sie?"

„Ich erzähl's dir später."

„Und der Bäcker?"

„Hat sie verspottet. Wollte mit Maroys Elend auch noch Geschäfte machen."

„Maroy?“ Martha schaute nachdenklich drein. „Irgendwann hast du den Namen mal erwähnt.“

„Jedenfalls machte dieser Bäcker mich derart wütend, dass ich mich vergessen hab.“

„Zwar kann ich’s mir kaum vorstellen, aber so muss es ja wohl gewesen sein.“

„Haben sie dir gesagt, wann sie mich wieder laufen lassen?“

„Hm! Hängt offenbar auch davon ab, ob dieser Bäcker Anzeige gegen dich erhebt.“

Karl biss sich auf die Lippen. „Ich werd’ mich auf keinen Fall bei ihm entschuldigen, Martha.“

Ein tiefes Seufzen war die Antwort. „Bin schon sehr gespannt, was du mir über diese Maroy zu erzählen hast.“

Karl nickte. Eine Träne rollte ihm über die Wange. Er ergriff die Hand, die Martha ihm durch die Luke streckte, drückte sie fest.

„Ach, Brüderchen! Du hast mich wirklich überrascht. Aber ich will sehen, ob ich etwas für dich tun kann.“

11

„Mein Mann? Nein, den kannst du jetzt nicht sprechen.“ Die Bäckersfrau schüttelte den Kopf. Ihr Gesicht hatte leicht verbissene Züge.

„Ist er denn nicht da?“, fragte Martha enttäuscht.

„Willst du nun Brot kaufen oder nicht?“

„Nein, ich ...“ Martha rang verlegen nach Worten. „Nun, ich weiß, was Eurem Gemahl gestern widerfahren ist, Frau Maw.“

Die Brauen der Bäckersfrau verengten sich.

„Der Bursche, der ihn geschlagen hat“, fuhr Martha fort, „er ist mein Bruder!“

„So?“ Sie schluckte. „Mein Gatte traut sich nicht mehr unter die Leute, so wie dein Bruder ihn zugerichtet hat!“

„Ich würd’ sehr gern mit ihm sprechen. Bitte!“

Frau Maw dachte eine Weile über ihr Anliegen nach. „Warte hier!“, sagte sie schließlich kühl und verschwand durch eine Tür hinter dem Ladentisch.

Martha sah sich um. In den Regalen stapelten sich verschiedene Sorten von Brot. Ihr köstlicher Duft erfüllte den Laden und ließ Martha das Wasser im Mund zusammenlaufen. Noch immer hatte sie an diesem Morgen keinen Bissen zu sich genommen.

Peter Maws etwa zwölfjähriger Lehrling trat herein, in seinen Händen ein Korb voller Graubrote. Er nickte Martha zu und begann die Brote auf eines der Regale zu legen. Plötzlich hielt er inne in seinem Tun; mit seinem runden Jungengesicht sah er Martha fragend an.

Martha legte eine Hand auf ihren Bauch. „Verzeih, das war nur mein knurrender Magen.“

„Hast du Hunger?“, fragte der Lehrjunge.

Martha hob die Schultern und lächelte.

„Dich hab ich hier noch nie gesehen“, sagte der Junge. „Du bist neu in der Stadt, nicht wahr?“

„Ja, genauso ist es.“

„Wer ist dein Dienstherr?“

„Doktor Fiebus.“ Willig befriedigte Martha seine Neugier.

„Oho, der werte Herr Doktor! Bruder unseres hochverehrten Herrn Bürgermeisters.“ Flüsternd fügte er hinzu: „Blasierte Sippe, diese Fiebusse. Na ja, bis auf Joseph. Der lebt in seiner eigenen Welt.“

„Wird wohl so sein, wenn du das sagst“, sagte Martha im gleichen Flüsterton und zwinkerte ihm zu.

„Ich bin der Michel“, erklärte der Junge.

„Und ich bin die Martha.“

Peter Maw betrat die Stube, gefolgt von seiner Frau. Martha erschrak: Das Antlitz des Bäckers war ein einziger Bluterguss, die Lippen aufgeplatzt, beide Augen zugeschwollen, sodass es fraglich schien, ob er überhaupt noch etwas damit sehen konnte.

„Raus mit dir!“, befahl er seinem Lehrjungen. Michel trollte sich unverzüglich.

„Was willst du von mir?“ Maws Tonfall ließ keinen Zweifel: Seine Frau hatte ihm gesagt, wer ihn da zu sprechen wünschte.

Martha hatte weiß Gott keine freundliche Begrüßung erwartet, aber Peter Maws jämmerlicher Anblick brachte sie trotzdem ein wenig aus der Fassung. War es wirklich möglich, dass ihr kleiner, unscheinbarer Bruder ihn derart zugerichtet hatte?

„Ich, äh ... bin gekommen, um mich für meinen Bruder bei Euch in aller Form zu entschuldigen, Meister Maw.“

Der Bäcker antwortete nicht, starrte sie nur an, wobei sie sich abermals fragte, ob er sie überhaupt sehen konnte.

„Er war ... nicht er selbst, als er Euch ... äh, schlug."
„Nicht er selbst?" Maws Stimme zitterte vor Zorn, und Martha kam nicht umhin, Verständnis für seine Empörung aufzubringen. „Ich will dir was sagen, Mädchen: Dein Bruder ist ein schlimmer Wicht. Man sollte ihn bestrafen wie einen gemeinen Mörder."
„Glaubt mir, er hat noch nie –"
„Beinahe hätt' er mich umgebracht!"
Martha blickte betreten zu Boden. „Ehrlich, es tut mir sehr leid", sagte sie leise.
„Wenn du mich jetzt entschuldigen würdest. Ich will nicht, dass meine Kunden mich so sehen."
„Bitte wartet! Werdet Ihr Anzeige gegen ihn erheben?" Der Bäcker stieß einen zischenden Laut aus. „Natürlich werde ich das tun. Soll er etwa ungeschoren davonkommen?"
„Er hockt in einem trostlosen Kerkerloch, das wird ihm eine Lehre fürs ganze Leben sein. Und Euer Großmut würde ihn –"
„Großmut? Sieh mich an: Froh will ich sein, wenn ich jemals wieder klar sehen kann!"
Blieb ihr nur noch der Versuch, sein Herz zu rühren. „Mein Bruder und ich, wir verloren im Krieg schon früh unsere Eltern. Nur er ist mir geblieben. Wir haben schwere Zeiten durchgemacht. Irgendwas muss ihn in Angst und Rage versetzt haben, vielleicht eine schreckliche Erinnerung."
„Oder ein Zauber der kleinen Hexe!", erwiderte Maw knapp. Dann verließ er die Stube.
Wenigstens die Bäckerin schien Marthas Klagen nicht völlig unbeeindruckt gelassen zu haben. Ihre harten Züge waren etwas weicher geworden. „Ich werde mit ihm reden. Geh jetzt!"
Martha nickte ihr dankbar zu; diese Frau war womöglich ihre letzte Hoffnung, dass Karl noch halbwegs

glimpflich aus der Sache herauskam. Den Versuch war es jedenfalls wert gewesen, an die Rührseligkeit des Bäckers zu appellieren.

Draußen, auf der Sankt-Jakobs-Straße, atmete sie einmal tief durch. Ein Fuhrwerk rumpelte vorüber, Staub wirbelte auf. Fast sommerlich heiß brannte die Sonne vom Himmel. Zu heiß für diese Jahreszeit, dachte Martha.

Sie versuchte, sich zu besinnen. Es war ein aufwühlender Tag, aber trotz allem musste sie sich ihrer neuen Rolle fügen. Gierte hatte ihr Geld gegeben und einen Auftrag erteilt, also würde ihr nächster Weg sie zur Fleischhalle führen.

„He, Martha – pssst!"

Der Lehrjunge Michel war ihr gefolgt, reichte ihr mit einem verstohlenen Zwinkern ein Törtchen, das die Form eines Frauengesichts hatte. „Für dich. Damit du nicht verhungerst."

„Danke. Was ist das? Es sieht recht lustig aus."

„Der Alte nennt's Kroiseti-Zipfel. Hatte aber gestern kein Verkaufsglück damit – dank deines Bruders."

„Oh."

„Es ist gesüßt, du wirst es köstlich finden."

„Davon bin ich überzeugt."

„Und sag deinem Bruder, dass er mein Held ist." Offenbar hatte er ihrem Gespräch mit Peter Maw heimlich gelauscht. „Ich stand daneben, als er den Alten verdroschen hat! Am liebsten wär' ich ihm zur Hand gegangen. Endlich hat dem Schinder mal einer gezeigt, wo der Hammer hängt."

Martha sah das anders, sagte aber nichts dazu.

„Ich muss wieder zurück", erklärte Michel. „Bevor der Alte merkt, dass ich fort war! Vergiss nicht, deinen Bruder von mir zu grüßen."

Sie winkte ihm nach, betrachtete dann das Törtchen.

„Vergib mir Bruder, aber der Hunger ...“ Sie biss hinein, es schmeckte nach Honig. Als sie die Fleischhalle ereichte, hatte sie es bereits verschlungen. Sie suchte den Stand des Fleischers Petri auf. Erst als dieser ihr eine Hammelkeule reichte, die sehnig und nicht mehr ganz frisch aussah, erinnerte sie sich an Giertes Anweisung.

„Ich bin Doktor Fiebus’ neue Magd“, erklärte sie ihm – gespannt, was ihre Worte bewirken mochten.

„Warum sagst du das nicht gleich?“ Eine Spur von Ehrfurcht klang in der Stimme des Fleischers, der nun geradezu beflissen wirkte. „Einen Augenblick nur, Mädchen, ich mach dir eine hübsche Keule zurecht.“

Es hatte durchaus Vorteile, wenn man für einen stadtbekannten Mann wie Fiebus arbeitete. Während sie wartete, lauschte sie den Gesprächen der Frauen und Marktweiber, die rundherum gleichfalls ihren Einkäufen und Geschäften nachgingen. Offenbar gab es an diesem Morgen kein anderes Thema als die Hinrichtung der Kroiseti. Martha, die nun wusste, dass dieses unglückselige Mädchen eine Rolle im Leben ihres Bruders gespielt haben musste, spitzte die Ohren.

Es sei nicht verwunderlich, hieß es, dass die junge Kroiseti auf die falsche Bahn geraten sei. Bereits ihr Vater und fünf ihrer Brüder seien erst kürzlich, im Niederländischen, aufs Rad gespannt worden. Die Zigeuner, ohnehin lotterhafte Herumstreuner, hätten eine Missetat nach der anderen begangen. Und auch die Mutter sei bei dem Versuch, ihren Verfolgern zu entkommen, erschossen worden. Da sei es doch ganz natürlich, dass der Teufel leichtes Spiel mit dem elternlosen Mädchen gehabt habe.

Was die Kroiseti eigentlich angestellt habe, traute Martha sich laut zu fragen. Man sah sie an, erkannte eine Fremde in ihr, und ein Marktweib erklärte ihr geduldig, dass Maroy Kroiseti eine Giftmischerin gewesen sei. Ein Aachener Wirt, der sie gütig beherbergt habe, sei am nächsten Morgen tot in seinem Bett aufgefunden worden. Rasch sei man der Kroiseti auf die Spur gekommen. Da habe sich herausgestellt, dass sie noch nie in ihrem Leben einer Messe beigewohnt habe, nicht einmal das *Ave Maria* habe sie aufzusagen gewusst.

Unter der Folter habe sie ihre Buhlschaft mit dem Teufel gestanden, fügte Meister Petri hinzu. Aber letztlich sei sie bereit gewesen, die Sakramente zu empfangen.

Eine Frau wollte erfahren haben, dass die Kroiseti sogar ihre Henkersmahlzeit zurückgewiesen habe – mit dem Hinweis, dass auch ja auch Christus nichts anderes als Galle und Essig zu sich genommen habe, bevor er zum Erlösungsopfer geführt wurde.

Die Behauptung der Frau löste vorübergehend betretenes Schweigen aus. Martha spürte, wie es ihr heiß und kalt über den Rücken lief.

„Grüß mir die Gierte", riss Petri sie aus ihren Gedanken. Dankend nahm sie die Hammelkeule entgegen, die er ihr reichte. Es war nun höchste Zeit, um zurückzukehren. Bestimmt war Gierte schon ungeduldig geworden.

Als sie die Fleischhalle verließ, ließ sie der Anblick des Menschen, den sie hasste, fast erstarren.

„Obacht!"

Fidelius' Warnung kam keinen Moment zu früh. Aus den Augenwinkeln sah Veit Schaffkutsch den sich nähernden Schatten. Seine Instinkte erwachten augenblicklich – zu lange war er Soldat gewesen, um einem Angriff aus heiterem Himmel nichts entgegensetzen zu können. Er wandte sich um, hob reflexartig die Fäuste. Noch ehe sein Angreifer ihm schaden konnte, fand dieser sich der Länge nach auf dem Pflaster wieder, und der Knüppel, den er drohend erhoben hatte, fiel ihm aus der Hand.

Veit erkannte Hagenbach. „Du schon wieder! Hinterhältiger Dreckskerl!“

Hagenbach versuchte aufzustehen, doch ein heftiger Tritt in seine Weichteile ließ ihn aufs Neue niedersinken. In seinem Zorn beugte Veit sich über ihn, packte ihn am Kragen, hob abermals die Faust.

Fidelius zupfte Veit am Ärmel. „Lass diesen nichtsnutzigen Spitzbuben doch. Am Ende bringst du ihn noch um, dann musst du abermals eine Pilgerreise planen. Willst du bis an dein Lebensende nichts anderes mehr tun als pilgern?“

Genau das ist meine Absicht, dachte Veit.

Einige Schaulustige waren verharrt, warteten gespannt, was weiter geschehen würde. Veit schnaufte; seine Faust zuckte unentschlossen. Hagenbach zog eine gehässige Grimasse.

„Der Kerl ist doch nicht der Mühe wert“, sagte Fidelius und imitierte Hagenbachs Mienenspiel, was Gelächter bei den Umstehenden hervorrief.

Schließlich kam Veit zu dem Schluss, dass sein kleiner Gefährte recht hatte. Es war schon seltsam, ja beinahe lächerlich, aber das drollige Bürschchen verstand es, Einfluss auf ihn zu nehmen. Lange war es her, dass Veit einen Menschen so sehr gemocht hatte.

„Beim nächsten Mal kommst du mir nicht mehr ungeschoren davon“, raunte Veit seinem rachsüchtigen Widersacher zu, bevor er von ihm abließ.

„Verehrtes Publikum!“, erschallte Fidelius’ Fistelstimme. „Die Vorstellung muss ausfallen! Einer unserer Giganten ist zurzeit ein wenig ... äh, unpässlich!“

Es war Veit zuwider, dass alle sie anstarrten oder ihre Witze über sie machten. In der Menge fiel ihm das Gesicht einer jungen Frau auf, die, als ihre Blicke sich begegneten, rasch einen Schritt zurücktrat, um hinter einem Pulk von Leuten zu verschwinden.

Ihm fiel ein, dass er sie kürzlich in der Fremdenherberge gesehen hatte. Aber – war sie ihm nicht auch früher schon einmal begegnet?

Bevor er weiter darüber nachsinnen konnte, griff Fidelius nach seiner Hand. „Komm, Großer. Mach dir keine Sorgen, ich bin ja bei dir und beschütze dich."

Nachdem die Menge sich weitgehend aufgelöst hatte, trat Martha an Hagenbach heran und kniete sich neben ihn.

„Kann ich etwas für Euch tun?"

„Schleich dich", zischte Hagenbach, den dichte Weindünste umwehten.

„Vergebene Liebesmüh!", befand ein vorübergehender Kreuzherrenmönch. „Deine Barmherzigkeit in allen Ehren, Mädchen, aber bei Hagenbach ist Hopfen und Malz verloren."

Mühsam rappelte Hagenbach sich hoch, und Martha griff ihm dabei unter die Arme. Als er wieder auf den Beinen stand, sah er sie mit den wässrigen Augen eines Säufers an. „Hui, wenn ich dich so betrachte – bist ja ein recht knuspriges Frauenzimmer." Er schielte grinsend auf die Hammelkeule, die sie hielt. „Was meinst du? Die könnten wir doch gemeinsam verschmausen. Nur du und ich."

Sie widerstand dem Impuls, ihm eine Backpfeife zu verpassen. Es war wohl ihr Schicksal, an diesem Tag mit solchen Kerlen konfrontiert zu werden. Zweifel überkamen sie, ob der Trunkenbold, der dort vor ihr stand, der rechte Mann für ihren Plan war. Denn vorhin, als sie Zeugin seiner Feindseligkeit geworden war, war ihr eine Idee gekommen.

„Ihr scheint den Mann sehr zu hassen", sagte sie.

„Hab noch 'ne Rechnung mit ihm offen." Noch immer starrte er auf die Keule, vielleicht auch auf Marthas Busen – oder auf beides.

„Dann haben wir etwas gemein."

„Ach ja?" Sein Atem roch widerlich.

Martha vergewisserte sich, dass niemand in der Nähe stand. Leise fuhr sie dann fort: „Was haltet Ihr von einem kleinen Handel?"

„Kommt ganz drauf an." Er fuhr sich mit der Zunge über die Lippen. Martha ignorierte diese Anzüglichkeit.

„Ich besitze ein kräftiges Maultier. Das sollt Ihr haben, wenn Ihr mir einen Gefallen erweist."

„Ein Maultier? Was soll ich denn damit? Sehe ich aus wie einer, der's mit Viechern treibt?"

„Ihr könntet das Tier verkaufen. Es bringt Euch einen guten Batzen Geld ein."

„Hm!" Offenbar überschlug er die Mengen Branntwein, die er sich würde leisten können. „Und was muss ich dafür tun?"

Sie zögerte; noch war es nicht zu spät, noch war die Sünde nicht begangen. Aber ihr Wunsch nach Vergeltung war einfach zu brennend. Wenngleich sie eingesehen hatte, dass sie um ihrer Seele willen nicht zur Mörderin werden durfte.

„Nur ein wenig Schaden sollt Ihr ihm zufügen."

„Hab ich versucht. Hast doch gesehen, der Kerl ist stark wie ein Ochse."

„Ihr sollt Euch halt vorher nicht besaufen. Und Euch einen Vorteil verschaffen, indem Ihr ihn einfach im Schlaf überrascht. Derzeit verbringt er die Nächte in der Fremdenherberge der Elisabethen."

„Und was soll ich nun tun?"

„Bringt ihn um das eine Auge, das er noch hat!" Ihre Stimme begann beinahe zu zittern. „Ich will, dass er blind ist!"

Hagenbach stieß einen leisen Pfiff der Verwunderung aus. „Scheinst den Mann noch mehr zu hassen als ich", meinte er.

„Werdet Ihr's nun tun oder nicht? Ein einziger, gezielter Stich, mehr ist es nicht. Er wird Euch nicht einmal mehr nachstellen können."

„Hm. Ich denk darüber nach."

„Tut das."

„Wie heißt du, und wo finde ich dich, wenn ich mir meinen Lohn abholen will?"

„Mein Name ist unwichtig. Ich arbeite als Dienstmagd in Doktor Fiebus' Haus, aber Ihr solltet auf keinen Fall dort nach mir fragen. Wenn Ihr erledigt habt, worum ich Euch gebeten habe, dann wartet eine Weile vor dem Haus – unauffällig, wenn ich bitten darf. Ich werde Euch schon sichten, Ihr müsst nur ein wenig Geduld haben."

„Verstanden."

Sie nickte ihm zu und machte kehrt. Nur wollte das missliche Gefühl in ihr, etwas Unrechtes zu begehen, einfach nicht verschwinden.

Gierte war stocksauer.

„Bei allen Heiligen, wo hast du so lange gesteckt?"

„Mein Vater wollt' mich einfach nicht gehen lassen."

„Sapperlot, es ist bald Mittag!"

„Wird nicht wieder vorkommen. Ich verspreche es." Martha glättete ihre Haube. Etwas Demut war durchaus angebracht, wenn sie es sich nicht mit Gierte verscherzen wollte.

„Die Wäsche hab ich schon selbst in den Bottich geworfen. Los, kümmer dich darum. Bis zum Angelusgeläut will ich alles auf der Leine sehen."

Martha nickte eifrig und schickte sich an, in die Waschküche zu eilen.

„Warte!", sagte Gierte streng. „Das ist noch nicht alles. Gleich nach Mittag gehst du zum Speicher hinauf. Da wirst du die Dachkammer gründlich putzen, hast du verstanden? Ich will dort kein einziges Staubkörnchen mehr sehen."

Martha nickte abermals und verbiss sich die Frage, weshalb eine blitzblanke Dachkammer plötzlich so wichtig war. Aber Gierte schob die Erklärung gleich selbst hinterher.

„Joseph, der Neffe des Herrn Doktor, wird vorläufig dort wohnen. Er wird seinem Onkel eine Zeitlang bei der Arbeit zusehen. Joseph ist der Sohn des Bürgermeisters, verstehst du."

„Möchte er Arzt werden?"

„Was kümmert's dich? Frag nicht soviel. Nicht zum Schwatzen hat man dich hier eingestellt." Leiser, mit drohend erhobenem Zeigefinger, fügte sie hinzu: „Dass du mir bloß nicht auf die Idee kommst, Joseph schöne Augen zu machen."

Als ob mir danach der Sinn stünde, dachte Martha.

„Und jetzt ab in die Waschküche mit dir."

Martha stieg in den Keller hinab, verharrte aber, als sie oben Frau Fiebus' Stimme vernahm.

„Sie taugt nichts", sagte die Mutter des Arztes zu Gierte. Wahrscheinlich hatte sie dem Gespräch vor der Küche gelauscht.

„Im Grunde ist sie ein gutes Mädchen", erwiderte Gierte zu Marthas Erstaunen. „Sie wird sich schon noch machen, glaubt mir."

„Dein Wort in Gottes Ohr", knurrte Frau Fiebus.

Nachdem Martha sich wie befohlen um die Wäsche gekümmert hatte, ging sie zum Dachboden hinauf, wie es ihr aufgetragen worden war. Die Kammer war klein und karg. In einer Ecke stand eine Truhe, gegenüber ein einfaches Bett, Gierte hatte frische Decken darauf gelegt. Ansonsten war die Kammer leer. Durch eine Luke unter dem schrägen Dach flutete gebündeltes Tageslicht. Es war drückend, denn die Hitze der vergangenen Tage fand hier keinen Abzug. Martha machte sich an die Arbeit, wischte und schrubbte in jedem Winkel, und die Dielenbretter des Fußbodens knarzten unter ihr.

Sie dachte zurück an ihre Begegnung mit Hagenbach. Ihr Wunsch nach Vergeltung war groß – aber war dieser Unhold das richtige Werkzeug dafür? Ihre Zweifel wuchsen. Es blieb ihr indes nichts anderes übrig, als alles abzuwarten.

Bald vernahm sie unten Stimmen. Sie schlich zur Treppe, um dort zu lauschen. Offenbar war Doktor Fiebus' Neffe eingetroffen, begleitet von seiner Mutter und seinem Vater, dem Bürgermeister.

„Ich will, dass du dir Mühe gibst und dich gelehrig zeigst, Joseph", sagte Doktor Fiebus' Bruder mit Nachdruck. „Du kannst dein Leben nicht mit Verrücktheiten vergeuden. Es ist nun an der Zeit, dass du etwas Vernünftiges machst. Hoffentlich begreifst du das."

„Ich bin davon überzeugt, dass der Junge uns nicht enttäuschen wird", fügte seine Frau hinzu. „Nicht wahr, Joseph?" Ihren hoffnungsfreudigen Worten zum Trotz lag ein drohender Unterton darin. Martha erkannte die Stimme, sie gehörte jener Frau, der sie vorgestern vor dem Haus begegnet war. Josephs Antwort, sofern er eine gab, drang nicht an Marthas Ohren.

„Überlasst ihn nur mir", verkündete Doktor Fiebus salbungsvoll.

Weitere höfliche Worte wurden gewechselt. Martha ging zurück in die Kammer, um ein paar letzte Handgriffe zu erledigen. Giertes Mahnung, dass sie kein Staubkorn mehr sehen wolle, musste auf jeden Fall ernst und wörtlich genommen werden. Schließlich sammelte Martha ihre Putzsachen ein und verließ die Dachkammer. Nun war es an der Zeit, nach draußen zu gehen und die Wäsche von der Leine zu nehmen, bevor Gierte wieder einen Grund sah, sich über sie zu ereifern.

Auf der Treppe zum Erdgeschoss begegnete ihr Joseph.

Martha hatte einen Knaben in Karls Alter erwartet, doch Joseph mochte ungefähr so alt wie sie selbst sein. Seine braunen Augen wirkten leicht verträumt, wenngleich sie einen aufmerksamen, ja fast verwunderten Ausdruck annahmen, sobald sie Martha gewahr wurden. Ein feiner Schnurrbart zierte seine Oberlippe, seine dunklen, schulterlangen Haare wirkten ein wenig strubbelig.

Joseph war weder von kräftiger noch von schmächtiger Natur, und die Art, wie er sich bewegte, hatte etwas Geschmeidiges, Unscheinbares. Zwar trug er Kleidung aus feinen Stoffen, doch besonders viel Wert schien er auf sein Äußeres nicht zu legen. Die Schnürung der Hosenbänder unterhalb seiner Knie hatte sich gelöst, sodass der Stoff nachlässig über seinen Schaftstiefeln baumelte. Unter dem Arm trug Joseph eine Tasche, in der sich einige seiner Habseligkeiten befinden mochten.

Martha begrüßte ihn im Vorübergehen mit einem Nicken, dabei lächelte sie ihn an. Joseph blieb stehen und öffnete den Mund, um etwas zu sagen, doch über seine Lippen kam kein Ton. Was vielleicht auch nur daran lag, dass sein Onkel am Fuß der Treppe stand.

„Ah, da bist du ja, Martha“, sagte Fiebus mit der für ihn so typischen eiligen Betriebsamkeit. „Vorhin war ich bei deinem Vater. Er blutet nicht länger, aber ich will ihn noch einige Tage beobachten. Es ist wichtig, dass er seine Arzneien einnimmt, verstehst du?“

„Ja, Herr Doktor. Ich werd's ihm schon einschärfen. Habt vielen Dank.“

Später, als Martha hinter dem Haus die Wäsche von der Leine nahm, glaubte sie, oben im Dachfenster eine Bewegung wahrzunehmen. Verstohlen schielte sie nach oben, doch die Sonne blendete sie so sehr, dass sie nichts erkennen konnte. Überhaupt, die Sonne: Der liebe Gott schien beschlossen zu haben, sie in einem fort glutheiß vom Himmel scheinen zu lassen; kein Wölkchen sollte sie daran hindern.

12

Sonntag, 23. April 1656

Am Tag des Herrn empfing der Doktor keine Patienten, und auch sonst wehte im Hause Fiebus ein anderer Wind. Gierte wirkte plötzlich gar nicht mehr so garstig, als sie Martha an diesem Morgen weckte. Sie war bereits vollständig angekleidet. Statt einer Schürze trug sie ein schlichtes, aber sauberes helles Kleid.

„Komm, wir wollen in die Frühmesse gehen. Danach kannst du den Tag frei machen. Besuch deinen Vater, tu, was dir gefällt. Was es im Haus zu erledigen gibt, das mach ich heut selbst."

Martha rieb sich den Schlaf aus den Augen. „Ich muss dir was sagen, Gierte."

„Und was wäre das wohl, Schlafmütze?"

„Ich ... bin nicht katholisch. Deshalb kann ich nicht mit dir in die Messe gehen."

„Was?" Der Älteren fiel die Kinnlade herab. Einen Moment lang starrte sie Martha an, als habe sie ein ekliges Insekt auf deren Nase entdeckt. „Bist du etwa ... Protestantin?"

Martha nickte.

„Aber warum hast du mir das nicht früher gesagt?" Giertes Entsetzen begann sich in Mitleid zu verwandeln. So, wie sie wohl auch ein Waisenkind bemitleidet hätte, das ja schließlich nichts für sein Schicksal konnte. „Obwohl ich's irgendwie geahnt hab' ..."

„Na ja, in dieser Stadt ist unsereins nicht wohlgelitten. Ich hielt's für besser, mein Bekenntnis für mich zu behalten. Aber dir vertrau ich, Gierte."

„Hm!" Gierte stützte nachdenklich ihr Kinn, während Martha sich ankleidete. „Na schön, dann ist's halt so. Aber ich wüsst' hier keinen Ort, wo du einen protestantischen Gottesdienst besuchen könntest. Die meisten von deiner Sorte haben die Stadt schon vor Jahren verlassen, selbst die Kaufleute."

Martha nickte betreten. Zwar war sie als Umherreisende daran gewöhnt, dass sie nicht jeden Sonntag einen Gottesdienst besuchen konnte, aber ihr Bedürfnis danach wurde dadurch umso größer.

„Wirst du's dem Doktor und seiner Mutter sagen?"

Gierte winkte ab. „Vermutlich ist es ihnen einerlei. Der Doktor pflegt zu sagen, dass er nur für das körperliche Wohl der Menschen zuständig ist – falls der Kranke in der Lage ist, ihn zu bezahlen, versteht sich. Fürs Seelenheil müsse man einen Priester rufen, sagt der Doktor."

„Verstehe."

„Du solltest dir überlegen, zum rechten Glauben überzutreten, Mädchen", sagte Gierte leise, aber eindringlich. Martha musste an ihre gute Großmutter denken, die angesichts einer solchen Empfehlung vermutlich die Fassung verloren hätte. Aber Martha hatte nicht vor, mit Gierte über ihren Glauben zu streiten. Stattdessen kam ihr ein Gedanke.

„Bringst du mir bei, wie man das Ave Maria betet?", fragte sie ein wenig zögerlich.

Gierte hob erfreut die Brauen. „Aber gern. Sobald ich aus der Kirche zurück bin, werde ich –"

„Nein, sofort. Bitte! Ich lerne rasch, du brauchst es nur einmal aufzusagen."

„Also gut, wie du willst. Zunächst mal faltet man ordentlich die Hände – so macht man das! Das könnt ihr Protestanten doch hoffentlich, oder? Und dann beginnt man andächtig zu beten: *Gegrüßet seist du, Maria ...*"

Schwester Dorothea strahlte übers ganze Gesicht. „Er wartet schon sehnsüchtig auf dich“, begrüßte sie Martha an der Tür zum Krankensaal. „Doktor Fiebus hat ihm einen Spaziergang erlaubt. Freilich muss ihn jemand begleiten.“

Matthes eilte ihr mit noch wackligen Schritten entgegen. „Endlich, da bist du ja, Kind. Verflucht noch mal, ich brauche dringend frische Luft.“

Martha hakte sich bei ihm unter. „Ist ja schon gut, Matthes. Komm, lass uns einen kleinen Spaziergang machen.“

Draußen sog Matthes gierig die Luft in sich hinein. „Diese Stadt“, sagte er blinzelnd. „Schon im April straft der Herrgott sie mit glühender Hitze.“

In der Gasse vor dem Kloster war es weitgehend menschenleer, die meisten Aachener befanden sich offenbar in den Kirchen. Aus der nahen Münsterkirche ertönte Gesang. „Da! Hörst du sie singen, die verdammten Papisten?“

Martha seufzte. „Wann hörst du endlich auf, über alles und jedermann zu schimpfen? In dieser Stadt ist dir immerhin geholfen worden. Die Menschen hier, die Nonnen, der Doktor – du hast wirklich keinen Grund, dich zu beklagen.“

„Ja ja, schon recht, es geht mir wieder bestens. Zeit, dass wir endlich weiterziehen.“

„Du bist noch nicht über den Berg, Matthes. Doktor Fiebus hält es für angebracht –“

„Doktor Fiebus, Doktor Fiebus“, äffte Matthes sie nach. „Ich weiß genau, was dieser aufgeblasene Pfau im Schilde führt.“

„Und was wäre das wohl?“

„Ganz einfach, er will dich in seinen Diensten behalten. Das geht aber nur, solange ich in seiner Behandlung bin.“

„So ein Unsinn."

„Wie lange muss ich wohl noch in diesem Saal voller siechender Menschen leben? Meinem Bauch geht's wieder gut. Nenne mir nur einen Grund, weshalb wir nicht heute schon weiterziehen sollten."

„Heilung braucht Zeit. Wunden brechen wieder auf, wenn man sie nicht richtig pflegt. Das gleiche gilt auch für deinen Magen. Ich hab keine Lust, dich wieder Blut kotzen zu sehen. Und außerdem –" Sie stockte.

„Was?"

„Karlchen ..."

„Ja, verdammt, wo steckt der Bursche überhaupt?"

Schon auf dem Weg zu den Elisabethen hatte Martha beschlossen, Matthes die Wahrheit zu sagen. Zumindest einen Teil der Wahrheit. Schließlich konnte sie ihm nicht ewig irgendwelche Märchen auftischen. Aber sie wollte auch, dass er sich nicht allzu viele Sorgen um seinen Ziehsohn machen musste.

„Er ... sitzt im Gefängnis."

„Er sitzt ... *wo*? Nein, das glaub ich dir nicht."

„So ist es aber. Er hat sich, ähm ... ein wenig herumgeprügelt."

„Karl? Sich geprügelt?"

„Wenn ich's dir doch sage."

Matthes schüttelte immer wieder den Kopf. „Sieh mal einer an. Aus unserem Karlchen wird endlich ein Mann. Soll ich darüber glücklich sein oder traurig? Jetzt erzähl mir bloß noch, dass es um ein Frauenzimmer ging."

„Keine Ahnung. Jedenfalls werden sie ihn ein paar Tage im Loch schmoren lassen. Du siehst, wir können die Stadt erst dann verlassen, wenn Karl wieder auf freiem Fuß ist."

„Gütiger Gott, der arme Junge."

„Mach dir keine Sorgen. Er wird daraus lernen."

„Kann man ihn besuchen? Ja, komm, lass uns zu ihm gehen."

„Nichts da. Ich werde später zu ihm gehen. *Du* bleibst hier."

„He –!"

„Keine Widerworte. Hatten wir nicht mal vereinbart, dass du fortan auf mich hörst?"

„Kann mich nicht daran erinnern. Kriegt der Junge wenigstens was Anständiges zu futtern?"

„Nun ja, ein Sonntagsbraten wird ihm dort vermutlich nicht gereicht. Aber das große Stück Speck, das ich ihm aus dem Hause Fiebus mitbringe, darüber dürfte er sich freuen."

„Karlchen ein Raufbold, ich bin immer noch fassungslos."

„Der Lauf der Welt, Matthes."

„Na schön. Solange der Junge noch seine Strafe absitzt, will ich mich in Geduld üben. Meinethalben soll dein vermaledeiter Doktor seine Pülverchen noch eine Weile an mir ausprobieren. Aber danach suchen wir das Weite, versprichst du mir das? Diese Stadt ist mir einfach nicht geheuer."

„Gewiss, Matthes, gewiss. Wir wollen hier nicht sesshaft werden."

„Und tu mir einen Gefallen: Guck mal nach unserem guten Kuki. Nicht, dass sie das Vieh einfach verhungern lassen. – He, warum weichst du auf einmal meinem Blick aus?"

„Tu ich nicht."

„Tust du doch. Was ist mit dem Maultier?"

„Nichts. Kuki geht's gut. Ehrlich."

„Nicht auszudenken, wenn wir uns ein neues Maultier anschaffen müssten."

„Ja, das wär' schrecklich. Können wir jetzt vielleicht über was anderes als über Kuki sprechen?"

„Von mir aus. – Ah, endlich: Die Papisten haben aufgehört zu singen."

„Siehst du? So schlecht meint es diese Stadt mir dir doch gar nicht."

Gierig verschlang Karl den Speck. Auch dem widerwärtigen Wächter namens Eber hatte Martha ein Stück mitgebracht – es konnte nicht schaden, ihn ein wenig gnädig zu stimmen. Und siehe, Eber hatte es ihr sogar erlaubt, in die Zelle zu ihrem Bruder zu gehen. Zwar stank es hier wie in einem Höllenpfuhl, aber wenigstens hatten die Geschwister sich herzlich umarmen können. Nun hockte Martha neben ihm und sah ihm beim Essen zu.

„Danke, Schwesterherz", sagte er, nachdem er den letzten Bissen getan hatte. „Ich dachte schon, ich müsste bis an mein Lebensende trockenes Brot essen."

Sie griff nach seiner Hand und drückte sie fest. „Ach, Karlchen", seufzte sie. Obwohl er erst seit zwei Tagen hier ausharrte, kam er ihr schon jetzt hager und abgemagert vor. Er starrte ins Halbdunkel der Zelle. Den schüchternen, unbedarften Jungen, der er vorgestern noch gewesen war, hatte urplötzlich das Leben gezeichnet.

„Es tut mir leid, was mit Maroy geschehen ist", sagte Martha mit weicher Stimme.

Karl sah sie kläglich an. „Was immer die Leute auch über sie erzählen – sie war keine Zauberin. Das musst du mir glauben."

Martha nickte. „Vermutlich war sie das Opfer unheilvoller Umstände. Wann bist du ihr zum ersten Mal begegnet? Willst du mit mir über sie sprechen?"

„Vor einigen Wochen war's, da saß ich am Ufer der Maas und angelte. Maroy kam, um im Fluss Wäsche zu waschen. Wir haben miteinander geredet."

„Und dann hast du dich in sie verliebt."

Karl biss sich auf die Unterlippe. „Ja, das hab' ich", sagte er.

Immer noch hielt sie seine Hand.

„Ich hatte nur noch den Wunsch, sie wiederzusehen", fuhr Karl trübsinnig fort. „Nur ging der anders in Erfüllung, als ich mir das erhofft hatte."

„Du musst mir einen Gefallen tun, Bruder."

„Klar. Was soll ich für dich tun? Dir eine Ratte fangen? Oder ein paar Kakerlaken?"

„Sag, dass du katholisch bist, falls dich jemand danach fragt."

„Warum denn das?"

„Weil ... weil's besser so ist."

Karls Gesicht verhärtete sich. „Du glaubst, dass ich verhext bin, was?"

„Blödsinn."

„Warum sollte ich dann lügen?"

„Damit niemand auf dumme Gedanken kommt. Ich will nicht, dass es dir ergeht wie Maroy."

Karl blieb der Mund offen stehen, und sein blasses Antlitz wurde noch fahler. Schon bereute es Martha, ihn derart verängstigt zu haben.

„Es ist doch nur eine Vorsichtsmaßnahme, Karlchen."

„Wie du meinst. Aber wenn sie mir nicht glauben, was dann?"

„Du musst eben dafür sorgen, dass man dir glaubt. Zum Beispiel, indem du ihnen das Ave Maria fehlerfrei aufsagst."

„Das Ave Maria? Aber ich weiß doch gar nicht, wie man das betet."

„Genau deshalb werd' ich's dir jetzt beibringen."

„Du? Seit wann –?"

„Hör mir zu und sprich mir nach ..."

Als Martha später gedankenvoll zum Haus ihres Dienstgebers zurückkehrte, hatte sie Matthes' und Karlchens Klagen noch immer in den Ohren. Am liebsten hätten die beiden Aachen auf der Stelle verlassen. Martha fragte sich, wie sie ihnen wohl den Verlust des Maultieres erklären müsste.

Längst bereute sie ihren unseligen Pakt mit Hagenbach. Gewiss, der Mörder ihrer Familie verdiente Bestrafung, aber der Weg, den sie hierfür gewählt hatte, erschien ihr inzwischen mehr als unüberlegt, ja geradezu töricht. Hätte sie gewusst, wo Hagenbach zu finden war, wäre sie eilends zu ihm gelaufen, um ihre Vereinbarung zu widerrufen. Blieb nur zu hoffen, dass der Trunkenbold ihre Begegnung schon wieder vergessen hatte. Gestärkt in ihrer Hoffnung wurde Martha durch die Tatsache, dass Hagenbach nicht, wie ausgemacht, in der Nähe des Hauses herumlungerte. Folglich hatte er die Tat noch nicht begangen und würde sie vielleicht auch niemals begehen.

Gierte rümpfte die Nase, als Martha zu ihr in die Küche trat. „Du lieber Himmel, wie siehst du denn aus?"

Erst jetzt wurde Martha bewusst, dass ihr Aufenthalt in der dreckigen Kerkerzelle seine Spuren auf ihrem Kleid hinterlassen haben musste. Das erklärte auch im Nachhinein die herablassenden Blicke mancher Städter, die ihr unterwegs begegnet waren.

„Oh!"

„Wo bist du nur gewesen?", fragte Gierte fassungslos.

„Im Grashaus. Meinen Bruder besuchen."

„Wie?"

„Was soll's, du weißt ja eh schon fast alles über mich. Ich will's dir erklären."

„Aber zuerst ziehst du dir gefälligst was Ordentliches an. Was, wenn der Herr Doktor dich so sieht?

Oder die gnädige Frau? Herrje, sie würde dich auf der Stelle vor die Tür setzen. Kannst froh sein, dass die beiden nicht daheim sind."

Wie sie später von Gierte erfuhr, statteten der Doktor und seine Mutter Balthasar Fiebus, dem Ersten Bürgermeister, einen sonntäglichen Familienbesuch ab.

„Und stell dir nur vor, Joseph ist hier geblieben", raunte Gierte ihr zu. „Hat sich geweigert, zu seinen Eltern zu gehen."

„Wirklich? Warum?"

„Vermutlich hat er keine Lust, sie zu sehen."

„Dann hat er wohl seine Gründe dafür. Wo ist er jetzt?"

„Oben, in seiner Kammer."

„Und was macht er dort?"

„Du mit deiner ewigen Neugier. Woher soll denn ich das wissen? Vermutlich malt er."

„Er malt?"

„Das ist der Grund, weshalb seine Eltern sich Sorgen um ihn machen. Er malt, anstatt was Vernünftiges zu tun. Jedenfalls hab ich ihn vorhin mit einer Staffelei gesehen. Er ist schon ein seltsamer Bursche. Aber der Herr Doktor wird schon wissen, wie er ihn zur Vernunft bringt."

Während Gierte das Abendmahl für die Herrschaften bereitete, schlich sich Martha nach oben. In ihrer Hand hielt sie einen mit einem Zinndeckel verschlossenen Krug. Ja, Gierte hatte recht: Sie war ziemlich neugierig, daran gab es nichts zu leugnen.

Die Leiter zum Dachgeschoss knirschte unter ihren Tritten; bestimmt würde Joseph sie kommen hören. Endlich stand sie vor der Tür, klopfte zaghaft.

„Ja?", rief eine verdutzte Stimme.

Sie trat ein. Joseph saß vor einer Staffelei, in seiner rechten Hand ein Kohlestift. Auf einem Tisch vor ihm stand eine Schale voller Äpfel, außerdem ein zinnener Krug und ein Kerzenleuchter aus Messing.

„Ich dachte mir, Malen macht durstig", hörte Martha sich sagen.

Welcher Teufel reitet mich eigentlich?, ging es ihr durch den Kopf. Einfach hier hinaufzugehen!

Eine Weile herrschte Stille. Joseph starrte sie an, und Martha starrte zurück.

„Ja, das stimmt", sagte Joseph endlich und legte zaghaft den Kohlestift beiseite.

„Was stimmt?"

„Dass Malen durstig macht. Obwohl ich streng genommen nicht male, sondern zeichne."

Sie trat einen Schritt näher und reichte ihm den Krug. „Bier", erklärte sie. „Hab's ein wenig verdünnt, sonst steigt's einem bei dieser Hitze zu Kopf."

„Danke." Joseph klappte den Deckel hoch und überlegte einen Moment lang. „Möchtest du vielleicht auch?"

„Wie?"

„Trinken. Möchtest du auch trinken? Bitte, trink du zuerst." Er bot ihr den Krug an.

„Nein, danke."

„Aber wieso nicht?"

„Weil ich ... das geht doch nicht."

Ein wenig verwirrt hob Joseph die Schultern und trank. „Danke", sagte er noch einmal und fuhr sich mit dem Ärmel über den Mund.

„Darf ich sehen, was du gerade malst?", fragte Martha. „Ich meine ... was du gerade *zeichnest*?"

„Wenn du willst."

Sie trat hinter ihn, betrachtete die Holztafel auf der Staffelei. Der Tisch, die Äpfel, der Zinnkrug, der Leuchter – alles war auf dem Bild genauso, wie es dort vor ihnen angeordnet war.

„Das ist wunderschön!“, staunte Martha. Sie wusste nicht, was sie eigentlich erwartet hatte. Aber was sie sah, hätte ihrer Meinung nach nur ein großer Künstler auf die Leinwand bringen können.

„Findest du?“, fragte Joseph. Es ist noch lange nicht fertig. Wenn ich mir Ölfarben leisten könnte, würde ich es ausmalen.“

„Es ist schon jetzt wie in der Wirklichkeit.“

„Übertreib nicht.“

„Tu ich auf keinen Fall.“

Ihr Lob machte Joseph noch verlegener. „Na ja. Es sind leblose Dinge. Viel lieber würde ich Menschen zeichnen.“

„Was hindert dich daran?“

„Jemand müsste mir Modell stehen.“

„Ach so.“

„Du heißt Martha, nicht wahr?“

Sie nickte.

„Und ich bin Joseph.“

„Ich weiß.“

Ihr fiel auf, wie er nervös seine Fingerspitzen gegeneinander rieb. „Ich werd’ dann mal wieder gehen“, sagte sie.

„Warte!“, sagte er hastig.

Martha sah ihn fragend an.

„Du ... du brauchst es ja nicht überall und jedem zu erzählen, dass ich hier zeichne“, meinte er stockend. „Selbst wenn’s eh jeder weiß.“

„Ich werd’ schweigen wie ein Grab“, beteuerte Martha. „Obwohl’s bedauerlich ist, dass dein Vater etwas dagegen hat.“

Als sie die Kammer wieder verließ, konnte sie seinen Blick in ihrem Rücken geradezu spüren. Und erstaunt stellte sie fest, dass ihr Herz vor Aufregung heftig klopfte.

13

Freitag, 28. April 1656 (fünf Tage später)

Schon nach einer Woche in Doktor Fiebus' Haus kam es Martha so vor, als habe sie nie etwas anderes gemacht. Ihre Hände waren rau und aufgerissen vom Waschen, Putzen, Spülen, Fegen und Wischen. Es war seltsam, immer am selben Ort zu sein, aber schon bald hatte sich Martha daran gewöhnt.

Die Arbeiten gingen ihr, zu Giertes Zufriedenheit, täglich schneller von der Hand, und auch die alte Frau Fiebus schien ihr ein wenig wohlgesonnener zu sein, wenngleich es ihr im Traum nicht eingefallen wäre, der Dienstmagd auch nur das leiseste Lächeln zu schenken. Nur eines blieb Martha nach wie vor verhasst: das Feuermachen.

Jeden Morgen kostete der Gang zum Herd sie große Überwindung. Feuer war das Sinnbild für das gewaltsame Ende ihrer Kindheit. Gewiss, sie hätte sich Gierte anvertrauen können, vielleicht hätte die Ältere sie ja von der verhassten Pflicht entbunden. Dies aber hätte bedeutet, dass sie über das Vergangene sprechen musste, und das wollte sie nicht. Also überwand sie sich jeden Morgen aufs Neue.

Täglich durfte sie für eine Stunde das Haus verlassen, um ihren Vater bei den Elisabethen zu besuchen. Matthes' Gesundheit machte weitere Fortschritte, auch vertrug er das Essen gut, das die Schwestern ihm reichten. Doktor Fiebus hatte exakte Anweisungen gegeben, was der Patient zu sich nehmen durfte und was nicht, und Martha hatte ihre liebe Mühe, Matthes von der Notwendigkeit einer solchen Diät zu überzeugen. Darüber hinaus legte Doktor Fiebus viel Wert darauf, dass Matthes die verordneten Arzneien regelmäßig zu sich nahm.

Auch ihrem Bruder stattete Martha, so oft es ihr möglich war, kurze Besuche ab. Karl wurde von Tag zu Tag trübsinniger, die Gefangenschaft in dem trostlosen Verlies zermürbte ihn. Martha versuchte, ihn aufzumuntern. Der Bäcker habe bislang keine Anklage gegen ihn erhoben, verkündete sie, deshalb sei es doch nur eine Frage der Zeit, wann er wieder auf freien Fuß komme. Reglos nahm Karl den Trost der Schwester hin. Martha nahm sich vor, in den nächsten Tagen an höherer Stelle vorstellig zu werden, um die Freilassung des Bruders voranzutreiben.

Von Hagenbach hörte sie glücklicherweise nichts. Sechs Tage waren seit ihrer Begegnung vergangen. Inzwischen war sie davon überzeugt, dass er ihre Vereinbarung vergessen hatte oder sich nicht traute, sie in die Tat umzusetzen. Und das war gut so. Noch immer konnte sie nicht begreifen, welcher Teufel sie geritten hatte, ihre Rache einem Trunkenbold anzuvertrauen. Rache – was für ein Wort! Zumal sie in diesen Tagen ganz andere Sorgen hatte. Andere Sorgen und andere Gefühle.

Im Stillen nämlich hegte sie einen Verdacht. Den Verdacht, dass sie sich verliebt haben könnte. Verliebt in den Neffen des Doktors.

Nie zuvor hatte sie sich verliebt, deshalb war es so schwierig für sie, ihr Gefühl richtig einzuschätzen. Damals, als sie sich eine gemeinsame Zukunft mit Arno ausgemalt hatte, da war sie noch ein Kind gewesen. Sie konnte sich beim besten Willen nicht erinnern, dass ihr Herzschlag sich beim Anblick des Köhlersohnes beschleunigt hätte. Außerdem hatte Arno sich aus dem Staub gemacht, als sie einen Beschützer brauchte. Nein, das alles war nur Kinderkram gewesen.

Freilich war es nicht so, dass Joseph ihr dauernd über den Weg gelaufen wäre. Seitdem sie ihm am Sonntag zuvor ein kühles Bier in die Dachkammer gebracht hatte, hatten sie keine Möglichkeit mehr gehabt, miteinander zu plaudern. Joseph verbrachte den größten Teil des Tages in der Gegenwart des Onkels, begleitete ihn auch bei seinen Patientenbesuchen. Da Gierte darauf bestand, den Herrschaften das Essen selbst aufzutischen, entfiel auch diese günstige Gelegenheit, ihn zu sehen.

Doch die wenigen Male, wo sie einander zufällig im Haus begegneten – waren es wirklich Zufälle? –, weckten in ihr den heimlichen Wunsch, sich von ihm in die Arme nehmen zu lassen. Und in seinen sanften, beinahe verträumt wirkenden Augen glaubte sie zu erkennen, dass er Ähnliches empfand. Was freilich auch bloße Einbildung sein mochte.

Ja, vermutlich hatte sie sich verliebt. Was töricht genug war. Joseph war der Sohn des Bürgermeisters, der Neffe eines stadtbekannten Arztes. Er war ein Stadtmensch und gehörte einer besseren Gesellschaftsschicht an. Sie dagegen war von bäuerlicher Herkunft, eine Waise, die zum fahrenden Volk gehörte. Selbst wenn Joseph ihre Gefühle erwiderte, war eine Liebe zwischen ihnen hoffnungslos zum Scheitern verurteilt. Eine Narretei war sie, eine Albernheit. So wie auch Karlchens Zuneigung zu Maroy eine Albernheit gewesen war. Es stand ihr nicht länger zu, über des Bruders Naivität den Kopf zu schütteln.

Überhaupt, was wusste sie schon von Joseph? Schon bald würde sie Aachen wieder verlassen, Fiebus würde sich eine neue Dienstmagd suchen müssen. Es war vernünftiger, ihre Empfindungen für Joseph zu unterdrücken.

Aber das war leichter gedacht als getan.

An jenem Freitag – der Doktor und sein Neffe waren gerade außer Haus – schickte Gierte Martha in die Dachkammer, um dort zu fegen.

Die Staffelei und das Bild waren verschwunden – aber wohin? Martha fand beides neben weiteren Malutensilien unter dem Bett. Joseph schien darauf bedacht zu sein, dass niemand seine Kammer für ein Atelier hielt. Womöglich bekäme er sonst Ärger.

Der Tisch mit den Sachen – Obstschale, Zinnkrug und Messingleuchter – stand freilich unverändert in der Mitte des Raumes. Staub hatte sich dort abgesetzt, und Martha begann zu wischen.

Plötzlich hielt sie inne.

Mit einem Finger hatte Joseph ein Herz in den Staub auf der Tischplatte gezeichnet, im einfallenden Sonnenlicht war es deutlich zu erkennen. Und darin ein Buchstabe.

Martha konnte nur leidlich lesen, aber die meisten Schriftzeichen waren ihr bekannt. Darunter auch der Anfangsbuchstabe ihres Vornamens.

Ohne Zweifel, in der Mitte des Herzens prangte ein „M".

Hatte Joseph an *sie* gedacht, als er es in den Staub schrieb? Oder gab es irgendwo ein Mädchen, das er liebte, dessen Name gleichfalls mit diesem Buchstaben begann?

Vermutlich stimmte das zweite. Weshalb sollte Joseph – diese Frage stellte sie sich immer wieder aufs Neue – sein Herz an eine einfache Dienstmagd verlieren?

„Es ist an der Zeit, dass du endlich wieder zur Vernunft kommst", murmelte Martha zu sich selbst, während die Staubzeichnung ein Opfer ihres Putzlappens wurde.

Karl hatte jegliches Zeitgefühl verloren. Wie lange hockte er schon in diesem stinkenden Loch? Waren es Tage oder Wochen?

Martha, die ihn regelmäßig besuchte, erklärte ihm, es sei erst eine Woche vergangen, seit man ihn in Haft genommen hatte. Das musste wohl stimmen, denn weshalb hätte sie ihn belügen sollen? Dem Matthes gehe es gut, behauptete sie darüber hinaus, und Karl hoffte, dass sie ihm das nicht nur sagte, um ihn zu beruhigen.

Erträglich war ihm das Dasein im Kerkerloch allein durch die Trugbilder, die ihm vorschwebten.

Er sah sich in seiner Traumwelt an der Seite von Maroy. Sie waren Mann und Frau, und eine Handvoll Kinder schwirrte lebhaft um sie herum. Maroys Hand lag warm und zierlich in der seinen; ab und zu reckte sie sich hoch zu ihm, um ihn zu küssen. Manchmal hob er sie hoch und drehte sich im Kreis mit ihr, wie Verliebte es nun mal zu tun pflegen. Ihre langen Haare umwehten dann ihren Kopf, ihr vergnügtes Lachen ertönte, und die Kinder bedrängten den Vater, mit ihnen auf gleiche Weise zu verfahren.

Manchmal schlummerte Karl über solche Vorstellungen ein; dann war ihm nicht länger bewusst, dass es Trugbilder waren. Umso grausamer war hinterher das Erwachen.

Maroy lebte nicht mehr. Niemals würde er sie lachen hören, so wie sie es in seinen Illusionen tat. Ihre Haare, ihre Lippen, ihr Fleisch – längst war alles zu Asche zerfallen. Die Menschen hatten Maroy verbrannt. Gab es etwas Sinnloseres, das sie hätten tun können?

Es war Nacht, denn im Verlies war es stockdunkel. Für Karl spielte es keine Rolle, ob es gerade Tag oder Nacht war. Nichts spielte für ihn eine Rolle, überhaupt nichts.

Das Fenster der Verliestür öffnete sich. Martha? Unmöglich, sie würde wohl kaum nachts zu ihm kommen. Fackelschein. Karl erkannte Ebers Gesicht.

„He, du!"

Karl gab keine Antwort. Was konnte der Kerl schon von ihm wollen, außer ihn zu schmähen, weil ihm langweilig geworden war.

„Bist du taub? Ich sprech' mit dir!"

Karl schwieg noch immer.

„Du willst doch hier raus, oder etwa nicht? Komm her, ich werde dir verraten, wie du hier raus kommst."

Auf die Gefahr hin, dass der Wächter nur seinen Spott mit ihm trieb, erhob er sich und schlurfte Richtung Tür.

„Was ist?", fragte er Eber. Seine krächzende Stimme klang unnatürlich fremd in seinen Ohren.

„Deine Schwester, die dich jeden Tag besucht – sie ist doch deine Schwester, oder?"

Karl nickte.

„Wenn du sie überredest, ein bisschen lieb zu mir zu sein, dann sorg' ich dafür, dass du bald hier raus kannst."

„Ein bisschen lieb?"

„Stell dich nicht dämlich, du weißt genau, was ich meine." Polternd schloss sich die Klappe. Wieder herrschte Finsternis.

Es war der Abend, an dem Hagenbach vom Wirt des „Dragoner" vor die Tür gesetzt wurde, da er seine Zeche seit geraumer Zeit nicht mehr zahlen konnte. Seine Hinhaltungen wollte der Wirt nicht länger mit anhören. Hagenbach beschloss, sich Geld zu beschaffen, wie auch immer.

Etwa zur gleichen Stunde dachte Veit Schaffkutsch über seinen Reichtum nach. Schlaflos lag er auf seiner

Lagerstätte in der Herberge und hatte noch die Worte im Ohr, die Fidelius ihm zugeraunt hatte, bevor er eingeschlafen war: „*Der Leibhaftige weiß, wie du zu deinem Geld gekommen bist.* Jedenfalls kaum durch ehrliche Arbeit, aber sei's drum, wir sind alle keine Engel. Erzähl mir nie, was du für einen Pakt mit dem Teufel geschlossen hast! Ich will's gar nicht erst wissen."

Ein Pakt mit dem Teufel! Fidelius glaubte allen Ernstes, er stehe mit finsteren Mächten in Verbindung! Und – war es nicht tatsächlich so? Jedenfalls war sein Reichtums wohl kaum das Resultat eines rechtschaffenden Lebens.

Es geschah in den letzten Tagen des großen Krieges, unweit von Aachen. Dass der Frieden bald kommen würde, stand außer Zweifel. Für Jan Zeys ein Grund, die Anzahl der Beutezüge zu erhöhen. Rauben, was es zu rauben gab, solange noch Krieg herrschte. Niemand würde ihn und seine Männer je zur Rechenschaft ziehen. Soldaten, Banditen oder Marodeure, es gab schon lange keine Unterschiede mehr.

Bei Kalterherberg versuchten verzweifelte Bauern, sich gegen die Überfälle entfesselter Horden zu wehren. Vergebens, denn erbarmungslos wurden sie niedergemetzelt. Truppen der Hessen, marodierende Lothringer und die Mordbrenner des Jan Zeys – sie alle gierten nach Geld und Gold. Reisende Kaufleute wurden ausgeplündert und konnten von Glück sprechen, wenn ihnen wenigstens das nackte Leben blieb.

Veit hasste Jan Zeys. Hasste ihn fast so sehr wie sich selbst. Aber auf Gedeih und Verderb hatte er sich dem Bandenführer ausgeliefert. Hätte er denn ein anderes Leben führen können?

Der Tag, der ihn reich machte, war spätsommerlich warm, der Duft verblühter Pflanzen lag schwer in der Luft. Sie lagerten in einem Wäldchen, und Veit setzte sich von der Gruppe ab, um für eine Weile allein zu sein. Sein Kopf schmerzte unerträglich; seitdem ihm ein Auge fehlte, war das nicht selten der Fall.

Bald wurde er auf ein hastiges Scharren aufmerksam. Hinter einem Brombeerstrauch erblickte er einen Mann, der mit einem Handspaten ein Loch grub. Ein Kaufmann offenbar. Er war dicklich und hatte ein rotes Gesicht. Sein Wagen war klein, aber schmuck, der davor gespannte Rappen, angesteckt von der Nervosität seines Herrn, schnaubte unruhig. Veit duckte sich hinter ein Gebüsch, um den Fremden in seinem Tun zu beobachten. Der eilte schließlich zu seinem Wagen, holte eine Schatulle aus Ebenholz hervor. Damit kehrte er zur Grube zurück, legte sie sorgsam hinein und begann, das Loch mit der ausgehobenen Erde wieder aufzufüllen. Letztlich glättete er den Boden mit seinen Händen, brach Zweige aus den Büschen, um sie über das Versteck – denn um nichts anderes konnte es sich handeln – auszubreiten. Zuletzt schnitzte er eine Markierung in einen nahen Birkenbaum, wobei er ständig gehetzte Blicke nach allen Seiten über seine Schulter warf.

Ohne Zweifel, er wollte nicht gesehen werden. Veit begriff, es war dem Mann offenbar nicht bewusst gewesen, was für ein waghalsiges Unterfangen eine Reise in diesen Teil des Reiches zu diesem Zeitpunkt war. Vermutlich hatte er die in der Nähe lagernden Truppen der Hessen entdeckt und fürchtete, um sein Geld und seine Handelsware erleichtert zu werden. Zumindest das Geld hatte er vorläufig in Sicherheit gebracht, um es sich später, wenn die Luft rein war, zurückzuholen.

Hinter Veit tauchten plötzlich zwei seiner Kumpane auf. „Wer ist das?“, fragte der eine.

„Ein Pfeffersack“, erwiderte Veit.

„Das seh' ich auch. Mach schon, geh und hol den Zeys!“ Der Befehl galt dem jüngeren Begleiter. Der eilte unverzüglich los, um den Bandenführer zu benachrichtigen. Als Zeys und ein paar weitere Männer nach einer Weile herbeieilten, hatten Veit und sein Kumpan den Händler bereits in Gewahrsam genommen.

„Ich protestiere aufs Heftigste!“, rief der verängstigte Mann. „Mit dem Krieg habe ich nichts zu schaffen. Ich bin ein ehrbarer Händler.“

Zeys würdigte ihn keines Blickes. „Durchsucht den Wagen!“, trug er seinen Männern auf.

Es stellte sich heraus, dass der Mann mit Stoffen und Tuchen handelte. Sein Wagen war voll davon.

„Scheiß auf die Tuche! Ich will sein Geld!“, rief Zeys ungehalten.

„Im Wagen hat er's jedenfalls nicht“, antwortete ihm jemand.

Zeys zog sein Messer und wandte sich an den Händler. „Wo hast du's, Pfeffersack?“, fragte er grimmig.

„Ich trage weder Geld noch andere Dinge von Wert bei mir. Nur die Tuche!“

„Das kannst du deiner Großmutter erzählen.“ Zeys Messerspitze berührte den Hals des nach Luft japsenden Mannes. „Nun? Wo hast du's versteckt?“

„Bitte, glaubt mir ...“

Er sackte in sich zusammen. Veit griff ihm unter die Arme, bevor er zu Boden sinken konnte. Das eben noch puterrote Gesicht des Mannes war aschfahl geworden.

„Verdammt, was ist mit ihm?“, fluchte Zeys.

Das fragte Veit sich ebenfalls. Bis er erkannte, dass der Mann nicht mehr atmete. Unter seinen halb geöffneten Lidern blickten zwei glasige Augen ins Leere.

„Ich fürchte, er ist vor lauter Schreck zur Hölle gefahren“, grinste einer der Männer.

„Und was ist daran so komisch?“, fuhr Zeys ihn an. Er sah sich um sein Vergnügen und um die Beute gebracht. „Wer hat ihn zuerst gesehen?“

„Ich!“, sagte Veit ruhig.

„Und?“

„Nichts. Ich sah ihn aus dem Wagen steigen. Er musste pissen.“

„So eine Scheiße!“

Freilich hielt Jan Zeys sich nie allzu lange mit Fluchen auf. Für den Nachmittag hatte er bereits andere Pläne geschmiedet. Es gab noch genug Gehöfte in der Umgebung, die von den Horden der Hessen oder Lothringer noch nicht heimgesucht worden waren.

So ehrbar, wie der herzschwache Händler behauptet hatte, war er vermutlich doch nicht gewesen. Denn als Veit einige Wochen später die Schatulle ausgrub, erwies sich ihr Inhalt als so kostbar, dass es sich kaum allein um die Einnahmen eines Kaufmannes handeln konnte. In welche Geschäfte und Räubereien er auch verstrickt gewesen war – mit seinem letzten Atemzug waren alle Schätze des Diesseits für ihn nutzlos geworden. Veit hingegen würde für den Rest seines tristen Lebens zumindest nicht darben müssen, wenn auch die funkelnden Goldtaler seine Seele nicht heilen konnten.

„Der Leibhaftige weiß, wie du zu deinem Geld gekommen bist ...“

Eines Tages würde er Fidelius alles erzählen. Bis Santiago war es ein weiter Weg, nur noch wenige Tage waren es bis zum Aufbruch. Der kleine Fidelius war sein Begleiter, und Veit hoffte, dass er es irgendwann nicht allein des Geldes wegen sein würde.

Wie schon so oft in den vergangenen Nächten lauschte Veit den Atemzügen des schlafenden Gefährten. Sie waren nicht mehr die Einzigen im Schlafsaal, eine Gruppe niederländischer Pilger war tags zuvor in der Stadt eingetroffen und hatte Quartier bezogen. Die ungewöhnliche Hitze der letzten Tage und die Anwesenheit so vieler Menschen brachte die stickige Luft im Saal beinahe zum Kochen. Einer der Niederländer hustete unaufhörlich, ein anderer, den böse Träume plagten, stöhnte im Schlaf, wieder andere schnarchten um die Wette. Mit Veits Schlaflosigkeit hatte all das nichts zu tun. Ihn hielten die Dämonen der Vergangenheit wach. Erst wenn er tot war, würden sie aufhören, ihn heimzusuchen.

Jemand hatte den Schlafsaal betreten. Leise zwar, um niemandes Aufmerksamkeit auf sich zu lenken, doch Veit wäre wohl selbst das Erscheinen einer Schnecke nicht verborgen geblieben. Es war dunkel, aber nicht dunkel genug, um nicht die schemenhafte Gestalt des Eindringlings ausmachen zu können. Ein Mann. Auf leisen Sohlen bewegte er sich, obgleich ihm das sichtlich schwer fiel, denn er tat es alles andere als grazil. In seiner Rechten hielt er einen Dolch.

Veit kam die Gestalt bekannt vor, die sich der Reihe nach über die schlafenden Niederländer beugte. Zweifellos war der Mann auf der Suche nach einem Gesicht. Langsam kam er näher. Und plötzlich wusste Veit, wer dieser Mann war.

Veit regte sich nicht, während er Hagenbach beobachtete, stellte sich schlafend. Zwei Schritte noch trennten sie. Veits Muskeln spannten sich. Er glaubte fast hören zu können, wie Hagenbach innerlich jubilierte, nachdem er endlich fündig geworden war. Freilich sollte sein Jubel nicht lange währen.

Veit fuhr hoch und packte Hagenbach am Handgelenk, sodass der Dolch ihm aus der Hand glitt und zu Boden polterte. Hagenbach schrie wie am Spieß. Ein grässliches Knirschen wies darauf hin, dass nicht all seine Knochen den eisernen Griff heil überstehen würden.

Fidelius wachte erschrocken auf, und auch die Niederländer regten sich.

„Heiliges Kanonenrohr!“, rief der Zwerg. „Wem zum Henker fällt’s ein, mitten in der Nacht ein Schwein zu schlachten?“

„Das Schwein heißt Hagenbach“, erwiderte Veit. „Diesmal wollte er mich umbringen.“

„Stimmt nicht“, ächtzte Hagenbach unter größten Schmerzen, denn Veit dachte nicht daran, seinen Griff zu lockern.

„Ach nein? Mit dem Dolch wolltest du mich wohl nur ein wenig kitzeln, wie?“

„Schlaft weiter, liebe Freunde“, empfahl Fidelius den Niederländern, die mit schlaftrunkener Verwirrtheit zu begreifen suchten, was da in ihrer unmittelbaren Nähe vor sich ging. „Stört Euch nicht an dem betrunkenen Schlafwandler. Mein Kumpan hier möchte ihm nur noch ein wenig die Hand schütteln.“

„Loslassen“, keuchte Hagenbach. „Bitte“, fügte er flehend hinzu.

Zwar lockerte Veit daraufhin seinen Griff, dachte aber nicht im Traum daran, ihn freizugeben. „Wann hörst du endlich auf, mir nachzustellen? Warum liegt dir so viel daran, mich tot zu sehen?“

Hagenbach gluckste.

„Sprich! Ich hab dich was gefragt!“, zischte Veit durch die Zähne.

„Wollte dich nicht umbringen ... Wirklich nicht!“

„Hast du je eine dreistere Lüge gehört, Fidelius?“

„Hm! Nicht dass ich mich erinnern könnte.“

„Also, noch mal von vorn: Warum wolltest du mich umbringen, Hagenbach? Sprich, sonst zerquetsche ich dir auch die andere Hand zu Brei.“

„Ich schwör's, ich wollte nur –"
„Was?"
„Wollte dich nur ... nur um ein Auge bringen ..."
Veit und Fidelius sahen ihn verständnislos an.
„Dir ist aber klar, dass er nur noch eines hat?", forschte der Zwerg.
„Nicht ich wollte, dass er blind wird. Ich handle doch nur im Auftrag ..."
„So?" Veit zog ihn näher zu sich heran, sodass ihre Nasenspitzen sich fast berührten. „Dann bin ich schon sehr gespannt darauf, zu erfahren, wer wohl dein angeblicher Auftraggeber sein mag."
„Irgend so'n Weibsstück", beeilte Hagenbach sich zu versichern. Was in Veits Ohren für ein spontanes Lügenmärchen zu überraschend klang.
„Ein Weibsstück?"
„Hat mir leider ihren Namen nicht verraten. Wollte mich aber recht gut bezahlen, wenn ich dir Schaden zufüg'."
„Was du nicht sagst", murmelte Fidelius nachdenklich. „Wenn du schon ihren Namen nicht kennst, kannst du uns aber wenigstens sagen, wie sie aussieht. Und wo sie zu finden ist."
„Hübsches, junges Ding mit rötlichem Hexenhaar. Arbeitet als Dienstmagd im Haus von Doktor Fiebus. Lässt du mich jetzt los?"
Eine junge Magd, die ihm Böses wollte – darauf konnte Veit sich beim besten Willen keinen Reim machen. Aber er hatte ein Gespür dafür, wann jemand ihn belog und wann nicht. Der Krieg war sein Lehrer gewesen.
„Und hat sie dir gesagt, warum du das tun sollst?"
„Kein Sterbenswort darüber. Bitte, lass mich gehen. Hoch und heilig schwör' ich, dir nie wieder unter die Augen zu treten."

Veit ließ ihn los. Hagenbach rieb sich stöhnend das schmerzende Handgelenk. „Verfluchter Dreck, meine Knochen ..."

„Scher dich zum Teufel!" Veit hätte es gern mit voller Verachtung gesagt, aber das gelang ihm nicht. Wie viele Schandtaten hatte er selbst einst um ein paar Münzen willen begangen?

Jammernd stahl Hagenbach sich davon.

„Kannst es mir gern erklären, großer Meister Veit", sagte Fidelius auffordernd.

„Wenn ich's könnte, würd' ich's vielleicht tun."

„Du willst mir ernsthaft weismachen, dass du keine Ahnung hast, wer dir da Übles will?"

„So ist es."

„Vielleicht hat Hagenbach dir ja ein Märchen aufgetischt."

„Er hat die Wahrheit gesagt."

„Also weißt du doch etwas?"

„Nein."

Fidelius seufzte. „Verglichen mit dir ist das Orakel von Delphi ein Tratschweib. Nun, was könnte eine junge Frau wohl gegen dich haben?"

„Keine Ahnung."

„Warst du auch schön artig zu allen Töchtern der Stadt, seitdem du hier weilst?"

„Was soll diese Frage?", empörte sich Veit. „Wir waren doch immer zusammen, oder? Hast du etwa gesehen, dass ich eine verärgert, geschweige denn belästigt hätte?"

„Reg dich nicht auf, Großer. Warum bist du denn so empfindlich?"

Fidelius streckte sich wieder gähnend auf sein Lager aus. „Mit dir ist's nicht ungefährlich, ich sag's ja immer wieder. Eigentlich müsstest du mir ... – Ach, ich will nicht schon wieder übers Geld sprechen."

„Wenn du noch mehr verlangst, dann kriegst du's eben."

„Ja ja. Aber lass mich erst noch eine Weile über den Haken nachdenken."

„Es gibt keinen."

„Und was ist, wenn unsere hübsche Unbekannte beschließt, dir einen tüchtigeren Meuchler auf den Hals zu hetzen als diesen Tölpel Hagenbach?"

Veit dachte lange darüber nach. „Gleich morgen werde ich dafür sorgen, dass sie dies nicht tut", verkündete er dann entschlossen.

14

Samstag, 29. April 1656

Matthes' Geduld war so gut wie erschöpft. Längst fühlte er sich nicht mehr krank und kraftlos. Trotzdem sollte er weiterhin den Kranken mimen. Doktor Fiebus' warnenden Hinweis, dass sein Magen jederzeit wieder bluten könne, nahm er nicht sonderlich ernst. Wenn er nicht bald wieder Scheren schliff und Messer wetzte, dann würde ihn der Wahnsinn einholen, davon war er überzeugt. Was nützte ihm ein heiler Magen, wenn er verrückt war? Jeden Tag aufs Neue verlangte er Martha mit dieser Frage einiges an Geduld ab. Allein die Tatsache, dass Karl nach wie vor im Grashaus saß, ließ ihn letztlich zur Einsicht gelangen. Schließlich konnten sie nicht ohne den Jungen weiterziehen.

„Ich finde, er hat jetzt lange genug im Loch gesessen", meinte Matthes. Martha musste ihm recht geben. Soweit sie wusste, hatte Bäckermeister Maw Karl bislang nicht angezeigt. Warum hielt man ihn immer noch fest? Während sie mit Matthes den alten, inneren Mauerring der Stadt entlangflanierte, dachte sie darüber nach.

„Der Neffe des Doktors", sagte Matthes nach einer Weile. „Seit einigen Tagen begleitet er seinen Onkel bei seinen Krankenbesuchen."

„Und?" Martha versuchte so unbeteiligt wie möglich zu klingen.

„Was hältst du von ihm?"

„Ich kenne ihn kaum."

„Martha?"

„Hm?"

„Du bist rot geworden."

„Bin ich nicht."

„Du kannst es mir ruhig glauben."

Martha schwieg. Das fehlte ihr noch, dass Matthes ihr eifersüchtige Vorhaltungen machte. Verdammt, war es denn so einfach, sie zu durchschauen?

„Scheint ein gelehriger Schüler zu sein", fuhr Matthes fort. „Oft stellt sein Onkel ihm Fragen, und meistens beantwortet er sie zu seiner Zufriedenheit. Offenbar hilft der Junge ihm auch bei der Zubereitung der Arzneien. Er weiß eine Menge darüber. Trotzdem glaube ich nicht, dass er wirklich ein Quacksalber werden möchte. Mit seinen Gedanken scheint er mir oft woanders zu sein."

„Er würde viel lieber malen", sagte Martha und bereute ihre Worte sogleich.

„Malen? Aha. Du scheinst ja mehr über ihn zu wissen, als du zugeben möchtest."

„Matthes, ich –"

„Schon gut, schon gut." Matthes blieb stehen und legte ihr eine Hand auf die Schulter. „Brauchst dich nicht zu rechtfertigen, mein Kind. Schließlich war ich auch mal jung. Und Joseph – so heißt er doch, nicht wahr? –, er ist ja immerhin ein stattlicher Bursche."

Martha verzog den Mund zu einem halben Lächeln.

„Ich hoffe nur", sprach Matthes seufzend weiter, „dass du dir über die Aussichtslosigkeit einer solchen Romanze im Klaren bist. Seine Familie würde ihm nie gestatten, mit einem Mädchen wie dir zu poussieren. Wir sind fahrendes Volk, Martha."

Sie wusste, dass er recht hatte, aber hören wollte sie solche Worte deshalb noch lange nicht.

„Falls es dich beruhigt, Matthes: Ich hab nicht vor, mich mit ihm zu vermählen."

„Das nenne ich vernünftig." Wie zum Trost tätschelte er unbeholfen ihren Rücken.

„Eines Tages wird dir schon der Richtige über den Weg laufen, glaub mir."

„Gewiss, Matthes."

„Nur –" Er kratzte sich im Nacken. „Vielleicht könntest du Joseph ..."

„Was?"

„Er ist doch der Sohn des Bürgermeisters, oder?"

Sie hob die Schultern und nickte zugleich.

„Vielleicht könntest du Joseph bitten ... ich meine, wenn er bei seinem Vater ein gutes Wort für Karl einlegt, dass er freikommt ... Er hat doch schließlich niemanden umgebracht."

Es beschämte Martha, dass dieser Gedanke ihr noch nicht selbst gekommen war. Der arme Karl! Ja, womöglich konnte Joseph etwas erreichen. Wenn der Bürgermeister selbst sich für Karls Freilassung stark machte, dann waren ihre Tage in Aachen wohl gezählt. Zugleich versetzte ihr diese Aussicht einen Stich ins Herz. Sie würde Joseph wohl niemals wiedersehen. Gleichwohl, wegen eines Trugbildes durfte Karl keine Stunde länger als nötig in dem Rattenloch des Grashauses schmoren.

„Ja, ich will schauen, was ich tun kann", versprach Martha ihrem Ziehvater, der sie erwartungsvoll anstarrte.

Seit mehr als einer Stunde beobachtete Veit das Mädchen aus dem Verborgenen. Längst hatte er sie erkannt: Vor einigen Tagen hatte auch sie in der Herberge der Elisabethen genächtigt. Was um alles in der Welt führte sie gegen ihn im Schilde? Er hatte ihr doch nichts getan, nicht einmal ein Wort hatte er mit ihr gewechselt.

Nachdem sie das Haus des Arztes verlassen hatte, war sie zum Hospital der Elisabethen geeilt. Mit einem

Mann, vermutlich ihrem Vater, der ein wenig blass und kränklich wirkte, war sie wieder herausgetreten; dann waren die beiden eine Weile nebeneinander her durch die Stadt flaniert. Veit war hinter ihnen geblieben, stets darauf bedacht, nicht bemerkt zu werden. Es waren viele Leute unterwegs, was ihm die Sache erheblich erleichterte.

Nachdem sie ihren Vater zum Hospital zurückbegleitet hatte, war sie geradewegs zum Grashaus marschiert, immer noch nicht ahnend, dass er sie beobachtete. Seltsam – war das Grashaus nicht auch ein Gefängnis? Wen suchte sie dort auf? Etwa den Burschen, der vor Tagen bei ihr gewesen war? Schwach erinnerte sich Veit an ihn.

Er musste eine Weile warten, bis sie wieder ins Freie trat. Rasch verschwand er hinter einem Mauervorsprung, folgte ihr dann weiter wie ein Schatten. Auf dem großen Markt kaufte sie Gemüse und Eier ein, bevor sie sich auf den Heimweg machte.

Nun galt es zu handeln, sonst würde er heute nichts mehr von ihr erfahren. Rasch holte er sie ein, stellte sich ihr mit verschränkten Armen in den Weg.

Außer dem jähen Schrecken in ihrem Gesicht sah er noch etwas anderes darin funkeln, nämlich leidenschaftlichen Hass. „Wer bist du, Mädchen?“, fragte er tonlos. „Weshalb willst du mir schaden?“

Veit ahnte nicht, dass er seinerseits die ganze Zeit über beobachtet wurde. Fidelius alias Nora war ihm heimlich gefolgt; zu sehr brannte sie darauf zu erfahren, was es mit Veit und dem fremden Mädchen, das sich als Dienstmagd verdingte, auf sich hatte. Veit hatte darauf bestanden, sie allein aufzusuchen. Was verdächtig genug war, denn für gewöhnlich wollte er den kleinen Gefährten stets in seiner Nähe wissen.

Nora fragte sich, ob es Eifersucht war, die sie trieb, als sie sich an Veits Fersen heftete. Noch nie hatte sie einen Mann geliebt. Eigentlich war sie fest davon überzeugt, dass sie auch Veit nicht liebte. Dennoch hatte sie sich an diesen seltsamen, wortkargen Mann mit der finsteren Vergangenheit zunehmend gewöhnt. In seiner Gegenwart fiel es ihr manchmal schwer, den lustigen und vergnügten Zwerg abzugeben, weil sie ihm, so widersinnig das auch klingen mochte, viel zu nahe stand.

Vielleicht, dachte Nora bei sich, sind wir ja trotz aller Unterschiede seelenverwandte Wesen.

Denn auch sie hütete ein finsteres Geheimnis.

Nora war eine Mörderin.

Während Veit Schaffkutsch unweit des Grashauses auf die Rückkehr des Mädchens wartete, dachte sie zurück an die Ereignisse, die sie nach Aachen geführt hatten.

„Alles halb so wild!" Mit diesen Worten Antonias hatte ihr Weg zur Mörderin wohl seinen Anfang genommen.

Doch zunächst einmal war sie bloß eine Hure gewesen. Eine Sünderin in den Augen der Kirche, gewiss, aber keine Mörderin. Es gab Männer, die zahlten viel Geld, um bei einer Zwergin zu liegen! Die meisten behandelten sie vorsichtig, als sei sie aus Glas. Insofern mochten Antonias Worte ihre Berechtigung haben: Alles war nur halb so wild, irgendwann hatte sie sich an die Schmerzen gewöhnt, die der Beischlaf verursachte, Hauptsache, man ließ sie sonst unversehrt. Der Glotzäugige würde jeden zur Rechenschaft ziehen, der ihr Kratzer oder Wunden zufügte, zu wertvoll war ihm sein kleines Füllen, wie er sie nannte.

Zwar gab es in der Stadt einen reichen Kaufmann, der viel Geld bot, damit er Nora während des

Beischlafs wehtun durfte. Nur ein wenig mit einem Messer ritzen! Nicht viel, wirklich nur ein wenig. Zugegeben, ein paar Tröpfchen Blut würden schon fließen, das sei doch ganz natürlich, selbst spielende Kinder würden dauernd bluten.

Der Glotzäugige wurde in Anbetracht der Silbertaler, die der andere ihm bot, sehr nachdenklich. Doch es war Antonia, die es ihm ausredete, auf das Angebot des Kaufmanns einzugehen. Nora würde an Wert verlieren, wenn ihre Freier hässliche Narben an ihr entdeckten. Zwergin hin, Zwergin her, ein kurzfristiger Geldsegen sei schön und gut, aber auf lange Sicht würde sich das durchaus rächen.

Die gute Antonia. Dummerweise war sie eines Tages schwanger geworden. Glotzauge hatte geflucht und getobt. Schließlich hatte er irgendeine Hexe kommen lassen, um das Problem zu beseitigen.

Antonia hatte den schmerzlichen Eingriff nicht überlebt; nachts hatten heftige Blutungen eingesetzt, langsam und jämmerlich war das Leben aus ihrem früher recht ansehnlichen, nun aber verbrauchten Leib gesickert, und der Glotzäugige weigerte sich, einen Arzt zu rufen.

Als Antonia tot war, empfand Nora zum ersten Mal in ihrem Leben Trauer. Auch wenn Antonia ihr nie eine echte Mutter gewesen war, von nun an hatte sie niemanden mehr. Immerhin hatte sie Nora vor mancher Gefahr zu schützen gewusst.

Als der Kaufmann bei seinem nächsten Besuch erneut sein Angebot machte – womöglich hatte er der Summe noch einige Taler hinzugefügt –, siegte bei Glotzauge die Habgier. Streng wies er Nora an, dem Herrn gefällig zu sein, versprach ihr jedoch, um sie anzuspornen, zusätzlichen Lohn, sofern der Herr sich hinterher zufrieden zeigte.

Der Kaufmann war fett und geil, und nach jedem Satz, den er sprach, ließ er ein kurzatmiges Schnaufen hören. Nora graute vor ihm, obgleich sie noch nicht wusste, was er mit ihr vorhatte.

Sie sollte es bald erfahren.

Er befahl ihr, sich nackt aufs Bett zu legen – was ja zunächst nichts Außergewöhnliches war. Aber er selbst machte keinerlei Anstalten, sich gleichfalls seiner vornehmen Kleider zu entledigen. Stattdessen zückte er ein Messer.

„Nicht bewegen, mein süßes Kindchen!“, sagte er mit widerlicher Zärtlichkeit. Seine Klinge ritzte ihren Oberschenkel. Reflexartig zog sie die Beine an.

„Was hab ich gesagt? Nicht bewegen sollst du dich. Sonst muss ich dich festbinden.“

Grob packte er ihre Beine und streckte sie wieder aus. Nora bekam es mit der Angst zu tun.

„Nicht bewegen, hörst du?“, schärfte er ihr noch einmal ein. „Sei schön artig. Wenn du willst, darfst du leise klagen. Aber bewegen darfst du dich nicht.“

Abermals setzte er das Messer an, höher diesmal, nur noch wenige Fingerbreit von ihrer Scham entfernt.

„Also, noch mal“, sagte er mit unterdrückter Ungeduld. Natürlich zuckte sie erneut, und ihre Angst wurde schier unerträglich.

„So geht das nicht, mein süßes Kindchen“, sagte der dicke Kaufmann kopfschüttelnd. „Ich werde dich fesseln müssen, anders geht's wohl nicht. Bleib artig hier liegen, während ich bei deinem Meister ein paar Stricke besorge, hörst du?“

Er verließ die Kammer. Gleich würde er zurückkehren, er würde sie fesseln und seiner perversen Grausamkeit ungehindert freien Lauf lassen.

Was für ein Albtraum. Sie zitterte. Ihr rechter Oberschenkel blutete.

Dann sah sie das Messer! Er hatte es neben ihr aufs Bett gelegt. Hastig griff sie danach. Was tun? Sie schob es sich unter den Rücken, wo er es nicht sehen konnte, ließ den Griff aber nicht los.

Nach kurzer Zeit kam er zurück, in seinen Händen zwei Stricke. „So, und jetzt gib mir mal deine Hände her, mein süßes Kindchen!"

Sie richtete sich auf und stieß ihm das Messer in den Bauch. Ein Geräusch, als würde man in einen Kohlkopf schneiden. Ungläubig starrte der Verwundete an sich herab. Der Blutfleck auf seiner braunen Samtjacke breitete sich zusehends aus. Seine Lippen begannen zu beben. Ob er überhaupt begriff, was da gerade mit ihm geschah?

Und es war noch nicht vorbei. Noras Angst war verflogen. Sie hatte beschlossen, ihn für alle Zeiten unschädlich zu machen. Nie wieder sollte eine Zwergin sich vor diesem Kerl fürchten müssen. Und auch keine Kinder, die er vermutlich ebenfalls für seine Lüste missbrauchte.

Der zweite Stoß traf ihn in die Kehle: Nora wollte verhindern, dass er um Hilfe schrie. Ein dritter Stoß in die Brust. Knochen knirschten. Ein vierter, fünfter, wieder in den Bauch. Gedärme quollen hervor. Es kostete sie wenig Überwindung und viel Kraft, immer wieder auf ihn einzustechen, aber es war der Mühe wert, denn irgendwann sank er röchelnd zu Boden. Sie setzte sich auf den Bettrand, stützte ihr Kinn auf ihre Fäuste, und sah ihm beim Sterben zu.

„Was fehlt dir bloß, mein süßer Junge?", fragte sie ihn zuckersüß.

Als sein Blick endlich glasig wurde, ging sie seelenruhig zu ihrer Truhe und begann, sich anzukleiden. Nicht das Kleid, sondern das Wams. Noch heute würde sie Köln verlassen, denn sie war eine Mörderin.

Man würde nach ihr suchen. Der Mann, den sie getötet hatte, war wohlhabend und einflussreich. Ein Pfeffersack. Eine Zwergin zu finden, mochte schwieriger sein, als sich das mancher vielleicht vorstellte, vor allem, wenn sie nicht länger eine *Zwergin* war.

Ihr wurde klar, dass in diesem Augenblick ein neues Leben für sie begann. Sie hatte nicht die leiseste Ahnung, wie es aussehen mochte, aber Furcht empfand sie nicht. Zunächst galt es, unbemerkt dem Hurenhaus zu entkommen, dann aus der Stadt zu flüchten; sie würde es ohne verdächtige Hast und ohne Leidensbittermine tun.

In Aachen, so hatte ihr einmal eine Wahrsagerin auf dem Kölner Neumarkt prophezeit, werde sie einst ihrer großen Liebe begegnen. Vielleicht hatte sie das gesagt, um sich über sie lustig zu machen. Viele Menschen machten sich über Zwerge lustig, wenngleich diese es ihnen meist doppelt und dreifach mit ihrer Schlagfertigkeit heimzahlten.

Andererseits: Warum nicht tatsächlich nach Aachen gehen? Für ein neues Leben war Aachen nicht besser und nicht schlechter als jede andere Stadt. Vom Ort ihrer Mordtat würde sie dort jedenfalls weit genug entfernt sein.

Und hier stand sie nun. Lauerte hinter einem Mauervorsprung und beschattete einen Hünen namens Veit Schaffkutsch, der seinerseits einem Mädchen nachstellte, das er zur Rede stellen wollte.

Ein weiteres Mal fragte sich Nora, warum sie eigentlich hier stand. Gewiss, sie war neugierig, aber zugleich war sie auch erfüllt von einem merkwürdigen Gefühl, das sie nicht näher bestimmen konnte. War es Sorge? Kummer? Eifersucht?

Das fremde Mädchen – eigentlich war es eine junge Frau – verließ das Grashaus. Veit folgte ihr zum Markt.

Nora wiederum folgte beiden. Als schließlich deutlich wurde, dass Veit das Mädchen einzuholen gedachte, beschleunigte die Zwergin ihren Schritt. Vielleicht gelang es ihr ja, den Worten zu lauschen, die Veit und die Magd miteinander wechseln würden.

„Wer bist du?“, fragte der Hüne. „Und warum willst du mir schaden?“

Martha klopfte das Herz bis zum Hals. Auf diese plötzliche Begegnung mit ihrem Erzfeind war sie gedanklich nicht vorbereitet. Dennoch wich sie seinem Blick nicht aus, reckte ihm trotzig ihr Kinn entgegen.

„Du hast einen Trunkenbold namens Hagenbach damit beauftragt, mir im Schlaf das Auge auszustechen. Warum?“

Endlich fand Martha ihre Sprache wieder. „Warum? Ja, die Frage ist berechtigt. Ich hätt’s selbst tun sollen. Es war nicht rechtens von mir, jemand anderen zu schicken.“

Der Hüne blieb beharrlich. „Warum? Sag’s mir, ich will’s begreifen.“

Sie schluckte heftig. „Schließlich hab ich dich schon einmal um ein Auge gebracht. Weshalb also einen anderen fragen?“

Er starrte sie sprachlos an.

„Oh, wie ich sehe, erinnerst du dich an mich. Gewiss, ich war noch ein Kind. Und du warst noch recht erschöpft vom Töten und Brandschatzen. Meine Eltern, meine Zwillingsschwester – auch an sie erinnerst du dich doch, oder etwa nicht? Du warst dabei, als sie ermordet wurden. *Du warst einer ihrer Mörder!*“

Sie sah sein Antlitz zu Stein werden, aber sie hatte keine Angst vor ihm. „Du würdest mich gern töten. Nachholen, was dir damals nicht gelang. Dich rächen.

Nun, hier vor allen Leuten dürfte das mit Schwierigkeiten verbunden sein. Aber vielleicht kriegst du ja noch eine bessere Gelegenheit dazu."

Sie machte Anstalten, sich an ihm vorbeizuschieben, aber er ließ sie nicht gehen. „Warte", kam es gepresst über seine Lippen.

„Was noch?", sagte sie kalt. „Was mich angeht, so brauchst du nichts mehr zu befürchten. Es war ein Irrtum, die Rache zu einem Werk der Menschen zu machen. Ich werd' dir niemanden mehr auf den Hals hetzen. Gott möge mir vergeben. Was Er dir tun soll, musst du mit Ihm selbst ausmachen!"

Diesmal ließ sie sich nicht mehr von ihm den Weg versperren. Aber sie spürte deutlich, wie er ihr nachstarrte.

Martha war verwirrt und verstört, als sie in das Haus des Arztes zurückkehrte. Ein ganzer Bottich voller Wäsche wartete auf sie. Es gelang ihr vorläufig, Gierte aus dem Weg zu gehen, denn es wäre ihr schwer gefallen, ihre Gemütsverfassung zu verbergen. Wie besessen wrang sie die Wäsche, ignorierte ihre schmerzenden, verkrampften Hände. Immer wieder dachte sie an die Begegnung zurück, an die Worte, die gefallen waren. Hundert Dinge fielen ihr ein, die sie Veit hätte sagen können, alles, was seit zehn Jahren ihre Seele gequält hatte. Stattdessen hatte sie ihm ihre Verbitterung an den Kopf geworfen. Als sie später nach draußen ging, um die Wäsche aufzuhängen, gesellte sich Gierte zu ihr. Gierte war gut gelaunt. Ausgerechnet heute erklärte sie sich bereit, Martha zur Hand zu gehen. Martha riss sich zusammen. Sie wollte ihre Bedrückung nicht erklären müssen.

Munter erzählte Gierte ihr irgendwelche Klatschgeschichten aus der Stadt, auch eine vom Bäckermeister

Maw, den immer noch kunterbunte Veilchen zierten. Aber selbst hier hörte Martha nur mit einem Ohr zu.

Ihr Retter kam in der Gestalt von Joseph daher.

„Meine Großtante schickt mich. Du möchtest bitte mal zu ihr kommen, Gierte", verkündete er. Dies war häufig der Fall und somit nichts Außergewöhnliches. Clara Fiebus' Vertrauen war Giertes ganzer Stolz. Beflissen wischte sie sich die Hände an ihrer Schürze ab und kehrte ins Haus zurück.

Martha freute sich, Joseph zu sehen; es wurde ihr bewusst, dass sie in den vergangenen Stunden nicht an ihn gedacht hatte.

Joseph machte keine Anstalten, ins Haus zurückzukehren. Ein wenig scheu wirkte er, wusste nicht, wohin mit seinen Händen, aber er blieb und sah Martha offen an.

„Muss ergötzend sein, einer Magd bei der Arbeit zuzuschauen", sagte Martha und brachte sogar ein Lächeln zustande.

Ihre Worte verwirrten Joseph sichtlich. „Wie? Oh, ich kann ... ich meine, wenn du willst, helfe ich dir!"

„Beim Wäscheaufhängen? Aber ich hab doch nur Spaß gemacht, Joseph."

„Trotzdem kann ich –"

„Nein, das geht nicht."

„Und warum nicht?"

„Du kannst doch nicht einer Magd zur Hand gehen."

„Wenn ich es will, dann kann ich es auch. Was soll daran falsch sein?"

Sie senkte die Stimme. „Deine Großtante hätte bestimmt etwas dagegen. Und dein Onkel auch."

Joseph zuckte mit den Achseln. „Sie können mir gestohlen bleiben."

„Wie auch immer, du sollst mir nicht helfen."

„Und umgekehrt?“
„Umgekehrt?“
„Was, wenn ich dich bitten würde, *mir* zu helfen?“
Martha zögerte einen Herzschlag lang. „Nun ja, das wäre wahrscheinlich etwas anderes.“
Sie hängte ein Laken an die Leine und wartete gespannt, was er sie fragen würde.
„Ich brauche ein Modell“, erklärte er schließlich händeringend.
Sie hielt inne. „Und du willst, dass ich –?“
„Warum denn nicht?“
„Das ... gehört nicht zu meinen Pflichten.“
„Deshalb bitte ich dich ja darum.“
„Aber ... dein Onkel ...“
„Sagte ich nicht, dass er mir gestohlen bleiben kann?“
„Trotzdem, du könntest großen Ärger bekommen. Von mir ganz zu schweigen.“
„Sonntags hast du doch arbeitsfrei, oder?“
Sie nickte.
„Gut. Dann könnten wir von hier fortgehen. Niemand braucht zu wissen, dass ich dich zeichne.“
„Ich weiß nicht ...“
„Mach dir keine Sorgen, ich hab da schon einen Plan, wie wir's heimlich anstellen. Also, möchtest du mir helfen, Martha?“
Wieder nickte sie.
„Dann wollen wir uns morgen nach dem Hochamt am Rostor treffen. Einverstanden?“
„Ich werde dort sein.“
„Danke.“ Mit einem Lächeln machte er kehrt und ging ins Haus zurück.
Martha war hin- und hergerissen. Als ob es nach der aufwühlenden Begegnung mit dem Mörder ihrer Familie nicht schon genug zu grübeln gab. Hatte sie nicht

längst eingesehen, wie unvernünftig es war, ihr Herz an Joseph zu hängen? Und jetzt das! Warum hatte sie nicht einfach Nein gesagt? Alles andere machte es nur noch schwerer.

Andererseits hatte sie Matthes versprochen, sich um Karls Freilassung zu bemühen.

Gut, so gab es wenigstens eine Rechtfertigung für das Treffen mit dem Sohn des Bürgermeisters. Der Gedanke machte sie ein wenig ruhiger.

Mit einem Mal fühlte sie sich beobachtet. Sie sah sich um. Doch es war nur der schwarze Kater, der hinter ihr stand und sie mit seinen gelben Augen anstarrte.

Gedankenverloren widmete Martha sich wieder der Wäsche.

15

Sonntag, 30. April 1656

Wie sehr sehnte Martha sich danach, wieder einmal einem Gottesdienst der Protestanten beizuwohnen? Es hätte ihr Trost und Zuversicht gegeben. Aber es half alles nichts, es gab keine protestantische Kirche mehr in Aachen. Schon vor Jahren hatten die meisten ihrer Glaubensgenossen die Stadt verlassen. Aachen war eine Hochburg der Papisten, was auch die protestantischen Unternehmer bewogen hatte, in benachbarte Territorien abzuwandern. Dies wiederum hatte dazu geführt, dass viele Aachener Werke verkümmerten. Ungeachtet dessen änderte der Rat der Stadt seine ablehnende Haltung nicht: Protestanten blieb die Mitgliedschaft in den Zünften auch weiterhin verwehrt. Zufällig hatte Martha kürzlich gehört, wie ein Patient von Doktor Fiebus über diese Dinge jammerte. Fiebus hatte ihm nicht widersprochen. Was immer man auch über ihn sagen mochte, ein religiöser Eiferer war er offenbar nicht.

Sie zog sogar in Erwägung, eine Messe der Katholischen zu besuchen, war es doch immer noch derselbe Gott, den sie anbeteten. Letztlich beließ sie es aber dabei, in ihrer Kellerkammer zu bleiben und für sich selbst zu beten. Außerdem tat die Abwesenheit der launischen Gierte ihr gut. Martha war allein im Haus, abgesehen von dem Kater, denn natürlich waren neben Gierte auch der Doktor, seine Mutter und Joseph zum Gottesdienst gegangen.

Unaufhaltsam nahte die Zeit ihrer Verabredung. Martha wurde zunehmend aufgeregter; noch nie hatte sie einem Maler Modell gestanden. Denn wer hätte schon Interesse daran gehabt, die Tochter eines Scherenschleifers zu malen?

„Er malt dich lediglich“, sagte sie leise zu sich selbst. „Das bedeutet nichts. Ich tue ihm einen Gefallen. Und später werd’ auch ich ihn um einen Gefallen bitten. Mehr ist’s nicht.“

Ein schlechtes Gewissen plagte sie wegen Matthes und Karl. Es war fraglich, ob ihr heute die Zeit blieb, ihnen den obligatorischen Besuch abzustatten. Einen Grund, ihr deswegen gram zu sein, hatten sie freilich nicht, schließlich tat sie es vor allem derentwegen. Karl wollte aus dem Gefängnis, Matthes wollte nicht länger Patient im Spital der Elisabethen sein. Und sie alle wollten der Stadt so bald als möglich den Rücken kehren. Sie würde Joseph nicht wiedersehen. Das alles hatte schon seine Richtigkeit.

Es war nun an der Zeit, das Haus zu verlassen. Sogar einen Schlüssel hatte Gierte ihr anvertraut, damit sie die Tür hinter sich abschließen konnte. Die Gassen waren weitgehend leer, wie immer sonntags, wenn die Leute in den Kirchen waren.

Martha würde am Rostor bereitstehen. Von Gierte hatte sie sich den Weg dorthin erklären lassen. Sie sei dort mit ihrem Vater für einen Sonntagsspaziergang verabredet, hatte Martha behauptet.

Das Rostor war ein kleiner Vierkantbau im äußeren Mauerring, daneben ein Wachhaus, doch auf den Wehrgängen war niemand auszumachen. Nur zwei Hunde dösten im Schatten der Mauer. Sie hatten allen Grund zur Trägheit, denn wieder stand ein glühender Feuerball am Himmel.

Martha schritt durch das Tor, vor dem sich weite Felder erstreckten, dahinter ein Wald. Rechter Hand lag der Lauf der Pau, doch das Bett des Baches war durch die Hitze der vergangenen Tage fast ausgetrocknet. Eine knorrige, einsame Eiche versprach Schatten, daneben ein Findling, der zum Sitzen einlud. Ein angenehmer Ort, um auf Joseph zu warten, fand Martha.

Aus der Stadt klang das Glockengeläut mehrerer Kirchen zu ihr herüber und kündete vom Ende der Gottesdienste. Bald verließen Menschen die Stadt, Bauersleute kehrten nach dem Kirchgang zu ihren Höfen zurück. Wehmütige Erinnerungen an ihre Kindheit stiegen in Martha hoch; auch sie wäre heute eine Bäuerin, hätte ein schwer zu begreifendes Schicksal nicht etwas anderes mit ihr vorgehabt. Mit Agnes hatte sie oft gewetteifert, wer am schnellsten melken konnte. Wenn Martha als Erste ihren Eimer gefüllt hatte, behauptete Agnes, das könne nur an der Kuh liegen. Tauschten sie aber anderentags die Kühe und Martha war erneut die Schnellere, argumentierte Agnes auf die gleiche Weise.

Martha schmunzelte. Manchmal war es mit ihrer Schwester zum Verrücktwerden gewesen. Aber was hätte sie nur dafür gegeben, sie noch einmal umarmen zu dürfen? Indes, Agnes war tot, ihr halbes Leben hatte Martha bereits ohne sie verbracht. Erst in der Ewigkeit würde sie ihre Familie wiedersehen.

Wo blieb Joseph? Immer wieder reckte sie den Hals, doch durch das Tor traten nur andere. Ob er ihre Verabredung vergessen hatte? In diesem Fall war es unwahrscheinlich, dass ihm allzu viel an ihr lag. Andererseits wirkte er ja manchmal ein wenig zerstreut. Es hätte Martha geschmerzt, das gestand sie sich widerwillig ein, wenn er in ihr wirklich nur ein Modell gesehen hätte.

Als sie schon in Erwägung zog, sie befände sich am falschen Stadttor, sah sie Joseph endlich herannahen. Mit einem schüchternen Winken begrüßte er sie schon von Weitem. Auf seinem Rücken trug er ein großes

Bündel. Martha fragte sich, was er wohl da alles mit sich führte. Sie stand auf und strich ihr Kleid glatt. Ohne ihre Schürze kam sie sich viel fraulicher vor. Auch hatte sie – nach langer Überlegung – dafür gesorgt, dass ein paar ihrer Haarsträhnen keck unter ihrer Haube hervorlugten.

„Ich glaubte schon, du hättest mich vergessen", sagte sie, weil ihr nichts Besseres einfiel.

„Wie könnte ich das?", erwiderte Joseph. „Nur musste ich noch meine Sachen holen."

„Wohin gehen wir?"

„In den Wald." Überrascht sah Martha ihn an, sodass er zweifelnd hinzufügte: „Ich hoffe, du fürchtest dich nicht davor, mit mir in den Wald zu gehen."

„Ach was. Höchstens ein bisschen."

Beide lachten.

„Bin schon sehr gespannt, was du vorhast", erklärte Martha.

„Nichts Schlimmes. Es tut überhaupt nicht weh. Du musst nur eine Weile still halten."

„Gut. Worauf warten wir also?"

Bis zum Waldrand war es noch ein gutes Stück zu gehen. Sie folgten einem Feldweg, und Martha war froh, dass ihnen niemand begegnete. Allerdings mangelte es ihnen schon bald an Gesprächsstoff. Dass Joseph nicht einer der Geschwätzigsten war, hatte Martha gewusst, aber auch bei sich selbst stellte sie eine ungewöhnliche Verlegenheit fest. Fieberhaft überlegte sie, wie sich ihr Schweigen brechen ließ. Warum nicht mit dem Wetter beginnen?

„Puh, was für eine Hitze", sagte sie und fuhr sich mit dem Ärmel über die Stirn.

„Kann man wohl sagen."

Immerhin, er hätt's ja auch bei einem Nicken belassen können, dachte Martha. Vielleicht war er mit seinen Gedanken schon beim Zeichnen. Martha beschloss, nicht locker zu lassen, zu selten hatte sie die Gelegenheit, ungestört mit ihm zu plaudern. Außerdem bestand ja die Möglichkeit, etwas Neues zu erfahren, denn mancherlei unbeantwortete Fragen beschäftigten sie, seitdem sie Fiebus' Dienstmagd war.

„Dein Onkel – wieso ist er eigentlich nicht verheiratet?"

Joseph lachte, es klang ein wenig bitter. „Weil es nur zwei Dinge gibt, die er wirklich lieben kann: den Mammon und seine Arbeit. Nun gut, seine Mutter liebt er wohl auch. Aber sie dürfte nur ein weiterer Grund für ihn sein, nicht zu heiraten. Eine Schwiegertochter hätte bei der alten Clara nichts zu bestellen."

„Vielleicht muss ein guter Arzt ja unverheiratet sein."

„So wie ein Priester, meinst du? Ja, vielleicht. Mein Onkel verbringt viel Zeit mit Studien, er nennt das Forschung. Seine Kinder würden ihn sicher nicht häufig zu Gesicht kriegen. Man kann über ihn denken, was man will, aber eines ist gewiss: Er ist ein heller Kopf."

„Erzählst du mir darüber? Von seinen Studien?"

Joseph wirkte verblüfft.

„Was hast du?", fragte ihn Martha.

„Interessiert dich das wirklich?"

„Warum denn nicht?"

„Du bist eine Frau. Ich kenne keine Frau, die sich für solcherlei Dinge interessiert."

„Nun kennst du eine."

Er hob die Brauen und lächelte. „Na schön. Die Studien meines Onkels. Hm! Nehmen wir als Beispiel deinen Vater."

„Oh je! Ich hoffe, du hast kein allzu schlechtes Bild von ihm."

„Kranke benehmen sich nicht immer vorbildlich. Dennoch ist er mir nicht unsympathisch."

„Er kann ein sturer Esel sein."

„Du musst dich nicht für deinen Vater entschuldigen, dafür gibt es keinen Grund." Er schwieg kurz. „Es gibt nicht wenige Menschen, die ein Kreuz mit ihrem Vater haben."

Martha musste sich eingestehen, dass es ihr schwer fallen würde, Joseph nicht wiederzusehen. Noch nie hatte sie ein männliches Wesen erlebt, das so einfühlsam war.

„Dein Vater", fuhr er fort, „nun, immer wieder erbrach er Blut, sodass er fast gestorben wäre. Mein Onkel indes gibt sich nicht damit zufrieden, die Blutung zum Stillstand zu bringen, er möchte die Ursache wissen. Und er sucht nach Mitteln, die Blutung künftig zu verhindern."

„Also forscht er."

„Und schreibt seine Erfahrungen nieder, sodass er jederzeit darauf zurückgreifen kann. Er behauptet, dass jemand, der Blut erbricht, zu viel Säure im Magen hat. Die Säure muss demnach ein Grund für die Blutung sein. Somit gilt es, den Säurefluss zu unterbinden."

Martha hatte es bereits geahnt, nun wusste sie genau, was Doktor Fiebus nachts in seinem Behandlungsraum trieb. „Hilfst du ihm, wenn er seine Arzneien herstellt?"

„Manchmal."

„Erzähl mir darüber. Bitte."

Offenbar hatte Joseph sich inzwischen an ihre Wissbegier gewöhnt, denn diesmal kommentierte er ihr Ersuchen nicht.

„Fenchel, Kümmel, Kamille – dies sind alles Dinge, die den Magen beruhigen. Malve und Eibisch hingegen hemmen den Säurefluss, ebenso Leinsamen. Weiterhin gibt es Kräuter, die das Blut fester machen und eine Blutung zum Stillstand bringen können."

„Welche sind das?"

„Gliederkraut zum Beispiel. Oder Labkraut. Steinklee. Lavendel. Herrje, du fragst wie mein Onkel. Nur nicht so streng."

„Verzeih mir, ich wollte dich nicht –"

„Schon gut. Ich könnte mir niemanden vorstellen, von dem ich mich lieber befragen ließe."

Martha wurde warm ums Herz. Wieder stellte sie sich die Frage, ob sie in Joseph verliebt war. Genau das hatte sie eigentlich vermeiden wollen, aber was konnte sie schon dagegen tun? Joseph schien nichts von ihrem Dilemma zu bemerken, denn nach einer Weile fuhr er sachlich fort: „Unermüdlich sucht mein Onkel nach der richtigen Arznei für jede Krankheit, die er behandelt. Er experimentiert, er mischt, und manchmal probiert er es sogar an sich selbst aus. Er verachtet die Kollegen, die sich ausschließlich an die alten Lehren der Griechen und Römer halten."

„Ein selbstloser Mensch, wie man denken sollte."

„Selbstlos?" Joseph zog die Stirn kraus. „Du weißt, dass er ausschließlich Reiche behandelt. Oft frage ich mich, ob er überhaupt den Menschen sieht, den er vor sich hat. Ich glaube, es giert ihn nach Ruhm."

„Und wie steht's mit dir? Giert es dich auch nach Ruhm?"

Joseph wirkte verwirrt. „Wie meinst du das?"

„Deine Familie will doch, dass auch du einmal Arzt wirst."

Er lächelte freudlos. „Das stimmt. Sie wollen, dass ich mir bei meinem Onkel ein gehöriges Grundwissen aneigne, bevor sie mich zum Medizinstudium nach Köln schicken."

„Du freilich möchtest das nicht."
„Bin ich so leicht zu durchschauen?"
„Keineswegs. Aber manchmal kann auch ich eins und eins zusammenzählen. Du würdest viel lieber malen, stimmt's?"
Beinahe gewann Martha den Eindruck, dass er sie am liebsten in den Arm genommen hätte. Stattdessen aber schmunzelte er sie nur vielsagend an. Unterdessen waren sie am Waldrand angelangt. Ihr Weg hatte sie leicht hügelan geführt, deshalb beeilten sie sich, in den wohltuenden Schatten der Bäume zu gelangen, um dort eine Weile zu verschnaufen. Aus allen Richtungen war munterer Vogelgesang zu vernehmen. Hinter ihnen lag die alte Reichsstadt Aachen, umgeben von einer langen Mauer. Von Weitem wirkten die Kirchen und Häuser klein wie die Spielzeuge eines Riesenkindes. Und über allem ein blauer, wolkenloser Himmel.
Joseph nahm sie behutsam am Ellenbogen. „Komm, dieser Trampelpfad führt uns zu einer hellen Lichtung", erklärte er.
Die Berührung währte nur kurz. Martha empfand sie als äußerst angenehm. An der Lichtung angelangt, äußerte Joseph sich zufrieden über die Lichtverhältnisse. „Das ist doch etwas anderes als eine finstere Dachkammer", frohlockte er.
„Und was geschieht nun?", fragte Martha neugierig.
Urplötzlich kehrte Josephs Schüchternheit zurück. Als habe er ihre angeregte und unbefangene Unterhaltung von vorhin wieder vergessen.
„Nun ja, jetzt könnte ich dich zeichnen."
„Deshalb sind wir schließlich hergekommen, oder? Ich bin dein Modell, Joseph. Wie willst du mich zeichnen? Und wo soll ich stehen?"
Er kratzte sich das Kinn, bevor er das mitgeführte Bündel von seinem Rücken nahm.

„Hättest du Lust, als Göttin der Jagd für mich zu posieren, Martha? Als Artemis?"

„Als was immer du möchtest."

„Bist du sicher?"

„Du machst es wirklich sehr spannend. Ja, ich posiere für dich als Artemis."

„Und würdest du ...", zögerlich holte er ein hellblaues Knäuel Stoff aus seinem Bündel, „Würdest du das für mich anziehen?"

Das Blau erwies sich als ein Kleid aus dünnem Stoff, es würde ihr kaum bis zu den Knien reichen. Ihre Schultern, Arme, Knie – alles würde dem Blick des Betrachters preisgegeben sein. Ein brauner Strick sollte als Gürtel dienen. Für einen Moment lang verschlug es Martha die Sprache.

„Ich bin dir keinesfalls böse, wenn du Nein sagst", versicherte Joseph ihr hastig.

Martha fasste sich wieder. „Wenn's nötig ist, dieses Kleid zu tragen, dann werd' ich's halt tun."

„Bist du sicher?"

„Diese Frage will ich nicht mehr hören. Wär' ich mir nicht sicher, Joseph, würd' ich's bleiben lassen."

„Gut."

Er wandte ihr den Rücken zu, damit sie sich in Ruhe umziehen konnte. Zunächst nahm sie ihre Haube ab, strich sich durch die herabwallenden Haare, um sie zu ordnen, steckte sie dann hoch. Darauf begann sie sich zu entkleiden. Ihr Herz pochte wie wild, denn noch nie hatte sie sich in der Gegenwart eines Mannes ihrer Kleider und Schuhe entledigt. Es stand außer Zweifel für sie, dass sie es niemals getan hätte, wäre dieser Mann nicht Joseph gewesen.

„Du kannst dich jetzt wieder umdrehen", sagte sie, nachdem sie die Träger über ihre Schultern gestreift hatte.

Joseph wurde rot wie ein Krebs, als er sie ansah. „Oh“, sagte er nur.

„Was, oh?“

„Du hättest dein Untergewand ruhig anlassen können. Ich meine ... alles Weitere könnte ich auch aus dem Kopf zeichnen.“

„Wozu dann ein Modell?“, fragte Martha, die sich nun recht albern vorkam. Und verärgert obendrein. „Trug Artemis vielleicht ein Untergewand unter ihrem Jagdrock?“

„Vermutlich nicht.“

„Na also.“

„Martha, verzeih mir. Ich wollte dich auf keinen Fall vor den Kopf stoßen. Ehrlich, ich freue mich, dass du mir die Arbeit erleichterst. Ich ... bin dir sehr dankbar.“

Sie glaubte ihm, und ihr Ärger verflog augenblicklich. „Dann lass uns jetzt an die Arbeit gehen.“

Er bückte sich, wühlte in seinem Bündel, holte einen selbstgeschnitzten, armlangen Bogen hervor, ebenso einen Köcher, in dem einige Stöcke steckten, die als Jagdpfeile fungierten. Das alles reichte er Martha. „Dort vorn, zwischen den beiden Stämmen, da möcht' ich dich haben.“

Während sie zu der bezeichneten Stelle ging, kramte er eifrig Holztafel und Kohlestift hervor. „Ja, genau dort!“, rief er ihr zu. „Und jetzt lass dich auf dein linkes Knie nieder ... das Gesicht geradeaus – so! Ich werde dich im Profil zeichnen, verstehst du?“

Sie nickte konzentriert.

„Da drüben siehst du einen Hirsch. Nimm einen Pfeil und leg mit dem Bogen auf ihn an. – Höher. Gut so!“

Bis auf wenige Schritte war er an sie herangetreten. Es folgten weitere Anweisungen, und Martha spürte, dass er sie am liebsten hier und dort berührt hätte, um sie in die richtige Körperhaltung zu bringen. Aber er traute sich nicht, nichts lag ihm offenbar ferner, als zudringlich zu erscheinen. Schließlich setzte er sich im Schneidersitz vor ihr hin, die Tafel auf seinen Knien, und begann zu zeichnen.

Die Zeit verstrich, ohne dass gesprochen wurde. Emsig und konzentriert ließ Joseph seinen Kohlestift über die Tafel wandern. Martha fand es etwas beirrend, dass sie ihm nicht in die Augen zu schauen vermochte. Was aber sah Joseph, wenn er wieder und wieder zu ihr herüberblickte?

Er sah einiges von ihrer Haut, so viel stand fest. Sogar ihr Oberschenkel war halb entblößt, denn Artemis' Jagdrock war nicht gerade ein züchtiges Frauenkleid. Was würde Matthes wohl dazu sagen, wenn er sie so sähe? Martha wagte kaum daran zu denken. Er würde toben, sich die letzten Haare raufen und ihr vorwerfen, jegliches Schamgefühl verloren zu haben. Und Martha stellte sich die Frage, ob er mit seiner Empörung nicht sogar recht hätte.

Aber was war so schlimm an dem, was sie hier tat? Sie gab sich niemandem hin, sie trieb keine Unzucht. Gegen Kunst hatte schließlich niemand etwas einzuwenden, und jeder Künstler brauchte Modelle, wenn er etwas Ansprechendes erschaffen wollte. Joseph besaß ihr Vertrauen, er behandelte sie mit viel Respekt.

Verdammt, ob er meine Brüste sehen kann?, ging es ihr durch den Kopf. Unter ihren Achseln war das Gewand weit geschnitten, andererseits warf es deshalb so viele Falten, dass man die Brüste wahrscheinlich nur erahnen konnte. Das beruhigte sie. Der Anblick ihrer Brüste sollte allein dem Mann vorbehalten bleiben, der eines Tages um ihre Hand anhielt, obgleich sie ernsthaft daran zweifelte, dass dieser ihr je über den Weg laufen würde.

Da sie ihre eigenen Gedanken zunehmend alberner fand, beschloss sie, das Schweigen zu brechen.

„Wer hat dir das Malen beigebracht?“

Aus den Augenwinkeln sah sie, dass Joseph aufblickte; beinahe erschrocken wirkte er. Vermutlich, weil er es nicht gewöhnt war, dass ihn jemand ansprach, während er zeichnete.

„Darf ein Modell nicht sprechen?“, fragte Martha schuldbewusst.

„Doch! Nein, ich meine ... üblich ist es wahrscheinlich nicht.“

„Stört's dich?“

„Nein. Aber wenn du möchtest, machen wir eine Pause.“

„Nicht nötig, mach nur weiter. Nun? Wer hat's dir beigebracht?“

Sie merkte, wie Joseph innehielt in seinem Tun. „Ein großer Maler aus Amsterdam, Jakob Backer“, antwortete er. Irgendwie klang er ergriffen, angehaucht von wundervollen Erinnerungen. Sie ermunterte ihn, mehr darüber zu erzählen.

„Wie kam es dazu?“

„Mehr als zehn Jahre ist es her. Mein Vater beauftragte Backer, ein Portrait meiner Mutter anzufertigen. Wir sind eigens dafür nach Amsterdam gereist und für einige Wochen dort geblieben. Ich durfte in Meister Backers Atelier; er hat mir vieles gezeigt. Es freute ihn, dass ein Knabe sich so inbrünstig für Malerei interessierte. Und er erkannte mein Talent. Meinem Vater riet er dringend, mich eines Tages zu ihm zu schicken – als sein Lehrling.“ Er seufzte und ließ seinen Kohlestift eine Schattierung vollenden.

Martha begann zu ahnen, was Josephs persönliche Tragödie war. „Aber dein Vater hat dich nie gehen lassen. Er wollte nicht, dass du Maler wirst.“

„Darüber hinaus ist Meister Backer vor einigen Jahren gestorben. Er hat mich einiges gelehrt, auch wenn ich noch klein und nicht lange bei ihm war. Vieles andere hab ich mir im Laufe der Zeit selbst beigebracht. Leider bin ich nie über Kohleskizzen hinausgekommen. Wovon sollte ich die teuren Farben und die Leinwand bezahlen? Dies aber", er tippte auf das Bildnis, an dem er arbeitete, „dies hier wird eines Tages in Öl erstrahlen. Das verspreche ich dir."

Er sprach mit solcher Leidenschaft, dass er es zweifellos ernst meinte. Wieder spürte Martha ihr Herz klopfen. Wenn er so etwas sagte, dann konnte sie ihm nicht gleichgültig sein, selbst wenn der Ehrgeiz des Künstlers aus ihm sprach.

„Was ist mit deinem anderen Bild?", fragte sie mehr aus Verlegenheit. „Die Apfelschale, der Krug und der Kerzenleuchter ..."

„Was soll damit sein? Ich hab's wegradiert."

„Wegradiert? Aber es war doch wunderschön."

„Alles, was ich zeichne, radiere ich irgendwann weg. Damit ich Platz für Neues habe." Er verstieg sich in ein Flüstern. „Nur dich, dich würde ich niemals wegradieren, Martha."

Sie war so perplex, dass sie keine Worte fand.

„Diese Tafel", verkündete er feierlich, „hat mir einst Jakob Backer geschenkt. Mir, einem ihm fremden Knaben, den er für talentiert hielt. Sie ist sehr wertvoll. Die großen Meister lassen solche Tafeln eigens aus Polen herbeischaffen. Sie ist aus Eichenholz, seine Herstellung ist sehr aufwendig und dauert Tage. Begreifst du nun, Martha, warum ich bislang nichts für die Ewigkeit schaffen konnte?"

Welche Ungerechtigkeit! Joseph hatte Talent, aber keine Förderer, von Gönnern ganz zu schweigen. Alles, was er zum Malen besaß, war Backers Holztafel und ein Kohlestift. Das erschien Martha beinahe so, als würde man einem Musikanten das Instrument wegnehmen. Sie dachte an Matthes und seine verhökerte Fidel. Eigentlich, so fand sie im Nachhinein, hätte ihr Ziehvater ein bisschen mehr Mitleid verdient gehabt. Was Joseph anging, hätte Martha sich am liebsten auf der Stelle erhoben, um ihn tröstend in den Arm zu nehmen. Ja, sie erwog diese Möglichkeit ernsthaft, nahm aber schließlich Abstand davon, als sie sich ihre Entblößtheit in Erinnerung rief.

Schweigend arbeitete Joseph weiter, und Martha hielt es für angebracht, keine weiteren Fragen zu stellen. Ohnehin wurden ihre Glieder zunehmend schwerer, deshalb war sie heilfroh, als Joseph sich nach einer Weile erhob. „Für heute reicht's. Was meinst du?"

„Bedeutet das, dass wir bald hierhin zurückkehren?"

Abermals errötete Joseph. „Verzeih mir, ich wollte nicht über dich verfügen."

„Ich würd's sehr gern für dich tun", entgegnete sie.

Er kehrte ihr den Rücken zu. „Wenn du dich umgezogen hast, können wir gehen."

Martha entledigte sich des Jagdrocks und stieg wieder in ihre eigene Kleidung. „Darf ich das Bild sehen?", fragte sie hiernach.

„Es ist noch nicht fertig."

„Bitte."

Mit der Tafel trat er zu ihr heran. Die kniende Jagdgöttin sah erhaben und bedrohlich zugleich aus; jetzt erst wurde Martha bewusst, wie grimmig die angelegte Waffe in den Händen einer schönen Frau wirkte.

„Warum ist sie so hübsch?", wunderte sich Martha. „Das bin nicht *ich*!"

„Sie ist nicht annähernd so hübsch wie du", widersprach Joseph. Unzufrieden betrachtete er sein eigenes

Werk. Schließlich packte er alles wieder in sein Bündel. „Gehen wir“, sagte er dann mit knotiger Stimme.

Am Waldrand angelangt, blieben sie stehen. Vor ihnen erstreckten sich die Äcker und Weiden, dahinter die Spielzeugstadt des Riesenkindes. Es war früher Nachmittag, bis zum Abend waren es noch einige Stunden. Wenn sie nun nach Aachen zurückkehrten, wäre es fürs Erste vorbei mit ihrer Zweisamkeit, ging es Martha durch den Kopf.

„Ich bin ziemlich gedankenlos“, sagte Joseph. „Bestimmt hast du Hunger.“

„Vorhin hab ich stundenlang auf Wild gewartet. Aber leider hatte ich kein Jagdglück.“

Sie lachten.

„Komm, Artemis, hier bleiben wir. Ich hab uns Würste, Brot und Bier eingepackt.“

Unter den hängenden Ästen eines Weidenbaums ließen sie sich nieder und aßen mit großem Appetit. Aus seinem Bündel holte Joseph eine tönerne Flasche hervor.

„Wirst du mir auch heute den gemeinsamen Trank verweigern?“

„Nein. Heute nicht.“

Nacheinander tranken sie von dem Dünnbier. Gesättigt streckte Martha sich schließlich mit einem wohligen Seufzer im Gras aus und verschränkte die Hände hinter ihrem Kopf. Joseph blieb sitzen und betrachtete unterdessen mit angezogenen Knien die Stadt, in der er lebte. Seine Stirn lag in Falten. Irgendwo schimpfte eine Amsel.

Martha fragte: „Warum Artemis?“

Er wandte ihr den Kopf zu. „Und warum nicht?“

„Du könntest die Jungfrau Maria zeichnen. Irgendeine Heilige. Warum ausgerechnet eine heidnische Göttin?“

Er dachte lange über ihre Frage nach. „Um solche Dinge zu zeichnen, muss man wohl fromm sein."

„Bist du das nicht?"

„Um mich hat Gott sich niemals gesorgt."

Martha richtete sich auf. „Aber wie kannst du so etwas nur sagen?"

Bekümmert hob er die Schultern. „Was hat er schon getan für mich?"

Sie zögerte kurz, griff nach seiner Hand. „Er hat uns zueinander geführt", flüsterte sie. Sie sahen sich an. Entsetzt über ihre eigenen Worte entzog sie ihm ihre Hand wieder.

„Was hast du?", fragte er besorgt.

„Es war das Törichste, was ich je in meinem Leben gesagt hab. Vergiss es einfach wieder, Joseph!"

„Nein!" Sanft fasste er sie an beiden Schultern. „Ich hoffe, es war das Ehrlichste, was du je gesagt hast."

Ihre Lippen zitterten. „Das wäre gut möglich."

Mit quälender Langsamkeit näherten sich ihre Gesichter, doch als ihre Lippen sich endlich fanden und die Zungen sich vereinten, war der Kuss geradezu gierig; sie sanken ins Gras vergaßen die Welt um sich herum.

Martha wünschte sich, dass dieser Augenblick nie enden möge, und hinterher hätte sie wahrhaftig nicht zu sagen vermocht, wie lange sie wohl eng umschlungen unter der Weide gelegen hatten. Jedenfalls war die Sonne ein gutes Stück westwärts gewandert, als sie – trunken vor Glück, aber erschöpft von ihren Liebkosungen – Hand in Hand nebeneinander lagen und den wolkenlosen Himmel anschauten.

Wie soll's nun weitergehen? Martha weigerte sich, diese Frage laut zu stellen. Warum diesen herrlichen Moment jäh zerstören? Joseph schien zu ahnen, was ihr durch den Kopf ging.

„Ich will, dass wir für immer zusammenbleiben", sagte er verträumt.

Sie schloss die Augen, sog seine Worte in sich auf, wissend, dass sie sich später einmal mit Wehmut an sie erinnern würde.

Der stets so ernste Joseph begann plötzlich albern zu kichern, worüber Martha sich wunderte.

„Was hast du denn?"

„Ich dachte gerade nur ..." Er schwieg und kicherte weiter.

„Los, erzähl's mir."

„Wusstest du, dass die Artemis auf den meisten Bildnissen eine Brust entblößt hat?"

„He, das könnte dir so passen." Sie knuffte ihn in die Hüfte, er knuffte zurück; dann beschlossen sie, sich wieder zu küssen, und abermals verflog die Zeit. Unweigerlich nahte die Stunde, wo ihr Stelldichein ein Ende finden musste.

Gemächlich machten sie sich am frühen Abend auf den Heimweg. Martha hakte sich bei ihm unter. Sie hatten es weiß Gott nicht eilig.

„Am Stadttor müssen wir uns trennen", sagte Martha. „Es wäre nicht gut, uns zusammen zu sehen."

„Von mir aus kann's jeder wissen."

Josephs Trotz bestätigte Martha in ihrer Glückseligkeit, aber es half nichts, sie mussten vernünftig bleiben. „Dein Onkel würde mich auf der Stelle vor die Tür setzen. Und dein Vater –" Sie brach ab, denn siedendheiß fiel ihr ein, dass sie ja noch eine Art Mission zu erfüllen hatte. Ein schlechtes Gewissen überkam sie, da sie den ganzen Tag über kaum an Matthes und den armen Karl gedacht hatte.

„Es gibt da etwas, worum ich dich bitten wollte, Joseph", erklärte sie, nachdem sie einmal tief durchgeatmet hatte.

„Ich wüsste nichts, was ich dir abschlagen könnte."

„Nun, den sturen Matthes kennst du ja schon. So wisse, dass ich auch noch einen Bruder hab. Eigentlich war Karlchen immer brav und friedfertig. Bis vor Kurzem. Leider sitzt er jetzt im Karzer."

Ausführlich erzählte sie ihm, was Karl sich hatte zuschulden kommen lassen.

„Dein Bruder war es, der den Maw verdroschen hat?" Joseph hob amüsiert eine Augenbraue.

„Das ist nicht lustig. Finden auch die Amtleute, denn sie machen keinerlei Anstalten, ihn wieder laufen zu lassen." Sie räusperte sich. „Ich weiß, du verstehst dich nicht mit deinem Vater. Aber vielleicht könntest du trotzdem mit ihm reden. Die vielen Tage im Kerker sind doch schon Strafe genug für meinen Bruder, oder? Er wird sich künftig zu benehmen wissen, dafür sorg' ich. Er ist doch noch ein halbes Kind."

Joseph nagte an seinen Lippen. Martha konnte sich vorstellen, wie wenig ihm die Aussicht schmeckte, seinen Vater um etwas bitten zu müssen. Dennoch nickte er, ohne zu hadern.

„Ich werd's versuchen. Das versprech' ich dir, mein Liebling."

Dankbar lehnte sie den Kopf an seine Schulter. Joseph streichelte sanft ihren Nacken. Dann hielt er inne, als sei ihm plötzlich ein furchtbarer Gedanke gekommen. „Sag mir nur eines!"

Mit einem Nicken ermunterte sie ihn weiterzusprechen.

„Der heutige Tag – hast du das alles bloß getan, damit ich dir diesen Gefallen erweise?"

Ein Messerstich ins Herz hätte kaum schmerzhafter sein können als diese Worte aus Josephs Mund. Heftig schüttelte sie den Kopf und nahm sein Gesicht in ihre Hände.

„Hör mir gut zu, Joseph, denn ich werd' mich nicht wiederholen: Nicht *deswegen* hab ich's getan, verstehst du mich? Wie kannst du das bloß von mir denken?"

Schuldbewusst senkte er den Blick.

„Ich hab's getan", fuhr sie leiser, aber mit unverminderter Entschlossenheit fort, „Weil ich dich so unendlich lieb habe."

Er griff sanft nach ihren Händen und küsste ihre Finger. „Ich glaub' dir", flüsterte er erleichtert. „Und ich liebe dich auch. Mehr als du dir vorstellen kannst!"

16

Montag, 1. Mai 1656

Nach dem Aufstehen fühlte sich Martha beschwingt; zum ersten Mal seit ihrer Anwesenheit im Hause Fiebus hatte Gierte sie nicht aus dem Schlaf rütteln müssen. Selbstredend hatte sie von Joseph geträumt, hatte in der Nacht ihr wundervolles Zusammensein noch einmal in allen Einzelheiten durchlebt. Ihr eigener Herzschlag hatte sie schließlich erwachen lassen. Selbst das Entzünden des Herdfeuers machte ihr an diesem Tag nichts aus, vermutlich, weil sie nicht im Geringsten darüber nachdachte, was sie tat und was sie sah.

Sie erledigte ihre morgendlichen Pflichten, immer hoffend, ihrem Geliebten zufällig über den Weg zu laufen – doch vergebens: Vorläufig geschah dies nicht.

Noch am Vorabend hatte sie sich selbst das Verbot auferlegt, keinen Gedanken an eine ungewisse Zukunft zu verschwenden. Früh genug würden die Grausamkeiten des Lebens sie wieder einholen. Matthes? Sollte er doch froh sein, dass ihm geholfen worden war, sonst wäre es längst um ihn geschehen. Warum hatte er es so eilig, die Stadt zu verlassen? Und Karl! Gewiss, es war alles andere als erfreulich, ein paar Tage in einem Karzer zu verbringen, aber sie würden ihn dort nicht ewig festhalten können. Selbst über den Mörder ihrer Familie dachte sie nicht länger nach. Der liebe Gott würde sich um die Angelegenheit kümmern. Es war bedauerlich genug, dass sie sich so lange an ihrem Hass verzehrt hatte, der Agnes und ihre Eltern ohnehin nicht wieder zum Leben erweckte.

Auch Gierte blieb ihre Glückseligkeit nicht verborgen. „Mädchen, was ist bloß in dich gefahren? Man sollte meinen, du bist verliebt, so selig schwebst du durchs Haus."

Da Martha, die in der Küche die kupfernen Töpfe polierte, ihr nicht antwortete, verengten sich Giertes Augen zu schmalen Schlitzen. „Es ist also wahr. Bei Christus und Seiner Mutter, ich ahne es schon. Gestern – den ganzen Tag wart ihr fort." Ihre Stimme wurde zu einem unheilschwangeren Flüstern. „Wenn du meinen Rat hören willst, beende es, bevor sie etwas merken. Und sag hinterher nicht, ich hätt' dich nicht gewarnt."

Aber selbst Giertes launische Mahnung vermochte Marthas Hochstimmung nicht zu trüben.

Später besuchte sie Matthes, der als Erstes von ihr wissen wollte, wo um alles in der Welt sie gestern nur geblieben sei. Der Neffe des Doktors habe versprochen, bei seinem Vater, dem Bürgermeister, wegen Karl vorzusprechen, lenkte Martha ihn ab. Was Matthes vorläufig halbwegs zufrieden stimmte. Und Martha verdrängte einmal mehr den Gedanken, dass Karls Freilassung wohl ihren baldigen Abschied aus Aachen bedeutete.

Um Karl selbst sorgte Martha sich weit mehr als um ihren Ziehvater. Karl wirkte zunehmend schweigsam, ja apathisch, nicht einmal der Besuch der Schwester erfreute ihn. Auch die Aussicht auf Freiheit stimmte ihn nicht froh; beinahe schien es Martha, als habe er sich seinem Schicksal ergeben. „Das Bürschchen weiß genau, was du für ihn tun könntest", erklärte Eber, als er Martha nach draußen führte.

„Bestimmt hat er guten Grund, mir nichts davon zu erzählen", entgegnete Martha kühl.

„Tja, wenn das so ist ..." Eber zog missmutig seinen Naseninhalt hoch. „Wirst es noch bereuen, glaub mir."

Erfreulicher verlief die Begegnung mit Michel, Peter Maws Lehrjungen. Am Büchel lief er ihr zufällig über den Weg. „Martha! Wie geht's deinem Bruder?", wollte der Junge wissen.

„Er vermisst das Tageslicht."

„Dann wird's ihn freuen zu hören, dass mein Meister keine Anklage gegen ihn erheben wird."

Das war eine gute Nachricht und würde vieles einfacher machen. „Bist du sicher?", fragte Martha hoffnungsvoll.

Der Junge grinste breit. „Hab's mit eigenen Ohren gehört, wie er mit seinem Beichtvater gesprochen hat. Vater Johannes riet ihm zur Vergebung."

„Du hast gelauscht, als dein Meister beichtete?"

„Aber gewiss doch. Er traut sich kaum noch aus dem Haus, deshalb kommt der Jesuit zu ihm. Da konnte ich der Versuchung leider nicht widerstehen. Das verstehst du doch, oder?"

Ein jesuitischer Beichtvater, der zum Fürsprecher ihres Bruders wurde – nicht alles war zu beanstanden bei den Katholischen, dachte Martha bei sich, als sie zum Haus des Arztes zurückkehrte.

Gierte empfing sie ungnädig. „Nun, alle Schwätzchen beendet? Dann kannst du dich ja jetzt endlich an die Arbeit machen. Auch heut kommen nämlich keine Wichtel, die für dich die Böden schrubben."

Veit Schaffkutsch und Fidelius erfuhren an diesem Tag, dass sich ihr Aufbruch nach Santiago um ein oder zwei Tage verzögern würde. Die Reisegruppe, der sie sich anzuschließen gedachten, war unvollständig, zwei flandrische Patrizier wurden noch erwartet, aber die seien schon auf dem Weg und träfen wohl bald in der Stadt ein, hieß es. Missmutig nahm Veit die Nachricht auf; in Aachen hielt ihn nichts mehr, es gierte ihn geradezu nach Sühne, erst recht nach der aufwühlenden Begegnung mit dem Mädchen.

„Lass uns den Tag außerhalb der Stadt verbringen“, sagte Veit zu seinem kleinen Gefährten. „Hier ist alles viel zu eng!“

„Niemanden sehen, niemanden hören, nicht wahr?“, fragte Fidelius mit zusammengekniffenen Augen.

Eine Stunde später hatten sie den Lousberg erklommen, jenen markanten Hügel nördlich der Stadt. Von hier aus offenbarte sich ein weiter Blick auf Aachen und die Umgebung. Eiben boten ihnen Schatten; für Veit war der Lousberg ein geeigneter Ort, der Welt zu entfliehen. Gedankenverloren lehnte er an einem Baumstamm und blickte auf die Stadt hinab, ohne sie wirklich zu sehen. Fidelius hockte neben ihm und schwieg gleichfalls. Das schätzte Veit an ihm; Fidelius wusste genau, wann seine Scherze angebracht waren und wann nicht. Dass das Stillschweigen des Kleinen diesmal andere Gründe hatte, wurde ihm allerdings bald klar.

„Neulich hab ich dich beobachtet“, verkündete Fidelius nach einer Weile. Dabei starrte er, wie sein großer Gefährte, ausdruckslos auf die Silhouette Aachens. „Ich sah dich, als du in der Stadt dem Mädchen begegnet bist.“

„Du hast mir nachspioniert wie ein eifersüchtiges Weib? Das ist kaum zu glauben.“ Veit schüttelte den Kopf, aber seine Gelassenheit war nur gespielt.

„Ich konnte verstehen, was ihr gesprochen habt.“

Veit schwieg.

„Im Krieg“, fuhr Fidelius fort, „ist keiner er selbst.“

„Ich bezahl’ dich nicht, damit du mich tröstest“, entgegnete Veit beißend. „Belustigen sollst du mich. Freilich darfst du heut ruhig den Mund halten.“

Fidelius zog ein Gesicht, als kränkten ihn diese Worte. „Freunde können sich austauschen. Manchmal hilft das, über eine schlimme Sache hinwegzukommen.“

„Pah! Was weißt du denn schon? Du bist doch nicht viel mehr als ein Knabe."

„Auch ich hab einen Menschen getötet."

„Du?" Veit musterte ihn zweifelnd. „Soll das einer deiner Späße sein?"

Fidelius schüttelte den Kopf. „Keineswegs."

„Wen hast du getötet?"

„Ein Mann wollte mir wehtun. Mit seinem eigenen Messer hab ich ihn erstochen."

„Was du nicht sagst. Dann sollte ich wohl immer aufpassen, dass ich dir niemals wehtue."

Fidelius griff nach seiner Hand. Verwundert über diese zärtliche Geste hob Veit die Brauen.

„Keine Sorge, mein Großer. Von mir hast du nichts zu befürchten."

Stumm lauschten sie fernem Glockengeläut. Noch lag die Reichsstadt stolz und wohlbehalten da, beschienen von einer gleißenden Sonne, und niemand ahnte, dass ihr Schicksal sich schon bald erfüllen sollte.

Der Abend war schon weit fortgeschritten, als Martha und Joseph sich doch noch begegneten – vor der Treppe, genau dort, wo auch ihre erste Begegnung stattgefunden hatte. Martha war müde vom Tagewerk – Gierte hatte sie hart herangenommen – aber der Anblick des Liebsten entschädigte sie für jegliche Erschöpfung. Josephs Augen glänzten nicht minder erfreut, und am liebsten wären sie sich inbrünstig in die Arme gefallen. Was aber, wie sie wussten, unvorsichtig gewesen wäre, denn der Feind lauerte überall.

„Artemis, mein Engel", raunte Joseph ihr zu. „Mein Onkel gab mir heute keinen Freigang. Aber gleich morgen werde ich zu meinem Vater gehen, um ihm die Sache mit deinem Bruder vorzutragen. Ich verspreche es dir."

„Danke." Das hat Zeit, dachte Martha bei sich, wenn auch mit schlechtem Gewissen. Ihr Verlangen, Joseph zu küssen, war mächtig. Joseph erging es offenbar nicht anders, denn plötzlich trat er an sie heran, nahm ihren Kopf zwischen seine Hände und küsste sie ungestüm auf den Mund. Martha schlang die Arme um ihn, aber im nächsten Augenblick lösten sie sich abrupt voneinander, denn von oben vernahmen sie Schritte. Noch bevor Frau Fiebus auf der Treppe erschien, schlich Joseph sich rasch davon.

„Mädchen!", rief Clara Fiebus und musterte Martha argwöhnisch. Ob sie etwas ahnte? Doch die Frage, die sie stellte, ließ nicht darauf schließen.

„Hast du Hector gesehen?"

„Nein, gnädige Frau." In der Tat, wenn sie genau darüber nachdachte, war der Kater ihr seit dem Morgen nicht mehr vor die Füße gehuscht.

„Merkwürdig", murmelte die Mutter des Arztes. „Zum Abend hin ist er noch immer heimgekehrt." Sie kehrte in das Wohnzimmer zurück.

Später, im Bett, sagte Martha zu Gierte: „Die Herrin sucht den Kater."

„Ein Segen wär's, wenn der schwarze Teufel nicht wiederkäme", knurrte die Magd. „Und jetzt schlaf!"

Bald schon erfüllte ihr dröhnendes Schnarchen die kleine Schlafkammer. Martha aber dachte an ihre Großmutter, die niemals müde geworden war, Lebensweisheiten, Anekdoten und Geschichten zum Besten zu geben. „Wenn Katzen nicht wieder heimkehren, dann geschieht etwas sehr Schlimmes!", hatte sie ihren atemlos lauschenden Enkeltöchtern damals mit erhobenem Finger erzählt.

17

Dienstag, 2. Mai 1656

Die Glocken der nahen Sankt-Adalberts-Kirche schlugen neun, als Doktor Fiebus' erste Patientin erschien, die Gattin des Bürgermeisters Balthasar Fiebus. Der Arzt ließ es sich nicht nehmen, die Schwägerin höchstselbst an der Tür zu empfangen. Martha, die im Flur Staub wischte, spitzte die Ohren.

Josephs Mutter klagte theatralisch über die Witterung, die ihr sehr zu schaffen mache. In der Sankt-Jakobs-Straße brenne überdies ein Haus, wusste sie zu berichten. „Als ob nicht schon genug Gluthitze über der Stadt läge."

„Ein Brand?" Des Doktors Stimme klang beunruhigt, aber seine Schwägerin winkte ab.

„Seid unbesorgt, die Löscharbeiten sind im vollen Gange. Au weh, da zwickt es mich schon wieder in der Magengrube. Ich glaube, Eure Diät bekommt mir nicht, werter Schwager."

„Und vermutlich glaubt Ihr des Weiteren, ein paar Törtchen könnten dem Abhilfe leisten."

Mit gespielter Beschämung kicherte sie in ihre Hand. „Wie gut Ihr mich doch kennt."

Fiebus bot ihr seinen Arm dar, um sie ins Behandlungszimmer zu geleiten. Sie hakte sich bei ihm unter. Wie Joseph sich schicke, wollte sie wissen. Er könne einmal ein guter Arzt werden, versicherte er ihr. Klug genug sei er jedenfalls, wenn auch mitunter etwas geistesabwesend.

„Das alte Lied", seufzte Josephs Mutter. Sie verschwanden im hinteren Trakt des Hauses. Der Dienstmagd hatte die Bürgermeistergattin keinerlei Beachtung geschenkt, ganz so, als sei sie nicht anwesend. Martha fragte sich, was wohl geschähe, wenn sie von der heimlichen Liebschaft ihres Sohnes wüsste.

Später, als sie draußen Wäsche aufhängte, fiel ihr die bedrohliche Rauchwolke auf, die weiter westlich in den wolkenlosen Himmel aufstieg. Offensichtlich war es dem Löschtrupp noch nicht gelungen, der Flammen Herr zu werden. Aufgeschreckt ging sie ins Haus zurück. Gierte, die just in diesem Augenblick vom Schuster kam, erzählte aufgeregt, was sie von den Leuten auf der Straße in Erfahrung gebracht hatte. Der Doktor, der seine Schwägerin nach erfolgter Behandlung und Beratung zur Tür geleitete, runzelte die Stirn. Auch Joseph war zugegen, um seine Mutter pflichtschuldig zu verabschieden.

„Die ganze Sankt-Jakobs-Straße steht in Flammen!" Gierte rang nach Luft, ihr Gesicht glich selbst einer roten Flamme.

„Übertreib mal nicht", meinte die Bürgermeistergattin mit einer wegwerfenden Geste. „Es ist doch nur ein Haus, das da brennt."

„Das Feuer hat sich ausgebreitet, gnädige Frau. Man sagt, dass auch in der Königstraße Häuser brennen."

Eine Weile herrschte bedrücktes Schweigen.

„Mein Gatte wird schon das Nötige veranlassen", sagte die Bügermeistergattin schließlich. „Manchmal brennt es eben, das geschieht heute nicht zum ersten und gewiss auch nicht zum letzten Mal."

„Dennoch solltet Ihr vorläufig hier bleiben, bis wir mehr wissen", empfahl ihr der Doktor.

Martha und Joseph wechselten immer wieder Blicke, was aber niemandem auffiel.

„Wenn es doch bloß regnen würde!", rief Gierte.

Die Bürgermeistergattin blieb unbeeindruckt von Giertes Ängstlichkeit. „Die Stadt hat den großen Krieg überstanden, da wird sie wohl auch noch ein kleines Feuer überstehen. Wasserbrunnen gibt es in Aachen schließlich mehr als genug."

Glocken begannen zu läuten – Sturmgeläut! Oben, an der Treppe, erschien die Mutter des Arztes.

„Warum läuten die Glocken?"

„In der Stadt brennt es, Mutter!", erwiderte Fiebus.

„Es brennt? Ach du lieber Himmel. Mein kleiner Hector! Ist er wieder da?"

Ihre Frage blieb unbeantwortet.

„Sie werden Männer zum Löschen brauchen", mutmaßte Joseph. „Ich will gehen und sehen, wie ich helfen kann."

„Nichts da, du bleibst bei deinem Onkel!", widersprach die Mutter. „Das fehlte noch, dass der Sohn des Ersten Bürgermeisters Wassereimer schleppen muss."

„Dem Feuer wird's egal sein, Mutter, selbst wenn der Kaiser käme, um es zu löschen."

„Seht Ihr nun, wie widerspenstig er ist, Schwager? Ich bitte Euch, sagt auch etwas dazu."

Ein wenig hilflos breitete Doktor Fiebus die Hände aus. „Sie werden das Feuer wohl auch ohne deine Hilfe löschen, Joseph. Ich brauche dich hier. Gleich kommt der ehrenwerte Herr Couven, dem müssen wir Schröpfkugeln ansetzen."

„Das kann nicht Euer Ernst sein, Onkel. Eine ganze Straße steht in Flammen, und ich soll Schröpfkugeln ansetzen?"

„Still!", schalt ihn die Mutter. „Ist das dein Dank, Junge? Heilige Mutter Maria, was haben wir bloß falsch gemacht?"

„Ist Hector wieder da?", fragte Clara Fiebus und erhielt abermals keine Antwort.

Martha eilte zur Wohnungstür.

„Wo willst du hin?", fragte Gierte.

„Ich muss nach meinem Vater sehen!" Die Sorge um Matthes und Karl nagte an ihr, auch wenn das Feuer ein paar Straßen weiter wütete.

„Das könnt' dir so passen. Du bleibst hier!"

Die Anweisung ignorierend, verließ Martha flugs das Haus. Draußen traf sie auf aufgeregte Menschen. Zum ersten Mal seit Tagen wehte ein warmer Wind durch die Gassen.

„Martha!"

Trotz des anhaltenden Sturmgeläuts vernahm sie den Ruf hinter sich. Joseph! Auch er hatte sich also über das ihm auferlegte Verbot einfach hinweggesetzt und war ihr gefolgt. Sie fielen sich in die Arme.

„Ich mach mir solche Sorgen, Joseph. Um Matthes! Und mein Bruder – was geschieht, wenn die Flammen das Grashaus erreichen? Er kann schließlich nicht fortlaufen."

„Wenn es stimmt, was Gierte sagt, dann bewegt das Feuer sich genau in die andere Richtung. Aber auf jeden Fall begleite ich dich."

„Danke, Liebster."

„Du bedankst dich für eine Selbstverständlichkeit? Wie könnte ich deiner würdig sein, wenn ich dich jetzt im Stich ließe, meine Artemis?"

„Die Sache ist nur die, Joseph ..."

Er hob fragend eine Braue.

„Ich ... ich fürchte mich vor dem Feuer!"

„Wer fürchtet sich nicht davor?"

Verzweifelt kaute sie an iher Unterlippe. „Matthes ist nicht mein richtiger Vater, Joseph. Mein Vater starb im Krieg. Ich sah zu, wie sie ihn in die Flammen warfen. Und meine Mutter, meine Schwester ..."

Er legte ihr einen Finger auf den Mund, wischte ihr die Träne ab, die über ihre Wange rollte.

„Alles wird gut, das verspreche ich dir!"

Hand in Hand liefen sie stadteinwärts; nun war es ihnen völlig gleich, dass man sie gemeinsam sah. Da das Hospital der Elisabethen noch ein gutes Stück vom Feuer entfernt war, erschien es Martha sinnvoll, zuerst nach dem Bruder zu schauen. Eine Marktfrau, auf die sie trafen, verkündete wortreich, das Feuer habe inzwischen den Templergraben erreicht und bewege sich auf das Ponttor zu. Das waren schlimme Nachrichten, bedeutete aber wenigstens, dass Grashaus und Hospital vorerst nicht in Gefahr zu sein schienen. Ein anderes Weib wusste zu berichten, dass das Feuer von der Bäckerstube des Peter Maw ausgegangen sei. Immer wieder liefen Männer an ihnen vorüber, die dem Ruf der Glocken folgten.

Am Grashaus angelangt, erblickten sie eine Schar aufgebrachter Kerle – Martha erkannte vor allem Handwerker, aber auch einige Kaufleute –, denen eine Handvoll lanzenbewehrter Wächter den Durchgang ins Innere des Hofes verweigerte.

„Was ist geschehen?“, fragte Joseph einen zahnlosen alten Mann, der sich, auf einen Stock gestützt, ein wenig abseits von alldem hielt.

„Sie woll'n den Jungen, der den Bäcker Maw verprügelt hat“, murmelte der Alte.

Martha erbleichte. „Warum?“

„Bevor man ihn ins Loch warf, hat er den Bäcker verflucht. Und die ganze Stadt dazu.“

„Was?“ Martha sah ihm beschwörend in die trüben Augen. „Aber das stimmt doch nicht, oder?“

Der Alte schüttelte müde den Kopf. „Woher soll ich das wissen? Ich war nicht dabei.“

Joseph zwängte sich durch die Menge, Martha hinter sich herführend. „Los, macht Platz, Leute.“

„Sachte, sachte. Wer zum Teufel ist der Kerl?“

Jemand erkannte ihn. „Bürgermeister Fiebus' Sohn.“

Zwar war diese Erkenntnis für die Männer kein Grund, ihm unverzüglich eine Gasse frei zu machen, andererseits traute sich auch niemand, ihm in den Hintern zu treten, wie sie es wohl gern getan hätten.

„Was ist hier los?", fragte Joseph, nachdem sie bis vorne durchgedrungen waren.

Eber, der feiste Kerkermeister, blinzelte verwirrt, als er sah, dass der Sohn des Bürgermeisters von jenem Mädchen begleitet wurde, nach dem ihm seit Tagen gelüstete.

„Wo hast du *die* denn aufgegabelt?"

„Ich hab dich was gefragt, Eber! Was ist hier los?"

Martha war erstaunt über Josephs Auftreten. Doch es gefiel ihr, dass er – ihr zuliebe – eine ungeahnte Autorität entwickelte.

Eber schnaufte. Mit seinem Stoppelkinn wies er auf Martha. „Warum fragst du nicht sie?"

„Weil ich *dich* frage. Antworte."

„Es gibt Leute, die haben gehört, wie ihr Bruder den Maw verflucht hat. Dass sein Haus abbrennen soll und die ganze Stadt dazu. Solche Dinge eben. Teufelswerk."

Martha schluckte. Joseph drückte ihre Hand.

„Meister Maws Haus ist zuerst abgebrannt!", schrie einer der Aufgebrachten. „Und jetzt brennt die Stadt! Der Junge ist ein Hexer! Der Gefährte der Kroiseti."

Joseph straffte sich, aber Martha sah ihm an, wie unbehaglich ihm zumute war.

„Verschwindet von hier, Männer! Geht und helft den Löschtrupps!"

Empörte Aufschreie waren die Antwort.

„Nicht bevor wir uns den Jungen vorgeknöpft haben!"

„Er soll den Fluch zurücknehmen. Dann wird auch das Feuer erlöschen!"

„Er hat das Unheil über die Stadt gerufen!"

Karl schwebte in höchster Lebensgefahr, so viel stand fest. Einige der Männer reckten drohend Knüppel und Schüreisen in die Höhe, bereit, dem vermeintlichen Urheber der Feuersbrunst den Schädel einzuschlagen. Die Wächter würden im Ernstfall wohl kaum gegen die wütende Meute kämpfen wollen, denn schon jetzt machten sie Anstalten, zurückzuweichen. Zudem mochten sie selbst davon überzeugt sein, dass Karl ein Hexer war. „Es ist nicht an euch, den Jungen zur Rechenschaft zu ziehen", versuchte es Joseph noch einmal, vergeblich.

„Was plusterst du dich auf, Fiebus? Mach dich vom Acker mit deinem Täubchen!"

„Mein Vater wird euch –"

„Dein Vater kann uns mal! Und der Herr Richter und jeder einzelne Ratsherr ebenfalls. Wir tun nur das, was sie eigentlich selbst erledigen sollten."

An ihrer Entschlossenheit war nicht zu rütteln. Vor Entsetzen verschlug es Martha die Sprache. Jeden Augenblick würden sie das Grashaus in Beschlag nehmen. Martha mochte nicht daran denken, was sie dem armen Karl antun würden. Joseph legte ihr beschützend einen Arm um die Schultern. Lieber Gott, betete sie im Stillen, bitte, lass ein Wunder geschehen!

Eber gab nach. „Na schön, lasst sie rein, Jungs!", wies er seine Männer an.

„Wartet!", schrie da eine helle Stimme.

An der Hand des jungen und besonders gut aussehenden Mannes erkannte Nora jenes Mädchen, dem Veit vor einigen Tagen begegnet war und das in seiner Vergangenheit offenbar eine so große Rolle spielte. Deren Wege sich hier in Aachen erneut kreuzten. Und sie, Nora, hatte das Schicksal offenbar nicht zufällig an

Veits Seite geführt. Zu dieser Erkenntnis glaubte sie nun gelangt zu sein, als sie hörte, worüber dort vorn, vor dem Torbogen des Gebäudes, laut palavert wurde.

Das Mädchen, diese Magd! Zunächst war Nora eifersüchtig auf sie gewesen. Grundlos, wie sich bald herausstellte. Das Mädchen hasste Veit, er musste ihr Schlimmes angetan haben. Womöglich etwas, das mit seinem Entschluss zu tun hatte, nach Santiago de Compostela zu pilgern. Was immer damals auch geschehen war, der Soldat Veit Schaffkutsch hatte dem Mädchen auf irgendeine Weise großes Leid zugefügt. Neues Leid drohte dem Mädchen just in diesem Augenblick zu widerfahren. Nachdem sich Nora einen Reim darauf gemacht hatte, was vor dem Torbogen verhandelt wurde, fasste sie sich ein Herz.

Von hinten wühlte sie sich durch die Menge, trat dabei immer wieder um sich, um rascher voranzukommen, und erntete, da man sie für einen vorwitzigen Knirps hielt, manchen Schlag auf den Hinterkopf. Doch endlich hatte sie sich nach vorn durchgekämpft.

„Na schön, lasst sie rein, Jungs!“, wies der Wortführer der Wächter seine Männer in diesem Moment an.

„Wartet!“, schrie Nora. Sie wünschte sich, ihre Stimme hätte ein wenig dunkler geklungen.

„Zur Seite, du Zwerg!“

„Der Pulverturm!“, rief sie, bevor man sie unsanft aus dem Weg räumen konnte. Hellhörig hielten die Aufgebrachten inne.

„Was ist mit dem Turm?“

„Er brennt lichterloh!“

„Dummes Zeug. Er befindet sich am anderen Ende der Stadt.“

„Schon mal was von Funkenflug gehört, Klugnase? Er brennt, und wenn man nichts dagegen unternimmt, fliegt er uns allen um die Ohren!“

Die Männer dachten offenbar an ihre Familien und ihre Behausungen, denn nach kurzer Beratung stoben sie auseinander, um zu retten, was noch zu retten war. Nora begegnete dem überraschten Blick des jungen Paares.

„Los, worauf wartet ihr?“, drängte sie die beiden. „Wenn sie merken, dass es bloß eine Finte ist, kommen sie zurück. Bis dahin solltet ihr euren Freund besser befreit haben.“

Sie nickten ihr dankbar zu, schickten sich an, ins Grashaus zu eilen, aber der Kerkermeister war noch zurückgeblieben, stellte sich ihnen breitbeinig in den Weg und fällte seine Lanze.

„Das könnt’ euch wohl so passen, he?“

„Lass uns durch, Eber!“, sagte Joseph grimmig.

„Deine schöne Begleiterin schuldet mir noch was, und sie weiß das. Alles hat schließlich seinen Preis.“

Nora schob sich zwischen ihn und die jungen Leute, trat unter die Lanze, wofür sie sich nicht einmal bücken musste, und packte sie gleich hinter der Spitze am Schaft.

„Gestatten!“ Sie machte einen Satz nach vorn und rammte Eber mit voller Wucht den Kopf ins Gemächt. Eber krümmte sich mit einem Aufschrei; dann sank er langsam auf die Knie. Er schnappte nach Luft, jegliche Farbe wich aus seinem Gesicht. Nora ergriff seine Lanze und sah Martha an.

„Wir Frauen müssen doch zusammenhalten, nicht wahr?“

Obgleich sichtlich verwirrt, erwiderte Martha ihr Lächeln. Nora bückte sich zu dem Wimmernden herab, löste mit geschicktem Griff den Schlüsselbund von seinem Gürtel.

„Beeilung, holt euren Freund. Keine Sorge, den Wüstling hier halte ich schon in Schach.“

Joseph fing die Schlüssel auf, die sie ihm zuwarf. Sie verschwanden ins Innere des alten Gebäudes, und Nora sah ihnen hinterher. Was ich nicht alles für dich tun würde, Veit!, dachte sie.

Karl hatte das Herannahen des Fiebers schon lange gespürt. Er war nicht unglücklich darüber. Das Fieber würde ihn in eine andere Welt entführen und das Loch, in dem er schmachtete, vergessen lassen. Möglich, dass er nie wieder erwachte, aber das war ihm einerlei. Sollte der Tod doch über ihn kommen, was hielt ihn noch in einer Welt, die ihm Maroy weggenommen hatte?

Die Sturmglocken hatte er noch wahrgenommen – irgendein Unheil widerfuhr der Stadt. Aber er hatte kein Mitleid mit ihr. Das Fieber kam und mit ihm ein wunderbarer Traum.

Er sitzt am Ufer eines breiten Flusses und angelt. Ein blühender Frühlingstag. Das friedliche Murmeln des Flusses. Und dann steht sie plötzlich hinter ihm.

„Beißen sie?"

Beinahe fällt ihm die Angelrute aus den Händen, so sehr überrascht ihn ihr Anblick. Sein Herz hüpft.

„Maroy!"

„Was ist?" Schmunzelnd hebt sie die Brauen.

„Ich dachte, du bist ..."

„Tot?"

Er nickt.

„Ach was. Ich bin lebendig wie die Fische, die du aus dem Wasser holen möchtest."

„Aber ... sie haben dich als Hexe angeklagt."

„Ah, ich erinnere mich." Sie lacht, als wäre alles nur ein Spaß gewesen. „Ja, sie haben mich angeklagt. Aber dann mussten sie mich freilassen."

„Freilassen? Ich hab selbst gesehen, wie sie dich zum Scheiterhaufen führten."

Sie streckt ihre Hände aus. Er ergreift sie.

„Nein, das hast du nur geträumt, Karl."

„Wirklich?"

„Du hattest Fieber. Es brachte dir wirre Träume."

„Dann ist es wirklich wahr? Du lebst? So oft schon hab ich von dir geträumt." Ob auch das hier bloß ein Traum ist? Er schiebt den Gedanken beiseite.

„Komm jetzt, Karl. Du bist mir einen Spaziergang schuldig. Ein Spaziergang am Fluss – erinnerst du dich? Du hast es mir versprochen!"

„Wie könnte ich das vergessen."

Hand in Hand flanieren sie am Ufer entlang.

„Ich möchte dich küssen", sagt sie nach einer Weile.

Sie bleiben stehen, Maroy nimmt sein Gesicht zwischen ihre Hände, und ihr Mund kommt näher. Aber dann versetzt sie ihm Ohrfeigen, wieder und immer wieder.

„Warum?", fragt er verdattert.

„Wach auf!", ruft sie, aber ihre Stimme ist weit weg.

„Wach auf!"

Er öffnete die Augen, sah aber nur Nebel. Sein Kopf dröhnte.

„Karlchen. Komm, wir müssen weg von hier!"

War das nicht die Stimme seiner Schwester?

„Er ist zu schwach", sagte eine männliche Stimme. „Ich werde ihn tragen."

Karl spürte, wie ihn jemand packte.

„Wir bringen dich jetzt hier raus, Karlchen." Ja, Marthas Stimme, ohne Zweifel. Warum hatte sie ihn geweckt? Er war doch im Schlaf so glücklich gewesen.

„Maroy", wisperte er, bevor er wieder hinüberdämmerte.

18

„Dein Vater war nicht länger zu halten, als wir von dem Brand erfuhren“, erklärte Schwester Dorothea. „Sofort machte er sich auf, um nach dir zu suchen.“

Martha seufzte erschöpft. „Das sieht ihm ähnlich.“ Endlich hatten sie Karl ins Hospital gebracht, und alle hätten wieder vereint sein können, wenn Matthes ein wenig Geduld bewiesen hätte. Möglicherweise musste man sich jetzt um ihn Sorgen machen.

Martha strich ihrem schlafenden Bruder über den Kopf. „Er wird schon auf sich aufpassen“, sagte Joseph tröstend.

„Dein Bruder wird eine Zeitlang viel Pflege brauchen“, meinte die junge Nonne mit sorgenvollem Blick auf den Schlafenden. Weitere Hilfsbedüftige wurden in den Saal geführt, einige von ihnen trugen versengte Kleidung, manche husteten sich die Lunge aus dem Leib. Augenblicklich eilten Pflegerinnen herbei, um sich um diese Menschen zu kümmern.

Martha schürzte grübelnd die Lippen. „Hier seid ihr vorläufig sicher“, sagte Joseph ihr. „Das Feuer zieht nordwärts; bestimmt werden sie es bald gelöscht haben. Ich muss dabei helfen, Liebste.“

Wie gern hätte sie ihn gebeten, zu bleiben, aber sie verstand sein Bedürfnis nach Taten. Seine Heimat stand in Flammen, Menschenleben waren in Gefahr.

„Versprich mir, dass du vorsichtig sein wirst. Ich warte auf dich.“

„Wie könnte ein Mann, der weiß, dass du auf ihn wartest, nicht vorsichtig sein?“

Sie küssten sich leidenschaftlich, doch eine unheildrohende Stimme riss sie aus ihrer Abschiedsstimmung.

„Die Bürgermeister lassen die Tore schließen!“ Ein Stadtknecht war es, der diese Worte in den Saal schrie. In seinem rußgeschwärzten Gesicht leuchteten weit aufgerissene Augen. Die Nachricht löste allgemeine Beunruhigung im Saal aus.

Joseph war entsetzt. „Die Tore schließen? Aber weshalb?“, fragte er den Mann.

„Sie glauben an Brandstiftung. Alle Bürger, die dazu fähig sind, sollen zu den Waffen, um die Übeltäter aufzuspüren. Treffen ist auf dem Katschhof.“

„Und wer löscht dann das Feuer?“

Der Stadtknecht hob die Schultern. „Nicht mein Befehl. Ich überbringe ihn nur.“ Eilig verließ er den Saal wieder, um die Order der Bürgermeister weiter durch die Stadt zu tragen.

„Verflucht, das darf doch nicht wahr sein“, sagte Joseph fassungslos. „Die Stadt brennt lichterloh, aber die Aachener sollen auf Räuberjagd gehen?“

„Was wirst du tun?“, fragte Martha mit neuer Herzensangst.

„Ich will versuchen, meinen Vater zur Vernunft zu bringen. Obwohl –“, er schüttelte mutlos den Kopf, „sein Sohn ist wahrscheinlich der letzte Mensch, auf den er hören würde.“

„Joseph ...“ Sie nahm seine Hand, aber sanft löste er sich von ihr.

„Schon gut, meine Artemis. Ich muss es versuchen. Wenn du willst, bete für mich.“

Martha hätte weinen mögen vor lauter Sorge, als der Geliebte aus dem Saal stürmte, doch neben ihr erwachte Karl aus seinem Fieberschlaf.

„Wo bin ich?“, stammelte er blinzelnd.

Kurz und knapp versuchte Martha, ihm einiges zu erklären. „Warum müssen manche Träume enden?“, fragte Karl, der ihr offenbar nicht zugehört hatte.

Sie küsste ihn auf die Wange.

„Lass mich ... lass mich bitte wieder schlafen, Martha. Lass mich ...“

Schwester Dorothea kam herbei und reichte Martha ein feuchtes Tuch. Damit wischte sie dem Bruder über die Stirn. Ringsumher wurde gekeucht und gehustet. Meister Berthold schritt durch die Reihen, um den Pflegerinnen Anweisungen zu geben. Er wirkte zerstreut und überfordert. Martha empfand aufrichtiges Mitleid mit dem alten Mann, der unlängst noch ihren Unmut erregt hatte.

Nach einer Weile betrat zu Marthas Überraschung Doktor Fiebus den Krankensaal. Zielstrebig trat er auf sie zu. In den Händen hielt er seine Arzttasche.

„Ich ahnte, dass ich dich hier finden würde. Wo ist mein Neffe?“

„Sein Vater hat die Bürger zu den Waffen gerufen.“

„Ja, ich weiß. Im Chaos regiert die Dummheit. Was ist mit *ihm*?“ Er deutete auf den schlafenden Karl.

„Mein Bruder! Er –“

„Bring ihn in mein Haus. Dort werde ich mich später um ihn kümmern. Niemand weiß, wie lange ihr hier noch sicher seid. Wo ist dein Vater?“

„Irgendwo in der Stadt. Er sucht mich. Ich hoffe nur –“

„Ja, das hoffe ich auch für ihn. In meinem Behandlungszimmer findest du *Aesculus hippocastanum*. Es steht ganz oben, links im Regal. Brühe einen Becher davon auf und lass es deinen Bruder langsam schlürfen.“

„Und Ihr? Was werdet Ihr tun?“

„Für einen Arzt gibt es hier im Augenblick Arbeit zur Genüge, findest du nicht?“

Ihre Mundwinkel hoben sich. „Ihr arbeitet um Gotteslohn?“

Er lächelte sie an; das hatte er noch nie getan. „Sei nicht so vorlaut, Mädchen. Und noch etwas!" Er rieb sich das Kinn. „Sollte das Feuer sich wider Erwarten bis zur Sankt-Adalberts-Straße ausbreiten, was Gott verhüten möge, wäre ich dir dankbar, wenn du meine Aufzeichnungen rettest."

So viel Vertrauen machte Martha beinahe sprachlos. Im Grunde hatte sie wenig getan, um es zu rechtfertigen. Ihr Dienst im Hause Fiebus war einem Zweckbündnis geschuldet.

„Gewiss, diesen Gefallen will ich Euch gern erweisen, Herr Doktor."

„Du findest die Blätter in der Schublade meines Schreibpultes."

Sie nickte.

„Und ... lass dich nicht von meiner Frau Mutter drangsalieren, hörst du?" Fehlte nur noch, dass der sonst so ernste Mann ihr zuzwinkerte. Stattdessen sah er sich nach allen Seiten um und ging dorthin, wo er glaubte, am nötigsten gebraucht zu werden.

Martha überlegte. Es gab einen weiteren Grund, auf das Angebot des Arztes einzugehen. Falls jemand nach dem entflohenen Gefangenen suchte, um ihn für sein vermeintlich gotteslästerliches Tun zu bestrafen – und das war nach den Geschehnissen vor dem Grashaus keineswegs abwegig –, so war er im Haus eines angesehenen Arztes besser aufgehoben als hier.

„Karlchen!"

Sie rüttelte ihn.

„Was?", fragte er heiser.

„Kannst du gehen?"

„Ich will schlafen ..."

„Ja, das kannst du. Aber zuerst müssen wir fort von hier. Ich bring dich dorthin, wo du Ruhe hast."

„Lass mich."

„Du willst doch nicht ins Loch zurück, oder?“

„Ist mir einerlei.“

Es bedurfte noch manch guten Wortes, um ihn schließlich zum Aufstehen zu bewegen. Aber er war äußerst schwach auf den Beinen.

„Halt dich an mir fest“, beschwor ihn Martha.

„Warum wollt ihr fort?“, fragte Schwester Dorothea stirnrunzelnd, als sie die Geschwister gehen sah.

„Wir haben gute Gründe, Schwester. Ich bin Euch von Herzen dankbar für alles, was Ihr für uns getan habt.“

Die Nonne begegnete skeptisch ihrem beschwörenden Blick, dann aber nickte sie knapp und formte zuerst Martha, dann Karl ein Kreuzzeichen auf die Stirn. „Mute deinem Bruder nicht zu viel zu, er ist völlig ausgezehrt. Der Herrgott beschütze euch!“

Draußen lag der Brandgeruch beängstigend in der Luft. Schwarze Flocken wirbelten umher, gleich aufgescheuchter Nachtfalter. In der Ferne, hinter den Mauern des Münsters, sah Martha rote Feuersäulen in den Himmel aufsteigen. Das Tosen der Flammen war selbst bis hierhin zu vernehmen. Martha lief es heiß über den Rücken. Sie rief sich Josephs Worte in Erinnerung. *Alles wird gut, das verspreche ich!*, hatte er zu ihr gesagt. Sie war bereit, daran zu glauben, anstatt sich ihren Urängsten hinzugeben.

„Jesus, was ist hier los?“ Der fiebernde Karl, den Martha unter Aufbietung all ihrer Kräfte stützte, begann nur zögerlich zu begreifen, was in der Stadt vor sich ging.

„Ich bringe dich dorthin, wo du sicher bist“, versuchte sie ihn zu beruhigen.

Beladene Karren, voll mit Möbeln und Hausrat, rumpelten an ihnen vorüber. Viele Menschen glaubten offenbar nicht mehr daran, dass man der Flammen noch Herr werden könne, zumal die Bürgermeister der Suche nach den Urhebern größere Dringlichkeit beimaßen als der Brandbekämpfung. An der Ecke zur Sankt-Peters-Straße standen ein paar ratlose Männer, die Messer und Knüppel trugen, einer hielt sogar eine Muskete in den Händen. Ein Mütterchen beschimpfte sie inbrünstig.

„Dummköpfe, wenn's tatsächlich Brandstifter waren, so sind die längst über alle Berge!", blaffte sie die Kerle an, als wären es Lausbuben.

„Aber die Bürgermeister –"

„Sind Esel! Lauft und löscht, sonst ist's um unsre Stadt bald geschehen."

Die Männer berieten sich kurz und kamen in Anbetracht der breiter werdenden Flammenwand über den Dächern im Westen überein, dass das Mütterchen recht hatte. Die Knüppel flogen beiseite, und die Männer rannten stadteinwärts.

Ein umgestürzter Karren in der Sankt-Adalberts-Straße brachte die Karawane der aus der Stadt strebenden Karren zum Stehen; fluchende, sich gegenseitig beschimpfende Leute versuchten hastig, die Gasse wieder freizuräumen. Martha zwängte sich mit Karl durch die Menschen; ihr Bruder war nun endgültig am Ende seiner Kräfte.

An Doktor Fiebus' Haus angelangt, stand Gierte vor der Tür, um sich ein Bild über die Situation zu verschaffen. Die Magd wirkte gefasst, zu weit war das Feuer noch entfernt. „Wen schleppst du denn da mit?", fragte sie naserümpfend.

„Das ist mein Bruder. Er ist krank. Der gnädige Herr hat's mir gestattet, ihn hierher zu bringen."

Gierte trat zur Seite, damit Martha den Bruder hineinführen konnte. „Bei allen Heiligen, der stinkt ja ärger als eine Schweineherde."

Martha verbiss sich eine zornige Erwiderung. Bald darauf hatte sie Karl ins Behandlungszimmer geführt, wo er sich ächzend auf die Behandlungsbank sinken ließ.

„Ich will sterben“, flüsterte er kaum hörbar.

„Nichts davon. Du sollst leben, Brüderchen. Auch ich hab einst Schlimmes gesehen und durchgemacht – und leb’ noch. So, und jetzt bereite ich dir eine Brühe nach den Anweisungen des Herrn Doktor.“ Sie holte das Tongefäß mit dem *Aesculus hippocastanum* vom Regal und ging damit zur Küche. Auf dem Weg dorthin kam ihr Clara Fiebus entgegen.

„Was hast du da in der Hand?“, krächzte sie. „Stell das sofort wieder weg, das gehört dir nicht. Und schaff auf der Stelle diesen Galgenvogel, den du mitgebracht hast, wieder raus!“

Martha biss sich auf die Lippen, um nicht ausfallend zu werden. „Euer Sohn gab mir Anweisungen, gnädige Frau. Ich führe sie nur aus. Wenn Ihr mir nicht glaubt, könnt Ihr ihn ja später selbst fragen!“

„Worauf du dich verlassen kannst. Deine Tage in diesem Haus sind gezählt.“

„Oh ja, das sind sie.“ Sie ließ die Alte einfach stehen und begab sich zur Küche.

Später, als sie Karl mit der Medizin versorgt hatte, ging ihr auf, dass es schon weit nach Mittag sein musste. Karl schlief jetzt tief und ruhig. Draußen setzte neues Sturmgeläut ein. Nachdem der Bruder jetzt in Sicherheit war, kehrten ihre Gedanken in die Innenstadt zurück. Joseph – wo mochte er in diesem Augenblick sein? Ging es ihm gut? Sie hätte alles gegeben, es zu erfahren. Und Matthes! Warum hatte der Sturkopf nicht einfach auf sie gewartet? Ob er sich wenigstens irgendwo in Sicherheit gebracht hatte? Und all die anderen Menschen, die auf eine helfende Hand angewiesen waren! Es gab so vieles, was sie tun konnte, um sich in der Katastrophe nützlich zu machen. Den Bruder hatte sie vorläufig bestens versorgt, sie durfte nicht länger untätig hier herumsitzen. Gierte fing sie ab, als sie aus dem Haus gehen wollte.

„Wohin willst du denn jetzt schon wieder? Meinst du nicht auch, dass du dich für heut schon genug vor der Arbeit gedrückt hast?“

„Gierte! Die Stadt steht in Flammen, hast du das noch nicht bemerkt?“

„Was du nicht sagst. Und was gedenkst *du* dagegen zu unternehmen? Willst du gehen, um das Feuer auszupusten? Sei nicht albern, du kannst nichts tun. Bleib hier und hilf mir beim Kochen. Sie werden's auch ohne deine Hilfe löschen.“

Martha musterte die Ältere mit kühlem Befremden. „Was führst du nur für ein erbärmliches Leben, Gierte.“

Giertes Augen funkelten wütend. „Ha! Das also ist dein Dank, wie?“

Martha achtete nicht weiter auf sie und eilte hinaus.

Der Strom der Flüchtlinge war größer geworden. Da das Adalbertstor offen stand, war der Befehl der beiden Bürgermeister offensichtlich aufgehoben worden. Martha fragte sich, ob Joseph zu ihrer Einsicht beigetragen haben mochte, oder ob ihnen das Fatale ihrer Anordnung schließlich selbst bewusst geworden war. Vielleicht war das Tor aber auch gegen jeden Befehl geöffnet worden, wer wusste das schon so genau? Trotz des geöffneten Tores kam der Treck aus Karren, Tieren und Menschen nur schleppend voran. Martha blickte nach Westen und gewann den Eindruck, dass das Flammenmeer sich weiter ausgebreitet hatte. Angst stieg in ihr hoch, und wieder dachte sie an Josephs Versprechen. Tief durchatmend marschierte sie los, was angesichts der verstopften Straße mühsam genug war.

„Du läufst in die falsche Richtung, Mädchen“, rief eine entnervte Frauenstimme ihr nach. „Aus der Stadt raus geht's andersrum!“

Zu der Hitze des Tages gesellte sich die des Feuers. Eine gigantische Dunstglocke lag über der Stadt. Plötzlich ging ein Aufschrei durch die flüchtende Menge. Die Leute deuteten entsetzt zum Himmel, wo Feuerbälle gleich fallender Sterne über sie hinwegschwebten.

„Der Lütticher Wind!“, erscholl es, was auf der Stelle panisches Gedränge auslöste. Unweigerlich würde der Wind das Feuer in den Osten der Stadt treiben.

Martha kämpfte gegen den Impuls an, unverzüglich kehrt zu machen, dem nahenden Feuer den Rücken zu kehren. Mühsam bahnte sie sich ihren Weg. Als sie das Spital der Elisabethen erreichte, stellte sie erschrocken fest, dass eins der benachbarten Häuser brannte, Flammen züngelten aus dem Dachstuhl. Schwarzer, schwerer Rauch zog durch die Gasse, und Männer mit verbissenen Mienen bildeten eine Kette bis zum nächsten Brunnen, um den Brand zu löschen. Doch es erschien Martha wie ein Kampf gegen einen übermächtigen Feind – was konnten ein paar mit Wasser gefüllte Eimer schon gegen ihn ausrichten?

Im Krankensaal war man rastlos damit beschäftigt, die Bettlägrigen zu evakuieren. Nonnen, Pflegerinnen und andere Helfer legten sie auf Tragen und brachten sie nach draußen, wo schon ein Karren bereitstand. Dem davor gespannten Gaul hatte man mit einem Tuch die Augen verhangen, da das Chaos ihn sichtlich beunruhigte. Auch Doktor Fiebus war noch zugegen; verwundert runzelte er die Stirn, als Martha an ihn herantrat.

„Du wieder hier? Das ist keine gute Idee, Martha. Das Feuer wird nun doch unweigerlich bis hierhin kommen. Auch der Norden steht in Flammen, heißt es. Was ist mit deinem Bruder?"

„Es geht ihm gut, Herr Doktor. Bitte, lasst mich hier helfen."

Etwas beschäftigte ihn. „Meine Aufzeichnungen – hast du sie ...?"

„Nein. Sie liegen immer noch dort, wo Ihr gesagt habt."

„Hm!" Er kratzte sich das Kinn.

„Glaubt Ihr etwa, dass das Feuer sich bis zur Sankt-Adalberts-Straße ausbreiten könnte?" Noch während sie sprach, begriff sie, wie naiv ihre Frage war. War sie nicht längst Zeugin einer Katastrophe, die zunehmend größeres Ausmaß annahm?

„Hoffen wir auf ein Wunder", entgegnete der Arzt leise. „Nun denn, wenn du schon einmal hier bist – hilf mir, dieses gebrechliche Mütterchen dort zum Wagen zu tragen."

Das Mütterchen war schwer wie ein Sack voller Steine und wimmerte vor Schmerz, als sie sie anfassten; erst als Schwester Dorothea hinzueilte und beim Tragen half, schafften sie es bis zum Wagen mit der Kranken.

Die Nonne fragte Martha verblüfft: „Was treibt dich zurück in die brennende Stadt?"

Martha strich sich das schweißverklebte Haar aus dem Gesicht. „Vielleicht mein brennendes Herz!"

Sie half, weitere Kranke aus dem Saal zu tragen, bis schließlich alle Betten leer waren. Jegliches Zeitgefühl kam Martha abhanden. Draußen brannten unterdessen weitere Gebäude, auch der Kirchturm hinter dem Hospital hatte Feuer gefangen. Die Luft bestand nur noch aus beißendem Rauch, doch die Löschmannschaft setzte mit tapferer Verzweiflung ihre Sisyphosarbeit fort. Doktor Fiebus koordinierte den Abtransport der Kranken; ein Büttel nahm seine Anweisungen nickend entgegen.

„Deine Hilfe war willkommen“, wandte sich Fiebus zu guter Letzt noch einmal an Martha, „aber jetzt musst du dich in Sicherheit bringen.“ Er atmete schwer. Martha bewunderte ihn für seine Selbstlosigkeit, die sie ihm noch vor wenigen Stunden nicht zugetraut hätte. Manchmal waren Katastrophen nötig, um das Beste aus einem Menschen herauszuholen.

Sie sah sich um. Auch die Elisabethschwestern begannen nun, ihr Heil in der Flucht zu suchen. Eine von ihnen trug das große Kruzifix aus dem Krankensaal vor sich hin. Schwester Dorothea gab Martha einen Wink, sich ihnen anzuschließen. Dann schob sich eine rabenschwarze Rauchwolke zwischen sie.

Irgendwo in der Nähe regneten Schindeln von den Dächern, Fensterglas zerbarst. Die Männer des Löschtrupps beendeten ihr aussichtsloses Tun und suchten gleichfalls das Weite. Martha stand wie gelähmt da. Eine Kutsche rauschte vorüber, gezogen von zwei Grauschimmeln, in deren panisch verdrehten Augen man nur das Weiße sah. Berserkerhaft schwang ein Kutscher seine Peitsche.

Ein weiteres Mal verdrängte Martha ihre Furcht.

Sie musste Matthes und Joseph finden.

19

Am Büchel, vor dem Königsbad, hockte ein etwa vierjähriges, in Lumpen gehülltes Mädchen. Niemand, der sich um sie kümmerte. Sie war mutterseelenallein, hielt zitternd vor Angst ihre Knie umschlungen. Schreiende Menschen liefen an dem verwahrlosten Kind vorüber, von Haus zu Haus sprang die Flamme, und die herannahende Feuerwalze war laut wie Kanonendonner.

Veit Schaffkutsch stand nur wenige Schritte von dem Mädchen entfernt und sah es an, ohne es wirklich wahrzunehmen. In seinen Händen hielt er eine Schatulle aus Ebenholz.

Er weilte in der Vergangenheit.

„Zündet das Haus an“, befiehlt Jan Zeys seinen Männern. – „Nein!“, schreit die Bäuerin, aber Zeys bliebt von ihrer Verzweiflung unbeeindruckt. „Wenn du uns sagst, wo das Geld begraben liegt, holen wir deinen Mann und deine Tochter aus dem Haus.“

Aus dem *brennenden* Haus!

Sie will zu ihren eingeschlossenen Liebsten rennen, aber man lässt sie nicht.

„Das Geld!“, beharrt Jan Zeys.

Der Bauer und seine kleine Tochter stürmen hustend nach draußen, sie haben sich von ihren Stricken befreien können. Jan Zeys flucht und schimpft.

„Husch husch in die Jammer-Kammer mit diesem Bauerntrottel!“, ruft er.

Veit fragt: „Und das Mädchen?“

„Das Kind kannst du noch retten“, sagt Jan Zeys zu der Bäuerin. Sie kann beteuern, was wie will, er schüttelt nur den Kopf. Und fällt schließlich zwei weitere Todesurteile.

„Veit, altes Narbengesicht, du übernimmst das diesmal!“

Und Veit wird plötzlich sonnenklar, was er zu tun hat. Gewiss, es ist gleichfalls eine Sünde. Doch diese Sünde wird ihn nicht mehr ein Leben lang verfolgen, es ist die kleinere, verzeihlichere. Er wird sie im Geiste begehen und in der Hoffnung, dass der Herrgott am Tag des Jüngsten Gerichts Milde mit ihm walten lässt.

Also zieht er sein Messer und stößt es Jan Zeys tief ins Herz!

Die Kleine schrie vor Angst. Er sah es an ihrem aufgerissenen Mund, denn hören konnte er sie nicht; das Tosen des Feuers übertönte alles. Er tastete nach den Perlen seines Rosenkranzes.

„Rette sie!“, sagte er, nicht zur Jungfrau, auch nicht zu Gott, sondern zu sich selbst. „Damals hast du sie nicht gerettet, aber jetzt kannst du es wieder gut machen.“

Der Gedanke beglückte ihn. Der Herrgott schickte ihm ein Kind auf den Weg. Er, Veit Schaffkutsch, war der Verdammnis noch nicht preisgegeben, auch wenn er vermutlich niemals nach Santiago pilgerte.

Just in dem Moment, als er an das Kind herantreten wollte, um es aufzunehmen, kam ihm jemand zuvor. Veit erstarrte in der Bewegung.

Ausgerechnet *sie*! War das Zufall? Oder ein höhnischer Scherz des Himmels?

Sie nahm das Kind auf ihren Arm und rannte davon. Flüchtete vor dem alles verschlingenden Inferno.

Veit wünschte, Fidelius wäre bei ihm. Aber am Morgen, als man in Aachen noch geglaubt hatte, alles werde glimpflich enden, hatten sie sich aus den Augen verloren. Er zog es in Erwägung, hier zu bleiben, sich einfach zu Boden sinken zu lassen, dort, wo eben noch das ängstliche Kind gehockt hatte. Nur noch wenige Augenblicke würde es dauern, bis die Hitze ihn versengte. In der Nähe stürzten Häuser in sich zusammen, vielleicht würden die Trümmer ihn unter sich begraben, noch bevor das Feuer ihn erreichte. Er hörte krepierende Granaten, die irgendwo, nicht allzu weit, gelagert waren.

Der Tod war ganz nah.

Aber war er wirklich schon bereit?

Und außerdem besaß er immer noch die Schatulle.

„Martha! Mein Mädchen! Hier! Hier bin ich!“

Augenblicklich erkannte sie Matthes' Stimme hinter sich. Sie drehte sich um. Endlich! Sie hatten sich gefunden. Ihr Ziehvater führte Kuki an einem Zügel hinter sich. Er hatte das Maultier vor den Karren mit dem Schleifgerät gespannt.

„Matthes! Gott sei Dank! Einen jungen Hund sucht man nicht so häufig wie dich.“

„Übertreib mal nicht. Wo ist Karl?“

„In Sicherheit.“

„Und wer ist sie?“ Er deutete auf das schluchzende Mädchen, das sie trug.

„Sie wird's uns bestimmt verraten, sobald sie sich ein wenig beruhigt hat. Hier, nimm du sie mal!“

Matthes mochte Kinder zu sehr, um dagegen zu protestieren.

Atem schöpfend sah Martha sich um. In diesem Teil der Stadt war das Chaos noch überschaubar, wenngleich der Himmel über ihren Köpfen eine glutrote Farbe angenommen hatte. Die Kapuzinermönche des gegenüberliegenden Klosters luden zügig, aber keineswegs kopflos ihre wenigen Habseligkeiten in bereitstehende Handkarren. Auch eine vergoldete Monstranz konnte Martha erkennen. Blieb den Gottesmännern zu wünschen, dass ihnen keine Räuber oder Plünderer über den Weg liefen.

Erschöpfte Männer mit rußschwarzen Gesichtern und angesengten Kleidern zogen vorüber, in ihren Händen leere Eimer: Sie hatten kapituliert im fruchtlosen Kampf gegen das übermächtige Feuer. Noch am Morgen, dachte Martha beklommen, hatten sie ahnungslos in ihren Werkstuben oder Läden gestanden; nun ging ihre Welt unaufhaltsam in Flammen auf. Mehr als die Hälfte der Stadt sei bereits verbrannt, teilte jemand den Kapuzinern mit. Um die andere Hälfte sei es bald gleichfalls geschehen. Ein junger Mönch schlug eifrig vor, man solle doch eine Bresche in die Häuserreihen schlagen, um das Feuer auf diese Weise an seiner Ausbreitung zu hindern. Zwecklos, widersprachen die Männer, der Wind, der sich überdies nun ständig drehe, trage die Funken in alle Richtungen; davon abgesehen sei es zu spät für eine solche Maßnahme. Allein ein Wunder könne die Stadt noch retten.

Doch an ein solches Wunder glaubte niemand.

„Karl ist in Sicherheit? Gott sei's gelobt! Aber wo ist er? Und worauf warten wir eigentlich noch? Lass uns von hier verschwinden! Gott straft das Nest der Papisten, was haben wir damit zu schaffen?“ Matthes fand zu gewohnter Ungeduld zurück. Auch Kuki war rastlos und nervös, stapfte unaufhörlich mit den Hufen.

Es war Michel, der Bäckersjunge, der Martha in diesem Augenblick von hinten an die Schulter fasste.

„Nimmst du wohl deine Pfoten von ihr, du Strolch!“, rief Matthes mit erhobener Faust.

„Schon gut, Matthes. Das ist Michel. Ich kenne ihn.“

„Was für ein Glück“, sagte Michel völlig atemlos. „Zufällig weiß ich nämlich, dass jemand sehnsüchtig nach dir sucht, Martha.“

„Wer?“, fragte sie und erhielt die erhoffte Antwort.

„Bürgermeister Fiebus' Sohn!“

„Wo ist er?“

„Zum Haus seines Onkels gerannt. Glaubt, du wärest dort.“ Allmählich kam Michel wieder zu Atem.

„Danke, Michel, danke.“ Blieb zu hoffen, dass Joseph dort auf sie warten würde.

„Der Sohn des Bürgermeisters?“, brummte Matthes. „Etwa Doktor Fiebus' junger Begleiter, Joseph? Ha, hab ich's doch gleich gewusst, dass du und er –“

„Als ob das jetzt von Belang wäre“, unterbrach ihn Martha barsch, aber nicht ohne Verlegenheit. „Michel, stimmt's eigentlich, dass der Brand in der Bäckerei deines Meisters ausgebrochen ist?“

Der Junge verstieg sich in ein verstohlenes Flüstern. „Seitdem dein Bruder ihn verdroschen hat, sieht der Alte nicht mehr besonders gut. Ich glaube, er hat auf dem Speicher Holzkohlen ausgeschüttet, die noch nicht erloschen waren.“

Martha stieß einen tiefen Seufzer aus, doch für weiteres Geplauder blieb ihnen keine Zeit. Michel machte sich wieder auf den Weg, rang Martha aber zuvor noch das Versprechen ab, ihren Bruder, seinen persönlichen Heros, ganz herzlich von ihm zu grüßen.

„Alsdann, Matthes! Wir machen jetzt Folgendes: Ich hole Karl, während du augenblicklich mit dem Kind durch die nächstgelegene Pforte die Stadt verlässt.“

„Ist es immer noch so, dass *du* das Sagen hast?“

„Bisher hat's dir nicht geschadet, oder? Wir treffen uns dann da draußen auf den Feldern.“

„Und warum kann ich nicht mit dir gehen?“

„Siehst du denn nicht, dass das Kind völlig verstört ist? Schaff es hier raus, mach schon!“

„Na schön, wie die hohe Frau wünscht. Aber beeilt euch gefälligst, hast du mich verstanden? Ich will nicht schon wieder um dich und Karl bangen müssen, verdammt und zugenäht!"

Er setzte das kleine Mädchen auf Kukis Rücken und wischte ihr eine Träne aus den rot verheulten Augen. „Hab keine Angst, mein Kind. Der gute Onkel Matthes bringt dich jetzt in Sicherheit. Sag mal, wie heißt du eigentlich?"

„Agnes", schniefte die Kleine.

Joseph, der Martha im Haus nicht angetroffen hatte, stand vor der Tür und hielt sorgenvoll Ausschau nach ihr. Von Weitem winkte Martha ihm zu, und als er sie kommen sah, rannte er ihr entgegen. Als sie sich in die Arme fielen, war es ihnen einerlei, dass sie jemand dabei beobachten könnte.

„Ich hab mir solche Sorgen um dich gemacht!"

„Nun wird alles gut. Wie du's gesagt hast."

In der Ferne tobte das Feuer, doch sein heißer Odem eilte ihm schon voraus.

Hektische Betriebsamkeit herrschte im Hause Fiebus. Sowohl Gierte als auch Clara Fiebus musste inzwischen bewusst geworden sein, dass der Brand nicht mehr unter Kontrolle zu bringen war und der Feuerstrom auch sie bedrohte. Vergeblich hatte Gierte versucht, einen oder zwei Handkarren aufzutreiben: Wer einen solchen besaß, benötigte ihn selbst, um seine wichtigsten Habseligkeiten aus der Stadt zu schaffen. Clara Fiebus war deshalb auf den Gedanken gekommen, alle Gegenstände von Wert in den Keller zu schaffen, dort mochten sie selbst einen Brand überstehen. Folglich hatten die Hausherrin und ihre Magd alle Hände voll zu tun, Geschirr, Wandbehänge und Bücher nach unten zu tragen.

Clara Fiebus, der Martha im Hausflur begegnete, trug das in Öl gemalte Portrait ihres verstorbenen

Gatten vor sich her. Jener Mann mit Federhut, dem sein Sohn so ähnlich sah. Ein Werk Jakob Backers, wie Martha nun vermuten konnte.

„Wo ist der Doktor?“, fragte Clara Fiebus stirnrunzelnd.

„Er hilft, wo er kann“, antwortete Martha kryptisch.

Clara Fiebus sah sie zweifelnd an und schüttelte den Kopf. „Als ob ihm das jemand vergelten würde“, murmelte sie. Dann hob sie das Kinn. „Was stehst du noch nutzlos rum, Mädchen? Hilf uns, die Sachen in den Keller zu tragen.“

„Zuerst werd’ ich nach meinem Bruder schauen“, sagte Martha kühl.

Karl schlief. Sie setzte sich neben ihn und streichelte zärtlich seine Wange. Er fühlte sich nicht mehr so heiß an wie vorhin, des Doktors Fiebertrank wirkte aufs Beste. Nach einer Weile öffnete Karl die Augen.

„Wo ...?“

„Irgendwo, Bruder. Später werd’ ich dir alles erzählen. Es wäre gut, wenn du dich noch einmal aufrappeln könntest. Wir werden nämlich gleich noch ein paar Schritte zu laufen haben.“

Er schlummerte weiter. Möglicherweise würden sie ihn tragen müssen. Ihr Blick fiel auf Doktor Fiebus’ Pult. Die Aufzeichnungen! Sie hatte es ihm versprochen!

Martha stand auf und ging zu dem Pult. In der Schublade lag eine Kladde, darin ein dicker Stapel Blätter. Staunend nahm Martha das Papier in Augenschein. Es war eng beschrieben, einzelne Worte vermochte sie sogar zu lesen. Auch kleine Skizzen waren hier und dort gefertigt, sie erkannte verschiedene Kräuterpflanzen. Auf einem Blatt war der Rumpf eines menschlichen Körpers gezeichnet, darin die Eingeweide, an beiden Seiten ausführliche Beschriftungen. Martha hielt Cornelius Fiebus' gesamten Schatz an Erfahrungen und Kenntnissen in ihren Händen, einen Hort des Wissens – kein Wunder, dass er sich Sorgen darum machte.

„Gib das sofort mir!" Clara Fiebus' frostige Stimme riss Martha aus ihrem Staunen. Sie stand an der Tür und starrte feindselig zu ihr herüber.

„Euer Sohn bat mich –"

„Gib es mir!" Sie trat näher. „Du wolltest es stehlen, nicht wahr?"

„Da irrt Ihr Euch!"

Clara Fiebus streckte ihr beide Handflächen entgegen. „Gib es mir sofort her!"

Martha schloss die Kladde und drückte sie fest an ihre Brust. Kam nicht infrage, der Alten nachzugeben, sie hatte sich schon genug von ihr drangsalieren lassen. „Dem Doktor werd' ich sie geben. Wie ich's ihm versprochen hab!"

„Wie kannst du es wagen!"

Martha erhielt eine schallende Ohrfeige. Dennoch ließ sie die Kladde nicht los, hielt dem Blick der anderen trotzig stand. Als diese erneut die Hand hob, um sie zu schlagen, stand plötzlich Gierte neben ihnen.

„Einer der Büttel war an der Tür", verkündete sie mit ungewohnter Ängstlichkeit. „Das Feuer kommt näher, hat er gesagt!"

Clara Fiebus schnaufte wütend, schien aber einzusehen, dass sie den Streit mit der Dienstmagd jetzt auf sich beruhen lassen musste. „Gibt es noch Dinge, die wir in den Keller bringen müssen?", schnarrte sie.

„Es gibt dort keinen Platz mehr. Bitte, gnädige Frau: Wir sollten gehen."

Joseph, der zwischenzeitlich beim Verstauen der Wertsachen geholfen hatte, betrat den Raum. „Gierte hat recht, es wird Zeit", erklärte er ernst.

„Du könntest noch einen der Teppiche schultern“, dachte seine Großtante laut nach, aber Joseph verneinte.

„Ich werde Marthas Bruder tragen. So, wie er ausschaut, ist er nicht in der Lage –“

„Doch, das bin ich“, warf Karl mit schwacher Stimme ein. Mühsam erhob er sich. Martha stützte ihn.

„Fein“, sagte Clara Fiebus naserümpfend. „Dann kannst du ja doch einen Teppich tragen.“

Joseph überhörte ihre Worte einfach und befahl den Aufbruch. In diesem Moment war er und niemand sonst der Herr des Hauses. Martha verspürte den brennenden Wunsch, ihn zu küssen. Ha, wie zornig Clara Fiebus dann wohl gucken würde. Aber mit des Doktors Kladde in der Linken und dem entkräfteten Karl an der Rechten war ihre Bewegungsfreiheit zu sehr eingeschränkt für solcherlei Liebesbezeugungen.

Draußen verging Martha das Hochgefühl, als der Atem der Hölle sie wieder empfing. In der Tat war die Feuerwand nicht mehr fern, und der Turm der Sankt-Adalberts-Kirche stand bereits in hellen Flammen. Ein vorbeieilender Franziskaner rief ihnen etwas von Feuerstürmen zu, die im Herzen der Stadt wüteten. Sowohl seine Kutte als auch sein Bart waren überall angesengt.

Weitere Menschen hasteten Richtung Adalbertstor, rumpelnde, voll beladene Karren hinter sich her ziehend. Funken flogen umher. Es wäre Wahnsinn gewesen, noch länger mit der Flucht aus der brennenden Stadt zu warten.

Joseph ließ die anderen vorausgehen, bildete selbst die schützende Nachhut. Kaum hundert Schritte waren sie gegangen, als Joseph stehen blieb. Martha wandte sich zu ihm um. Wie entgeistert blickte er sie an.

„Was hast du?“, rief sie besorgt.

„Ich bin ein Esel. Wie konnte ich das bloß vergessen?“

„Was vergessen?“

„Jakob Backers Holztafel!“

„Lass sie, wo sie ist.“

„Aber ... ich hab *dich* darauf gezeichnet.“

„Was soll’s? Ich steh dir jederzeit wieder Modell!“

Er schüttelte den Kopf.

„Sakrament, warum bliebt ihr denn stehen?“, rief Gierte ihnen zu. Clara Fiebus hatte sich bei ihrer Magd untergehakt, auch sie blickte verständnislos zu ihnen herüber.

Joseph gab ihnen ein Signal vorauszugehen. Was Gierte und ihre Herrin auch unter Kopfschütteln umgehend taten.

„Was hast du vor, Joseph?“, fragte Martha, bleich geworden. „Du willst doch nicht etwa zurückgehen, um das Bild zu holen?“

„Doch, genau das werde ich tun.“

„Liebster, ich bitte dich –“

„Erinnerst du dich, was ich am Sonntag gesagt hab? Meine Artemis soll eines Tages in Öl erstrahlen! Ich hab’s nicht nur so dahergesagt, ich hab’s dir fest versprochen, und es wäre ein schlechtes Omen für die Zukunft, wenn ich dieses erste Versprechen an dich nicht einhielte.“

Sie erinnerte sich an den feierlichen Ernst, mit dem er das Gelöbnis ausgesprochen hatte. Das Bild musste ihm viel bedeuten.

„Vergiss es einfach, Liebster. Es ist nicht wichtig für uns, ob –“

„Es *ist* wichtig, Martha!“

Zu ihrem Entsetzen machte er sich auf den Weg.

„Kannst du mir das mal erklären?“, wisperte Karl, den allmählich neue Kräfte beseelten.

„Ich muss hinterher“, sagte Martha entschlossen. „Und du, du folgst den beiden Frauen. Schaffst du das?“

„Nichts da, ich komme mit dir. Oh Gott, was dröhnt mir der Kopf.“

Menschen begegneten ihnen nicht mehr, es schien, als wären sie die Letzten in diesem Teil der Stadt. Die Hitze war fast unerträglich; der nächste Schrecken traf Martha, als sie sah, dass der Dachstuhl des Hauses bereits in Flammen stand. Rasend schnell musste das Feuer nach ihrem Aufbruch herangerückt sein. Von Joseph war nichts zu sehen, doch die Haustür war eingetreten. Folglich befand er sich bereits im Haus, um das Bild zu holen, das sich im brennenden Dachstuhl befand. Marthas Beine drohten unter ihr wegzuknicken. Lieber Gott, hättest du mich nicht auf andere Weise bestrafen können?, dachte sie.

Im Innern des Dachstuhls hörte man Gebälk brechen, Funken sprühten aus dem Fenster. Marthas Augen tränten. Sie glaubte, einen Schrei zu hören. Es war wie in einem quälenden Albtraum.

Das Feuer – es durfte nicht sein, dass ihre krankhafte Angst sie um die Chance brachte, der großen Liebe ihres Lebens zu Hilfe zu eilen.

Karl schien zu ahnen, was in seiner Schwester vorging. „Du willst doch nicht da rein, oder?“

Sie schluckte mühsam und reichte ihm Doktor Fiebus’ Kladde. „Ich *muss*!“

Gerade, als sie sich, nunmehr zu allem entschlossen, auf den Weg machen wollte, legte sich von hinten eine riesige Hand auf ihre Schulter. Erschrocken fuhr sie herum, und abermals drohten die Glieder ihr den Dienst zu versagen.

„Bleib!“, gebot ihr der Mörder ihrer Familie mit geisterhafter Ruhe. „Ich hole ihn!“

Um ihn herum loderten Flammen, aber schon lange nicht mehr hatte sich Veit Schaffkutsch so befreit gefühlt. Auch der Schatulle hatte er sich inzwischen entledigt, wenn auch auf andere Weise, als ursprünglich geplant. Zufällig war er nämlich vorhin dem Arzt begegnet ...

Bald würden seine Qualen ein Ende haben. Er bereute – was konnte der Herrgott mehr von ihm erwarten? Und die Jungfrau Maria, zu der er täglich betete, sie würde seine Fürsprecherin sein.

Die Leiter zum Dachstuhl hatte noch kein Feuer gefangen, aber oben hörte man tosende und zischende Flammen. Ohne Zögern kletterte er hoch.

Der junge Mann lag hilflos unter einem herabgestürzten Balken, der ihn daran hinderte, der Hölle zu entfliehen. „Euch schickt der Himmel!“, rief er hoffnungsvoll.

Veit hatte wenig Mühe, den schweren Balken von ihm zu wälzen. Der junge Mann erhob sich mühsam.

„Danke ...“

„Kannst du gehen?“, fragte ihn Veit.

„Ich glaube, ja.“

„Dann geh! Rasch!“

„Und Ihr?“

Veit antwortete ihm nicht.

„Kommt, hier wird gleich alles –“

„Verschwinde!“, sagte Veit und zückte seinen Rosenkranz.

Verwirrt gehorchte der Gerettete, hob aber zuvor noch die Holztafel auf, die er bei seinem Sturz verloren hatte.

Stundenlang war Nora durch die brennende Stadt geirrt, doch endlich hatte sie Veit gefunden. Trotzdem war sie immer ein Stück hinter ihm geblieben, damit er sie nicht bemerkte. Sie hatte sich vorgenommen, ihr Schicksal mit ihm zu teilen. Aber Veit sollte unbeeinflusst von ihr sein, denn er wusste ja nicht, dass sie ihn liebte. Wusste nicht mal, wer sie in Wirklichkeit war.

Schließlich fand sie ihn vor dem brennenden Haus des Arztes. Sah, wie er, vorbei an dem Mädchen, die Flammenhölle betrat. Sie ahnte, was er vorhatte. Und sie wusste, was ihre Bestimmung war.

„Keine Sorge. Wenn ich mich nicht täusche, dann ist Gott gerecht“, sagte sie grinsend zu dem Mädchen, das sie sprachlos anstarrte.

Dann ging Nora geradewegs in das Haus hinein.

„Geh raus, hier bricht gleich alles zusammen!“, warnte sie der junge Mann, der mit einer unter dem Arm geklemmten Holztafel die Treppe hinunterhetzte.

Sie zuckte mit den Achseln und ging an ihm vorüber. Er bückte sich zu ihr herab, um sie festzuhalten.

„He, hast du nicht gehört, was ich gesagt hab?“

„Es ist schon gut“, sagte sie und löste sanft seine Hand von ihrer Schulter. „Lass deine schöne Angebetete nicht länger warten, hörst du?“

Oben angelangt, sah sie die Leiter zum Dachboden. Das Holz glimmte bereits an vielen Stellen, aber sie verspürte keinen Schmerz, als sie die Sprossen emporkletterte.

Veit saß im Schneidersitz vor ihr. Sein Wams hatte Feuer gefangen. Trotz der Pein, die er erdulden musste, war sein Gesicht wie aus Stein gemeißelt. Erst als er sie erblickte, weiteten sich seine Augen überrascht.

Nora hockte sich neben ihn, reichte ihm ihre kleine Hand. „Deine Gefährtin bleibt bei dir, mein Großer!“, erklärte sie voll Liebe.

Zum dritten Mal fielen sie sich an diesem Tag in die Arme.

„Wie konntest du nur?“, fragte Martha empört und erleichtert zugleich. Sie mussten schreien, damit sie einander hören konnten.

„Ich glaubte, es sei nötig für unser gemeinsames Glück“, erwiderte Joseph, der noch sichtlich unter dem Eindruck des Erlebten stand. „Wer waren diese beiden? Der Hüne hat mich –“

„Ja, ich weiß. Komm, wir müssen hier weg!“

Karl sagte etwas dazu, aber man konnte seine schwache Stimme nicht verstehen; seiner Miene nach zu urteilen hielt er die letzten Worte seiner Schwester für eine gute Idee.

Als sie fort waren, stürzte das Haus des Arztes unter ohrenbetäubendem Getöse in sich zusammen.

20

Dienstag und Mittwoch, 2. und 3. Mai 1656

Die Flammen machten die Nacht über Aachen zum Tag. Der Himmel über der Stadt glich einem gigantischen Brutofen. Noch ging dem Feuer die Nahrung nicht aus, doch keiner befand sich mehr innerhalb der Mauern, der den Versuch unternommen hätte, es zu löschen.

Rings um das brennende Sodom, im sicheren Abstand, hatten die Flüchtlinge Lager errichtet; mit hilfloser Verzweiflung sahen die Menschen dem qualvollen Sterben ihrer Heimat zu, jener einst so glorreichen Stadt, die selbst den großen Krieg überstanden hatte. Könige waren hier gekrönt und gesalbt worden, doch nun erlag Aachen einem himmlischen Strafgericht. Zumindest wenn man einem konfusen Kaplan glauben wollte, der von Lager zu Lager schritt und den Obdachlosen zürnend vom Verfall der Sitten und der Strafe des Allmächtigen predigte.

Auf den Äckern zwischen Aachen und Burtscheid hatten sich schließlich auch Matthes und die anderen zusammengefunden. Joseph hatte Martha und Karl bis hierhin begleitet. Er machte nicht die geringsten Anstalten, sich auf die Suche nach seinen Eltern oder seinem Onkel zu machen. Als Matthes ihn danach fragte, sagte er scheu: „Wenn Ihr's gestattet, bleibe ich für immer bei Euch und Eurer Tochter."

„Das ist nicht witzig", entgegnete Matthes, doch ein Blick in Marthas glückseliges Gesicht sagte ihm, dass es den beiden ernst war.

Die kleine Agnes war völlig erschöpft in Matthes' Armen eingeschlafen. Ihre Mutter, eine Vagabundin, sei unter einem zusammenstürzenden Haus begraben worden, behauptete ein anderer Vagabund, den sie befragten. Martha wurde den Verdacht nicht los, dass er selbst der Vater war und sich auf diese Weise seiner Verpflichtung entledigen wollte.

„Ob ein oder zwei Esser mehr – was macht das schon aus?“, sagte Matthes mit gespielter Verzweiflung.

„Sie hat den Namen meiner Schwester. Was für ein Zufall“, meinte Martha nachdenklich.

„Kein Zufall“, widersprach Matthes, ohne seine Behauptung näher zu begründen.

Es war zwei Stunden nach Mitternacht, als ein Raunen durch die Menge der schlaflosen Menschen ging: Neben dem Rathaus und der Kirche Sankt Foillan brannte jetzt auch das bislang verschonte Münster. Da es fast gänzlich aus Steinen gebaut war, hatte man gehofft, es würde die Katastrophe mit Gottes Segen überstehen. Deutlich war zu sehen, wie Flammen aus den Türmen schlugen.

„Es ist die Strafe für Maroy“, hörte Martha ihren Bruder verbittert flüstern. Sie beschloss, ihm nie zu erzählen, auf welch schicksalhafte Weise er zu der Katastrophe beigetragen hatte. Eines Tages würde auch für Karl wieder die Sonne scheinen. So wie sie jetzt – allem Unglück zum Trotz – für sie und Joseph schien. Seit Stunden hielten sie sich an den Händen gefasst, und Martha wünschte sich, dass sie einander nie wieder loslassen müssten.

Vor der Zukunft graute ihr nicht, obwohl sie ungewisser war denn je.

Der liebe Gott würde es schon richten.

Als der Morgen heraufdämmerte, bot sich den Obdachlosen ein Bild des Jammers. Ihre Stadt glich einem

Hügel aus schwarzem Schutt und dampfenden Trümmern. Nur vereinzelte Steinbauten waren stehen geblieben, halb zerstörte Kirchtürme reckten sich, verkohlten Fingern gleichend, wie in tiefer Verzweiflung zum Himmel. Die Menschen drängte es in ihre verbrannten Häuser zurück, um auszuscharren, was möglicherweise noch zu retten war. Ein gefährliches Unterfangen, wie die Stadtoberen warnend verlauten ließen, denn noch immer glimmte es allerorten, und die schwelenden Gerippe der Ruinen drohten in sich zusammenzustürzen. Dennoch ließen sich viele von ihrem Vorhaben nicht abbringen.

Andere suchten zornig nach dem Urheber des Brandes. Es gingen die abenteuerlichsten Gerüchte. Am glaubwürdigsten aber war die Behauptung, das Feuer sei in der Bäckerei des Peter Maw ausgebrochen. Das mochte stimmen, denn von dem Bäcker und seiner Frau fehlte jede Spur. Wenn sie nicht in den Flammen umgekommen waren, so hatten sie wohl vorsorglich das Weite gesucht.

Die Spielzeugstadt des Riesenkindes – nun lag sie zerstört da! Als habe das launische Riesenkind sie in einem Anfall heftigsten Jähzorns in Brand gesteckt.

Matthes drängte zum Aufbruch, aber Martha bat ihn um Geduld: Sie hatte noch etwas zu erledigen.

Mit der Kladde machte sie sich auf, um ihren Eigentümer zu finden. Joseph blieb auf Marthas Wunsch bei den anderen zurück; es war für alle besser, wenn sie allein zu Doktor Fiebus ging.

In den Lagern rings um die Stadt herrschte Bedrückung, Ratlosigkeit und Verzweiflung. Auch gab es viele Verletzte, die der Behandlung bedurften. Eigens für diese hatte man Zelte errichtet, wo Nonnen, Pflegerinnen und freiwillige Helfer sich um sie kümmerten. Nachdem Martha mehr als eine Stunde suchend umhergegangen war, fand sie Fiebus am Fuß des Lousberges vor einem dieser Krankenzelte. Der Arzt kniete vor einem Geistlichen, einem Jesuitenpater; offenbar nahm dieser ihm gerade die Beichte ab. Martha wartete, bis Fiebus sich wieder erhob und der Pater ihn mit einem Segen entließ. Dann trat sie dem Arzt entgegen.

Fiebus sah erschöpft aus, aber Marthas Anblick schien ihn zu erfreuen.

„Das gehört Euch!“, sagte Martha und reichte ihm die Kladde.

Er nahm sie, ohne einen Blick darauf zu werfen. „Meine Mutter behauptet, du hättest sie gestohlen. Ich wusste, dass das nicht wahr ist.“

„Ihr rietet mir, mich von ihr nicht drangsalieren zu lassen. Daran hab ich mich gehalten.“

Er lächelte müde. „Wo ist Joseph?“

Martha schwieg und starrte zu Boden.

„Er wird mit dir ziehen, nicht wahr?“

„Was werdet Ihr seinem Vater sagen?“, fragte sie zaghaft.

Fiebus dachte lange nach. „Er wird sich damit abfinden müssen.“

„Habt Dank, dass Ihr meinem Vater geholfen habt!“

„Gib nur gut auf ihn Acht. Er ist ein unvernünftiger Patient, der Alb eines jeden Arztes. Sein kranker Magen ist keineswegs geheilt. Achte darauf, dass er immer seine Diät einhält.“

„Das werde ich versuchen. Obwohl es sicher einfacher wäre, einen Sack Flöhe zu hüten.“

„Ja, vermutlich.“

Sie hob eine Hand zum Gruß. „Lebt wohl, Herr Doktor!“

„Warte, Martha!“

Er holte tief Atem, ging in eines der Zelte und kehrte mit einer Schatulle zurück. Martha sah ihn fragend an.

„Gestern kam ein Mann zu mir, der sich als Veit Schaffkutsch vorstellte“, hob Fiebus an. „Ich versorgte gerade Verletzte vor dem Burtscheidertor und wollte ihn wegschicken, denn er sah nicht aus wie jemand, der dringend ärztlicher Hilfe bedurfte. Er aber ließ sich nicht abweisen, sondern gab mir diese Schatulle und trug mir auf, sie *dir* zu geben, Martha. Und er bat mich, dir zu sagen, dass du das Geld mit dem Zwerg, seinem kleinen Herzensbruder, teilen sollst. Mehr sagte er nicht. Dann verschwand er wieder. Wie ein Geist!“

Martha rang nach Worten.

„Mir scheint, du bist reich“, sagte Doktor Fiebus. „Sehr reich!“

Ihre Hände begannen zu zittern, als sie die Schatulle mit spitzen Fingern entgegennahm.

„Nun ja, der gute Mathes wird eine neue Fidel haben wollen“, erklärte sie nach einer Weile. Sie entnahm der Schatulle zwei Münzen, reichte sie dann dem Arzt zurück. „Veit Schaffkutschs kleiner Herzensbruder ist tot“, flüsterte sie.

„Dann gehört die Schatulle wohl dir allein“, fand Fiebus, aber sie schüttelte nur den Kopf.

„Eine ganze Stadt muss neu aufgerichtet werden“, sagte sie nachsinnend. „Ihr solltet dafür Sorge tragen, dass bei den Hospitälern und Siechenhäusern nicht gespart wird.“

Er öffnete den Mund, um etwas zu sagen, brachte aber zunächst keinen Laut hervor.

„Nun?“, fragte ihn Martha mit einem Lächeln. „Werdet Ihr mir diesen Gefallen erweisen, Herr Doktor?“

„Du kannst dich auf mich verlassen!“, antwortete der Arzt schließlich ergriffen.

Sie machte sich auf den Rückweg. Bestimmt hatte der zum Aufbruch bereite Matthes schon die eine oder andere Verwünschung über sie ausgesprochen. Aber Joseph würde ihn zu besänftigen wissen. Martha war davon überzeugt, dass die Männer sich gut vertragen würden.

Von Westen trieb der Lütticher Wind graue Wolken vor sich her. Vielleicht würde es später regnen.

Epilog: Wie ein anderes Troja

Als Joost von der Vondel, der große niederländische Dichter, in Amsterdam von dem Aachener Unglück erfuhr, war er erschüttert. Unverzüglich machte er sich daran, ein Klagelied auf den Untergang der Stadt zu verfassen. Der Greis, im Leben so fröhlich, ließ in seinen Werken oft einen heiligen, schwermütigen Ernst walten – was angesichts der Katastrophe von Aachen freilich angemessen war. Er schrieb:

Unsterblicher Nachfahr des Pippin
Oh großer Karl, wohin wir zieh'n
Sehen wir in ihren Mauerzügen
Die schöne Stadt in Asche liegen,
Die dein Gebein, Urne und Schwert
Und Kaiserthron barg unversehrt.
Die – tausend Jahre reich an Rühmern
Des Schatzes groß an Heiligtümern,
Dem sie in Frommheit Obdacht bot
In ihrem Schoß – in Feuersnot
Doch keinen Retter wusst' zu finden
Als Gott mit allen seinen Winden
Die Flammen blies von Dach zu Dach,
Straßauf, straßab, vielhundertfach.

Warum schaffst du ihr keinen Tröster,
Da jetzt der Brand Kapellen, Klöster
Begierig frisst und selbst den Dom
Nicht schont und, ohne Feindesstrom,
Ohn' Kriegslärm, ohne Truppenzeichen
Die Bürgerschaft, zum Steinerweichen
Laut weinend, all ihr Hab und Gut
Zum Raub sieht werden einer Glut

Und ganz zu Rauch und Staub verzehren?
War diesem Jammer nicht zu wehren
Durch der Gebete Weihrauchwolk'
Als vor den Mauern alles Volk
Aufs Feld und ins Gebirg' entwichen,
Vor Gram halb tot, die schon Verblichnen
Als glücklich pries, weil sie befreit
Von allem Elend, längst ihr Leid
Erlitten – nie mehr zu bedauern?
Oh Trümmerberg, auf dem die trauern
Aufschluchzen weh und tränenreich,
Dem nackten Job an Leiden gleich!

Oh zweites Troja, reiches Aachen,
Aus keines Sinons Fackel brachen
Dir Flammen aus, im Mondenschein,
In deinem Traum. Die Maas, der Rhein,
Bestrahlt vom Sonnenlicht, dem schönen,
Vernahmen durch dein kläglich Stöhnen,
Dein Wimmern fassungsloser Wut,
Wie traurig du in eigner Glut
Verbrannt – und tief ins Flussbett krochen.
Wer hilft dir auf, die so gebrochen,
Erhebt dich neu auf goldnen Thron,
Von dem du im Gebieterton
Das Reich regiert? Krone der Städte
Und Heilsquell, machst vom Krankenbette
Unzähl'ge frei, wer heilt nun dich?

Wer bietet an als Tröster sich
Der Kaufmannstadt, Messingschmiedeöfen,
Der Handwerksbörse, Hof mit Höfen,
Du mitten in den Bergen liegst,
Viel Lob von Gott und Menschen kriegst,
Was kannst du deine Nachbarn lehren?

Trau Mauern nicht noch Bürgerwehren
Nicht starken Türmen, nicht Gewalt:
Vom Himmel diese Frist dir galt.
Kein Heer bräucht' fällen deine Zinnen:
Dein Feind, der Funke, lauert drinnen.

Tröstlich fand es Joost van den Vondel, dass wie durch ein Wunder nicht allzu viele Menschen bei dem Brand ihr Leben gelassen hatten. Auch sein Freund Fiebus sowie dessen gestrenge Frau Mutter hatten überlebt, wie er erfuhr.

Manchmal dachte er mit großväterlicher Zärtlichkeit an das hübsche Mädchen, dem er unlängst in Fiebus' Haus begegnet war. Dann sprach er ein Bittgebet zum Herrn, dass auch sie das Unglück überlebt haben mochte.

Zu diesem Buch

Binnen eines Tages fiel die alte Kaiserstadt Aachen am 2. Mai 1656 einem verheerenden Brand zum Opfer. Mehr als 4000 Häuser und 20 Kirchen wurden zerstört, des Weiteren zahlreiche Klöster, Bäder, Zunfthäuser und Spitäler. „An einem Tag war das Werk von Jahrhunderten zerstört", schrieb dazu ein Zeitgenosse. Fatal war auch eine Fehleinschätzung der beiden Bürgermeister: Da sie Brandstiftung im Rahmen eines Überfalls vermuteten, riefen sie die Männer zu den Waffen – was die Löscharbeiten vorübergehend zum Erliegen brachte.

Angesichts der primitiven Geräte zur Brandbekämpfung waren die Löschversuche ohnehin zum Scheitern verurteilt, zumal die meisten Stadthäuser noch von mittelalterlicher Bausubstanz waren. Feuerspritzen mit Lederschläuchen wurden in Aachen erst nach 1690 eingeführt. Immerhin, der Dom überstand den Brand, von seinen Dächern und Türmen abgesehen. Erst bei der Wiedererrichtung erhielt das Oktogon seine heute typische Faltkuppel.

Angeblich soll die Katastrophe von 1656 lediglich 17 Menschenleben gekostet haben. Allerdings gibt es auch Quellen, die mehr Opfer vermuten lassen.

Nach dem Brand war die Not entsprechend groß. Hilfe in Form von Nahrungsmittellieferungen erhielten die obdachlosen Bürger aus Köln, Maastricht und Lüttich, später auch aus anderen Städten. Papst Alexander III., der einst päpstlicher Nuntius in Aachen gewesen war, soll 4000 römische Skudi für den Wiederaufbau zur Verfügung gestellt haben. Der ewig klamme Kaiser in Wien dagegen konnte nur helfen, indem er der Stadt Steuerschulden erließ und Privilegien bestätigte.

Den Betroffenen stellte der Rat Bauholz aus den städtischen Wäldern zur Verfügung.

Dennoch verlief der Wiederaufbau sehr schleppend. Neue Baubestimmungen, Geldmangel und fehlende Arbeitskräfte waren die Gründe hierfür. Um die Wirtschaftskraft der Stadt zu stärken, hätte man protestantischen Unternehmern neues politisches Mitspracherecht in den Zünften einräumen können. Doch der Aachener Rat blieb bei seiner ablehnenden Haltung von einst und unterstützte weiterhin die gegenreformatorischen Kräfte. Nicht zuletzt deshalb dauerte es noch viele Jahre, bis auf den Trümmern des gotischen Aachen das neue, barocke Aachen entstanden war.

Die letzte Aachener Hexenverbrennung fand vermutlich im Jahre 1649 statt. Opfer war ein 13-jähriges, namentlich nicht genanntes Mädchen. Die in der Handlung geschilderte Hinrichtung verbindet zwei verschiedene Hexenprozesse. Eine der Hexerei angeklagte Zigeunerin namens Maroy Kroiseti fand schon 1604 ihr trauriges Ende auf dem Scheiterhaufen. Die zeitliche Verschiebung ins Jahr 1656 ist der Dramaturgie geschuldet.

Überhaupt, dieses Buch ist ein *Roman*! Zwar schildere ich darin Ereignisse, die vor mehr als 350 Jahren wirklich stattgefunden haben, verzichte aber keineswegs auf die jedem Romanautor zustehenden Freiheiten. So sind die tapfere Martha, ihr tragischer Bruder Karl und der malende Bürgermeistersohn Joseph Fiebus fiktive Gestalten, ebenso der streitbare Matthes Breidbach, der nach Vergebung schmachtende Haudegen Veit Schaffkutsch sowie die Liliputanerin Nora. Ähnlichkeiten mit heute lebenden Personen sind nicht beabsichtigt und wären zufällig.

Günter Krieger, im August 2010

Günter Krieger

DRACHENSTURM

224 Seiten, Paperback, 14 x 22 cm, 11 Euro
ISBN 978-90-5433-158-2

Am Ende des 9. Jahrhunderts fallen die Wikinger mordend und plündernd in das marode Karolingerreich ein. Vor allem das Rheinland und die Eifel werden aufs Fürchterlichste verwüstet.

Uta, eine junge Frau mit seherischen Gaben, befindet sich auf der Flucht vor den Wikingern.

In Mainz, so erfährt sie, soll sich der Mörder ihres Vaters aufhalten ...

„Spannendes Mittelalter (..) Einmal mehr ist es dem Autor gelungen, eine dramatische Geschichte zu erzählen und den Leser auf eine spannende Reise in die Lebenswelt des frühen Mittelalters mitzunehmen.“ (Aachener Zeitung)

„Kriegers Bücher sind lebendige, weil menschliche Schicksale zeichnenden Darstellungen eines Mittelalters, das dem modernen Menschen der globalisierten Welt einen mythisch-romantischen Kontrast liefert.“ (EM-Verlag)

Günter Krieger

MARIA UND DER INQUISITOR

176 Seiten, Paperback, 14 x 22 cm, 11 Euro
ISBN 978-90-5433-172-8

Anno 1360: Die Heilige Inquisition ist vollauf damit beschäftigt, Irrlehren zu bekämpfen und Häretikern entgegenzuwirken.

Als in Nideggen eine junge Frau verdächtigt wird, ihren Ehemann verhext und getötet zu haben, lässt der Inquisitor Bernhard von Marburg sie ins Verlies werfen und verhören. Schon bald ist man davon überzeugt, dass sie mit dem Teufel im Bunde steht.

Maria, die ebenso schöne wie kluge Ziehtochter des legendären Meroder Dorfherrn Mathäus, glaubt nur, was sich auch beweisen lässt. Gemeinsam mit Reiner, dem blinden Sohn eines Ritters, stellt sie eigene Nachforschungen an. Dabei geraten die Beiden am Ende selbst in Lebensgefahr ...

Günter Krieger (Hg.)

EIN SCHNITTER NAMENS TOD

Mordgeschichten aus der Geschichte
208 Seiten, Paperback, 14 x 22 cm, 12,40 Euro
ISBN 978-90-5433-165-0

Mit Beiträgen von Tanja Kinkel, Ralf Kramp, Freddy Derwahl, Carsten Berg, Titus Müller, ...

„Hinter dem gruseligen Titel Ein Schnitter namens Tod verbirgt sich eine spannende Zeitreise durch 14 Jahrhunderte (..) Günter Krieger, der Herausgeber, selbst ebenfalls vertreten mit der raffinierten Burg-Intrigiengeschichte Finsternis, hat viele interessante Autor(innen) in dieser mörderischen Sammlung nebeneinander gestellt, darunter auch die Besteller-Autorin Tanja Kinkel und den bekannten belgischen Schriftsteller und Journalisten Freddy Derwahl." (Aachener Nachrichten)

„14 tolle Autoren hat Günter Krieger hier zusammen gefasst. Mit Mordgeschichten über anderthalb Tausend Jahre, verteilt über Schauplätze in ganz Deutschland wird der Leser von diesen Geschichten so sehr gefesselt, dass man diese einfach nicht aus der Hand legen kann!!!“ (Toms Krimitreff)

Bruni Mahlberg-Gräper

UNTERWEGS IN AACHEN

144 Seiten, 14 x 21 cm, Paperback, Umschlag mit 2 Klappen, durchgehend vierfarbig illustriert, Aachen-Karte, 15 Euro
ISBN 978-3-86712-001-2

Ganz im Westen ... Zeitläufe und Lage, Bewohner und Ereignisse haben Aachen zu einer lebendigen, liebenswerten Metropole mit Lebensart geformt. In der westlichsten deutschen Großstadt ist es ganz normal, den Horizont übers eigene Land hinaus zu den Nachbarn zu erweitern. Das belebt die kulturelle Szene ebenso wie die wirtschaftliche. Als Bischofssitz und Hochschulstadt, als Technologiestandort und Kurbad hat Aachen eine Menge touristische Attraktionen zu bieten mit dem Dom als UNESCO-Weltkulturerbe mitten im Zentrum der malerischen Altstadt. Der Reiseführer „Unterwegs in Aachen und Umgebung“ ist ein kenntnisreicher Begleiter auf Entdeckungstouren durch die Stadt Karls des Großen, der Printen und des Pferdesports.

Ulrike Schwieren-Höger (Text) & Jörn Sackermann (Fotos)

AACHEN

Bilder, Spuren, Hintergründe

208 Seiten, 23 x 23 cm, 175 – zum Teil großformatige – Fotos in Farbe, gebunden mit Schutzumschlag, mit Übersichtskarten, 39,95 Euro

ISBN 978-90-5433-200-8

Wenn das Fähnlein der europäischen Einheit geschwenkt wird, kommt ein Staatspräsident wie der Franzose Jacques Chirac lieber nach Aachen als nach Berlin. Dafür hat Karl der Große gesorgt. Schon vor 1200 Jahren verwaltete er ein riesiges Reich, das keine Grenzen, aber einheitliche Gesetze kannte. Das sind Visionen nach dem Geschmack der modernen Europapolitiker.

Kaiser Karl ist in Aachen überall präsent. Die heißen Quellen soll er entdeckt und die Printen geliebt haben. Seine geheimnisvolle Marienkirche zieht Tausende an.

Doch Aachen bietet noch mehr: Der Elisenbrunnen erinnert daran, dass die Stadt im 19. Jahrhundert vornehme Badegäste beherbergte, die Rheinisch-Westfälische Hochschule macht mit Spitzenforschung Schlagzeilen, der CHIO hat sich zum größten Reiterfest der Welt entwickelt.

Nicht zuletzt: In Aachen ist das Bummeln erfunden worden - und alles, was dazu gehört: Eine romantische Altstadt, große Kaufhäuser und kleine Läden, Cafés, Restaurants, Galerien, Museen und stille Winkel, die entdeckt werden wollen ...

Die prächtigen Fotos von Jörn Sackermann runden das Lesevergnügen ab und zeigen eindrucksvoll wie aufregend und einladend die Kaiserstadt sich heute präsentiert.

Gerne senden wir Ihnen unser aktuelles Verlagsprogramm zu.
Anruf oder Nachrichten genügt!

Wir sind Ihnen für jede Anregung (auch Kritik) dankbar.
Ihre Meinung ist uns wichtig.

GEV (Grenz-Echo Verlag)
Marktplatz 8
B – 4700 Eupen
Ruf. +3287 59 13 03
Fax +3287 74 38 20
E-Mail: guido.bertemes@grenzecho.be
www.gev.be